The Pit and the Pendulum and Other Torments
El pozo y el péndulo y otros tormentos

Edgar Allan Poe

The Pit and the Pendulum and Other Torments

El pozo y el péndulo y otros tormentos

Texto paralelo bilingüe
Bilingual edition

Inglés - Español
English - Spanish

texto en español, traducido del inglés por Lynnea Mendoza

ROSETTA EDU

Título original de los relatos y primera publicación: «The Pit and the Pendulum», 1843; «The Man of the Crowd», 1845; «The Power of Words», 1845; «Von Kempelen and His Discovery», 1849; «Berenice», 1835; «The Man That Was Used Up», 1839; «The Unparalleled Adventure of One Hans Pfaall», 1850.

Ilustración de tapa: «El pozo y el péndulo» («The Pit and the Pendulum»), impreso y publicado por Keppler & Schwarzmann, Puck Building, 26 de mayo de 1909. Ejemplar en la Biblioteca del Congreso de los Estados Unidos.

Rosetta Edu Ltd.
© 2025 para la traducción al español: Lynnea Mendoza.

Primera edición: Diciembre de 2025

Publicado por Rosetta Edu
Londres, diciembre de 2025
www.rosettaedu.com

ISBN: 978-1-83647-156-1

Rosetta Edu
Ediciones bilingües

Páginas enfrentadas
Páginas enfrentadas con la traducción y texto de origen en libros impresos.

Párrafos alineados
Los párrafos alineados entre los dos idiomas facilitan la comparación y la comprensión, ahorrando la necesidad de referirse constantemente al diccionario.

Integridad y fidelidad
Traducciones íntegras, fieles y no abreviadas del texto de origen.

Cuidado del vocabulario
Traducciones especiales para ediciones bilingües, con especial cuidado por la hegemonía de vocabulario utilizando glosarios en el proceso de traducción.

Contexto educativo
Ediciones enfocadas a estudiantes intermedios y avanzados del idioma de origen o del español en libros coleccionables y aptos para el contexto educativo.

INDICE

THE PIT AND THE PENDULUM

[Quatrain composed for the gates of a market to be erected upon the site of the Jacobin Club House at Paris.]

I was sick—sick unto death with that long agony; and when they at length unbound me, and I was permitted to sit, I felt that my senses were leaving me. The sentence—the dread sentence of death—was the last of distinct accentuation which reached my ears. After that, the sound of the inquisitorial voices seemed merged in one dreamy indeterminate hum. It conveyed to my soul the idea of *revolution*—perhaps from its association in fancy with the burr of a mill-wheel. This only for a brief period; for presently I heard no more. Yet, for a while, I saw; but with how terrible an exaggeration! I saw the lips of the black-robed judges. They appeared to me white—whiter than the sheet upon which I trace these words—and thin even to grotesqueness; thin with the intensity of their expression of firmness—of immoveable resolution—of stern contempt of human torture. I saw that the decrees of what to me was Fate, were still issuing from those lips. I saw them writhe with a deadly locution. I saw them fashion the syllables of my name; and I shuddered because no sound succeeded. I saw, too, for a few moments of delirious horror, the soft and nearly imperceptible waving of the sable draperies which enwrapped the walls of the apartment. And then my vision fell upon the seven tall candles upon the table. At first they wore the aspect of charity, and seemed white slender angels who would save me; but then, all at once, there came a most deadly nausea over my spirit, and I felt every fibre in my frame thrill as if I had touched the wire of a galvanic battery, while the angel forms became meaningless spectres, with heads of flame, and I saw that from them there would be no help. And then there stole into my fancy, like a rich musical note, the thought of what sweet rest there must be in the grave. The thought came gently and stealthily, and it seemed long before it attained full appreciation; but just as my spirit came at length properly to feel and entertain it, the figures of the judges vanished, as if magically, from before me; the tall candles sank into nothingness; their flames went out utterly;

EL POZO Y EL PÉNDULO

Impia tortorum longas hic turba furores
Sanguinis innocui, non satiata, aluit.
Sospite nunc patria, fracto nunc funeris antro,
Mors ubi dira fuit vita salusque patent.
(Cuarteto compuesto para las puertas de un mercado que ha de ser
construido en donde se reunía el Club de los Jacobinos en París).

Tenía náuseas, náuseas de muerte después de aquella larga agonía; y
cuando por fin me desataron y me permitieron sentarme, sentí que mis
sentidos me abandonaban. La sentencia —la temida sentencia de muerte— fue la última enunciación inteligible que registraron mis oídos. Después de eso, el sonido de las voces inquisitoriales parecía mezclarse en
el indeterminado zumbido de un sueño. Aquel ruido le transmitía a mi
espíritu la idea de *revolución*, tal vez por su parecido con el rumor de una
rueda de molino. Pero eso fue solo por un instante, pues pronto ya no
se escuchaba nada. Sin embargo, por un momento, pude ver... ¡Aunque
es una terrible exageración decirlo! Vi los labios de los jueces vestidos
de negro: me parecieron pálidos, más pálidos incluso que la hoja en la
que ahora trazo estas palabras, y tan delgados que rozaban lo grotesco,
enflaquecidos por la intensidad de su expresión de firmeza, de inamovible resolución, de absoluto desprecio hacia el dolor humano. Vi cómo
los decretos de lo que para mí era el Destino se desbordaban por esos
labios. Los vi retorcerse en mortal locución. Los vi pronunciar las sílabas de mi nombre, y me estremecí cuando no hubo sonido que siguiera
el movimiento. También vi, por algunos momentos de delirioso horror,
la suave y casi imperceptible ondulación de las cortinas oscuras que
velaban las paredes del lugar. Entonces mis ojos se posaron en siete
velas altas sobre una mesa. En un principio parecían ataviadas de caridad, como si fueran ángeles níveos y esbeltos que habrían de salvarme; pero entonces, de repente, una sensación de asco mortal atestó mi
alma y sentí cada fibra de mi cuerpo contorsionarse como si hubiera
tocado el cable desnudo de una batería galvánica. Tras esto, las figuras
angelicales se convirtieron en espectros insignificantes con cabezas en
llamas. En ese momento entendí que de ellas no vendría ninguna ayuda. Entonces, cual suntuosa nota musical, la idea del dulce descanso
que espera en el sepulcro se instaló en mi mente. El pensamiento llegó
gentilmente, furtivamente, y pasó algún tiempo antes de que lo considerara con seriedad, pero justo cuando mi alma empezaba a meditarlo,

the blackness of darkness supervened; all sensations appeared swallowed up in a mad rushing descent as of the soul into Hades. Then silence, and stillness, and night were the universe.

I had swooned; but still will not say that all of consciousness was lost. What of it there remained I will not attempt to define, or even to describe; yet all was not lost. In the deepest slumber—no! In delirium—no! In a swoon—no! In death—no! even in the grave all *is not* lost. Else there is no immortality for man. Arousing from the most profound of slumbers, we break the gossamer web of *some* dream. Yet in a second afterward, (so frail may that web have been) we remember not that we have dreamed. In the return to life from the swoon there are two stages; first, that of the sense of mental or spiritual; secondly, that of the sense of physical, existence. It seems probable that if, upon reaching the second stage, we could recall the impressions of the first, we should find these impressions eloquent in memories of the gulf beyond. And that gulf is—what? How at least shall we distinguish its shadows from those of the tomb? But if the impressions of what I have termed the first stage, are not, at will, recalled, yet, after long interval, do they not come unbidden, while we marvel whence they come? He who has never swooned, is not he who finds strange palaces and wildly familiar faces in coals that glow; is not he who beholds floating in mid-air the sad visions that the many may not view; is not he who ponders over the perfume of some novel flower—is not he whose brain grows bewildered with the meaning of some musical cadence which has never before arrested his attention.

Amid frequent and thoughtful endeavors to remember; amid earnest struggles to regather some token of the state of seeming nothingness into which my soul had lapsed, there have been moments when I have dreamed of success; there have been brief, very brief periods when I have conjured up remembrances which the lucid reason of a later epoch assures me could have had reference only to that condition of seeming unconsciousness. These shadows of memory tell, indistinctly, of tall figures that lifted and bore me in silence

las figuras de los jueces se desvanecieron como por arte de magia. Las velas se sumergieron en la nada; las llamas se apagaron totalmente; sobrevino la oscuridad de las tinieblas; y todas las sensasiones fueron consumidas por un descenso vertiginoso, como el del alma que llega al Hades. Después, el universo se volvió silencio, noche y calma.

Me había desmayado, pero no puedo afirmar que había perdido la conciencia por completo. No intentaré definir, incluso describir, lo que quedaba de ella, pero sé que no se había perdido por completo. En medio del más hondo sueño... ¡No! En medio del delirio... ¡No! En medio del desmayo... ¡No! En medio de la muerte... ¡No! Ni siquiera en la muerte... *no todo se pierde*. De otra manera, no habría inmortalidad para el ser humano. Al despertar del más profundo letargo, rompemos la diáfana red de *algún* sueño. Y, sin embargo, al pasar un segundo, ya no recordamos haber soñado, pues tan frágil era aquella. Al regresar de un desmayo a la vida, hay dos etapas: en primera instancia, el regreso mental o espiritual; en segunda, el regreso de la existencia física. Una vez concluida la segunda etapa, es posible que, al recordar nuestras impresiones de la primera, las encontremos cifradas elocuentemente en reminiscencias sobre el abismo que está más allá. Y este abismo, ¿qué es? ¿Cómo, al menos, habremos de distinguir sus sombras de aquellas que envuelven la tumba? E incluso si estas memorias de lo que he llamado la primera etapa no se pueden recordar a voluntad, ¿no es verdad que, después de un largo intervalo, llegan desenfrenadas mientras nosotros, maravillados, nos preguntamos de dónde vienen? Quien nunca se ha desmayado no puede encontrar palacios extraños y rostros increíblemente familiares entre las brasas; no puede contemplar las visiones tristes que flotan en medio del aire y que la mayoría no puede ver; no es aquel que medita sobre el perfume de una flor desconocida; ni aquel cuyo cerebro se hincha de desconcierto al escuchar una cadencia musical que nunca había captado su atención.

En medio de mis repetidos y ensimismados esfuerzos por recordar, en medio de mis intentos de recuperar algún vestigio de ese estado de aparente vacío en el que mi alma había sido absorbida, ha habido instantes en que he vislumbrado el triunfo. Ha habido periodos muy breves, brevísimos, en los que conjuro recuerdos sobre ese estado, recuerdos que, según la lúcida razón de una época posterior, solo pueden referirse a esa aparente condición de inconsciencia. Estos atisbos de recuerdos apuntan, entre sombras, a siluetas altas que me levantaron y me transporta-

down—down—still down—till a hideous dizziness oppressed me at the mere idea of the interminableness of the descent. They tell also of a vague horror at my heart, on account of that heart's unnatural stillness. Then comes a sense of sudden motionlessness throughout all things; as if those who bore me (a ghastly train!) had outrun, in their descent, the limits of the limitless, and paused from the wearisomeness of their toil. After this I call to mind flatness and dampness; and then all is *madness*—the madness of a memory which busies itself among forbidden things.

Very suddenly there came back to my soul motion and sound—the tumultuous motion of the heart, and, in my ears, the sound of its beating. Then a pause in which all is blank. Then again sound, and motion, and touch—a tingling sensation pervading my frame. Then the mere consciousness of existence, without thought—a condition which lasted long. Then, very suddenly, *thought*, and shuddering terror, and earnest endeavor to comprehend my true state. Then a strong desire to lapse into insensibility. Then a rushing revival of soul and a successful effort to move. And now a full memory of the trial, of the judges, of the sable draperies, of the sentence, of the sickness, of the swoon. Then entire forgetfulness of all that followed; of all that a later day and much earnestness of endeavor have enabled me vaguely to recall.

So far, I had not opened my eyes. I felt that I lay upon my back, unbound. I reached out my hand, and it fell heavily upon something damp and hard. There I suffered it to remain for many minutes, while I strove to imagine where and *what* I could be. I longed, yet dared not to employ my vision. I dreaded the first glance at objects around me. It was not that I feared to look upon things horrible, but that I grew aghast lest there should be *nothing* to see. At length, with a wild desperation at heart, I quickly unclosed my eyes. My worst thoughts, then, were confirmed. The blackness of eternal night encompassed me. I struggled for breath. The intensity of the darkness seemed to oppress and stifle me. The atmosphere was intolerably close. I still lay quietly, and made effort to exercise my reason. I brought to mind the inquisitorial proceedings, and attempted from that point to deduce my real condition. The sentence had passed; and it appeared to me that a very long interval of time had since elapsed. Yet not for a

ron, en silencio, hacia abajo, aún más hacia abajo, cada vez más abajo, hasta que la simple idea de un descenso infinito hizo que me invadiera un vértigo espantoso. Así, también, esos trazos de memoria me hablan de un vago temor anidado en mi corazón, precisamente por la calma sobrenatural de ese corazón. Entonces viene una sensación de súbita inmovilidad en todas las cosas, como si aquellos que me llevaban, ese tren espectral, hubieran llegado, en su descenso, a los límites de lo ilimitado, y se hubiesen detenido, por fin terminando con el hastío de su labor. Después de esto, recuerdo humedad e insipidez; más tarde, solo *locura*, la locura de una memoria que existe entre lo prohibido.

De pronto regresaron a mi alma el sonido y el movimiento: la tumultuosa vibración del corazón y, en mis oídos, el sonido de su palpitar. Luego vino una pausa de puro silencio. Y, de nuevo, sonido, movimiento y tacto, en la forma de un cosquilleo que recorrió todo mi cuerpo. Después llegó la mera consciencia de existir, sin necesidad de pensar al respecto, condición que duró mucho tiempo. Entonces, repentinamente, *pensamiento*, terror escalofriante y una búsqueda empedernida por comprender en qué situación me encontraba realmente. Luego, un fuerte deseo de regresar a la insensibilidad. Y, al fin, un impulso rejuvenecedor del alma y un movimiento exitoso. Después, el recuerdo completo de los jueces, de las cortinas oscuras, de la sentencia, de las náuseas, del desmayo. Todo lo que siguió se encuentra en completo olvido. Solo gracias al tiempo y a un resuelto esfuerzo he logrado recordar vagamente.

Hasta ese momento, todavía no había abierto los ojos. Sentí que yacía de espaldas, sin ataduras. Extendí mi mano y esta cayó en algo húmedo y sólido. Durante varios minutos, la dejé descansando ahí, mientras intentaba imaginar en dónde estaba y *qué* era de mí. Ansiaba, pero no me atrevía, a usar mi visión. Temía la primera mirada a mi alrededor, no por miedo de contemplar cosas espeluznantes, sino por la idea de que no hubiera *nada* que ver. Después de un momento, con el corazón lleno de feroz angustia, abrí mis ojos rápidamente. Entonces, mis peores pensamientos se volvieron realidad: la oscuridad de una noche eterna me envolvía. Me costaba respirar; la intensidad de la oscuridad parecía oprimirme y asfixiarme. La atmósfera me parecía intolerablemente estrecha. Me quedé quieto, en silencio, y me esforcé por hacer uso de razón. Recordé los procedimientos de la Inquisición e intenté, a partir de esa memoria, deducir cuál era mi condición presente. La sentencia había sido aceptada. Sentía que, desde entonces, un largo periodo de

moment did I suppose myself actually dead. Such a supposition, notwithstanding what we read in fiction, is altogether inconsistent with real existence;—but where and in what state was I? The condemned to death, I knew, perished usually at the *auto-dafes*, and one of these had been held on the very night of the day of my trial. Had I been remanded to my dungeon, to await the next sacrifice, which would not take place for many months? This I at once saw could not be. Victims had been in immediate demand. Moreover, my dungeon, as well as all the condemned cells at Toledo, had stone floors, and light was not altogether excluded.

A fearful idea now suddenly drove the blood in torrents upon my heart, and for a brief period, I once more relapsed into insensibility. Upon recovering, I at once started to my feet, trembling convulsively in every fibre. I thrust my arms wildly above and around me in all directions. I felt nothing; yet dreaded to move a step, lest I should be impeded by the walls of a *tomb*. Perspiration burst from every pore, and stood in cold big beads upon my forehead. The agony of suspense, grew at length intolerable, and I cautiously moved forward, with my arms extended, and my eyes straining from their sockets, in the hope of catching some faint ray of light. I proceeded for many paces; but still all was blackness and vacancy. I breathed more freely. It seemed evident that mine was not, at least, the most hideous of fates.

And now, as I still continued to step cautiously onward, there came thronging upon my recollection a thousand vague rumors of the horrors of Toledo. Of the dungeons there had been strange things narrated—fables I had always deemed them—but yet strange, and too ghastly to repeat, save in a whisper. Was I left to perish of starvation in this subterranean world of darkness; or what fate, perhaps even more fearful, awaited me? That the result would be death, and a death of more than customary bitterness, I knew too well the character of my judges to doubt. The mode and the hour were all that occupied or distracted me.

My outstretched hands at length encountered some solid obstruction. It was a wall, seemingly of stone masonry—very smooth, slimy, and cold. I followed it up; stepping with all the careful distrust with

tiempo había pasado; sin embargo, ni siquiera por un momento pensé que estaba muerto. Tal suposición, sin importar lo que leemos en la ficción, es totalmente incompatible con la realidad. Pero ¿en dónde y en qué situación estaba? Sabía que los condenados a muerte por lo general mueren en los *autos de fe,* y que uno de estos había tomado lugar justamente en la noche de mi juicio. ¿Es que acaso se me había regresado al calabozo, a la espera del próximo sacrificio, todavía a meses de repetirse? De inmediato supe que este no podía ser el caso. Las víctimas nunca dejaban de ser requeridas. Además, mi prisión, así como todas las condenadas prisiones de Toledo, tenía pisos de piedra y la luz no era del todo inexistente.

Una terrible idea hizo que torrentes de sangre inundaran mi corazón y, por un momento, regresé una vez más a la inconsciencia. Al recuperarme, me puse de pie, temblando en convulsiones que atacaban cada fibra de mi cuerpo. Arrojé los brazos al aire, salvajemente, alrededor de mí y en todas direcciones. No sentí nada, pero no me atrevía a dar ni un paso, por miedo a chocar con las paredes de una *tumba.* El sudor me brotaba de cada poro, agrupándose en gotas frías y gigantes sobre mi frente. Eventualmente, la agonía del suspenso se volvió intolerable y di un paso adelante, con los brazos extendidos y los ojos casi saliéndose de sus cuencas, con la esperanza de captar algún tenue rayo de luz. Continué así muchos pasos, pero siempre en medio de oscuridad y vacío. Ya podía respirar con más libertad. Parecía evidente que, por lo menos, mi destino no era el más atroz de todos.

Mientras daba pasos cautelosos, todos aquellos vagos rumores que había escuchado sobre los horrores de Toledo regresaron a mí. Se contaban cosas extrañas de los calabozos —cosas que siempre tomé por cuentos—, historias demasiado aterradoras como para repetirlas salvo en voz baja. ¿Me habían abandonado para morir de hambre en este mundo de subterránea oscuridad? ¿O qué destino, tal vez incluso más terrorífico, me esperaba? Conocía demasiado bien el carácter de mis jueces, así que no podía dudar que el resultado final fuera la muerte, y una muerte mucho más amarga de lo habitual. El cómo y el cuándo eran las únicas cosas que me preocupaban.

Mis manos extendidas, después de un tiempo, encontraron un tipo de obstrucción sólida. Era una pared, aparentemente de piedra y mampostería, muy suave, viscosa y fría. La seguí, caminando con toda la des-

which certain antique narratives had inspired me. This process, however, afforded me no means of ascertaining the dimensions of my dungeon; as I might make its circuit, and return to the point whence I set out, without being aware of the fact; so perfectly uniform seemed the wall. I therefore sought the knife which had been in my pocket, when led into the inquisitorial chamber; but it was gone; my clothes had been exchanged for a wrapper of coarse serge. I had thought of forcing the blade in some minute crevice of the masonry, so as to identify my point of departure. The difficulty, nevertheless, was but trivial; although, in the disorder of my fancy, it seemed at first insuperable. I tore a part of the hem from the robe and placed the fragment at full length, and at right angles to the wall. In groping my way around the prison, I could not fail to encounter this rag upon completing the circuit. So, at least, I thought: but I had not counted upon the extent of the dungeon, or upon my own weakness. The ground was moist and slippery. I staggered onward for some time, when I stumbled and fell. My excessive fatigue induced me to remain prostrate; and sleep soon overtook me as I lay.

Upon awaking, and stretching forth an arm, I found beside me a loaf and a pitcher with water. I was too much exhausted to reflect upon this circumstance, but ate and drank with avidity. Shortly afterward, I resumed my tour around the prison, and with much toil, came at last upon the fragment of the serge. Up to the period when I fell, I had counted fifty-two paces, and, upon resuming my walk, I had counted forty-eight more—when I arrived at the rag. There were in all, then, a hundred paces; and, admitting two paces to the yard, I presumed the dungeon to be fifty yards in circuit. I had met, however, with many angles in the wall, and thus I could form no guess at the shape of the vault; for vault I could not help supposing it to be.

I had little object—certainly no hope—in these researches; but a vague curiosity prompted me to continue them. Quitting the wall, I resolved to cross the area of the enclosure. At first, I proceeded with extreme caution, for the floor, although seemingly of solid material, was treacherous with slime. At length, however, I took courage, and did not hesitate to step firmly—endeavoring to cross in as direct a line as possible. I had advanced some ten or twelve paces in this manner, when the remnant of the torn hem of my robe became entangled between my legs. I stepped on it, and fell violently on my face.

confianza que las historias antiguas me inspiraban. Este proceso, sin embargo, no me permitía conocer las dimensiones de mi prisión, pues la pared era tan uniformemente perfecta que bien podía completar el circuito y regresar al punto en donde comencé sin darme cuenta. Entonces busqué entre mi bolsillo el cuchillo que tenía antes de entrar a la camára de la Inquisición, pero ya no estaba. Mi vestimenta había sido cambiada por una envoltura de áspera sarga. Había pensado en clavar el cuchillo en alguna grieta de la pared, de manera que pudiera usarlo para identificar mi punto de partida. Esta dificultad, sin embargo, era trivial, a pesar de que, a causa del desorden en mi mente, en un principio, me pareció insuperable. Arranqué un pedazo de la bastilla de la ropa y lo coloqué en el suelo, en toda su longitud, formando un ángulo recto con la pared. Al recorrer a tientas la pared de mi prisión, este pedazo de tela marcaría el final del circuito. Eso, por lo menos, es lo que pensé, pero no había tomado en cuenta la extensión de mi calabozo ni mi propia debilidad. El suelo estaba húmedo y resbaladizo. Me tambaleé hacia adelante por algún tiempo, hasta tropezarme y caer. A causa de mi fatiga excesiva me quedé tendido y el sueño pronto me consumió.

Al despertar y estirar un brazo, encontré junto a mí una hogaza de pan y una jarra con agua. Estaba demasiado exhausto como para reflexionar sobre este hecho, pero bebí y comí con avidez. Poco después, reanudé mi recorrido por la prisión y, con mucho esfuerzo, llegué al fragmento de sarga. Hasta el momento en que caí, había contado cincuenta y dos pasos y, desde que reanudé mi caminar, conté cuarenta y ocho pasos más hasta llegar a la tela. Eran, en total, cien pasos y, pensando que dos pasos equivalen a un metro, deduje que el circuito del calabozo medía cincuenta metros. Había sentido, sin embargo, varios ángulos en la pared, por lo que no podía adivinar la forma de la cripta, pues no podía sino suponer que de una cripta se trataba.

Tenía poco sentido —y ciertamente ninguna esperanza— llevar a cabo estas investigaciones, pero una vaga curiosidad me alentaba a continuarlas. Abandoné la pared y decidí cruzar el área del recinto. En un principio, procedí con extrema cautela, pues el suelo, a pesar de estar hecho de material sólido, era traicioneramente resbaladizo. Eventualmente, sin embargo, reuní coraje y di un paso firme, esforzándome por cruzar en una línea lo más directa posible. Había avanzado unos diez o veinte pasos cuando el resto de la bastilla de mi ropa se me enredó entre las piernas. La pisé y caí violentamente de cara al piso.

In the confusion attending my fall, I did not immediately apprehend a somewhat startling circumstance, which yet, in a few seconds afterward, and while I still lay prostrate, arrested my attention. It was this: my chin rested upon the floor of the prison, but my lips, and the upper portion of my head, although seemingly at a less elevation than the chin, touched nothing. At the same time, my forehead seemed bathed in a clammy vapor, and the peculiar smell of decayed fungus arose to my nostrils. I put forward my arm, and shuddered to find that I had fallen at the very brink of a circular pit, whose extent, of course, I had no means of ascertaining at the moment. Groping about the masonry just below the margin, I succeeded in dislodging a small fragment, and let it fall into the abyss. For many seconds I hearkened to its reverberations as it dashed against the sides of the chasm in its descent: at length, there was a sullen plunge into water, succeeded by loud echoes. At the same moment, there came a sound resembling the quick opening, and as rapid closing of a door overhead, while a faint gleam of light flashed suddenly through the gloom, and as suddenly faded away.

I saw clearly the doom which had been prepared for me, and congratulated myself upon the timely accident by which I had escaped. Another step before my fall, and the world had seen me no more. And the death just avoided, was of that very character which I had regarded as fabulous and frivolous in the tales respecting the Inquisition. To the victims of its tyranny, there was the choice of death with its direst physical agonies, or death with its most hideous moral horrors. I had been reserved for the latter. By long suffering my nerves had been unstrung, until I trembled at the sound of my own voice, and had become in every respect a fitting subject for the species of torture which awaited me.

Shaking in every limb, I groped my way back to the wall—resolving there to perish rather than risk the terrors of the wells, of which my imagination now pictured many in various positions about the dungeon. In other conditions of mind, I might have had courage to end my misery at once, by a plunge into one of these abysses; but now I was the veriest of cowards. Neither could I forget what I had read of these pits—that the *sudden* extinction of life formed no part of their most horrible plan.

En la confusión de mi caída, no reparé de inmediato en un sorprendente detalle que, pocos segundos después, mientras yacía boca abajo, llamó mi atención. Se trataba de esto: mi barbilla descansaba sobre el suelo de la prisión, pero mis labios, así como la parte superior de mi cabeza, que aparentemente debería encontrarse a menor altura que la barbilla, no se apoyaban en nada. Al mismo tiempo, mi frente parecía estar bañada en un vapor pegajoso, y el olor peculiar de hongos podridos llegó a mis fosas nasales. Extendí el brazo y temblé al descubrir que había caído a la orilla de un pozo circular cuya profundidad, por supuesto, no tenía manera de verificar en ese momento. Tanteando la mampostería que rodeaba el pozo, arranqué un pequeño fragmento de piedra y lo dejé caer hacia el abismo. Durante largos segundos escuché la reverberación de los golpes de la piedra contra las paredes del pozo. Eventualmente, se escuchó una zambullida súbita, seguida de fuertes ecos. Al mismo tiempo, se escuchó más arriba de mí un sonido parecido al abrir y cerrar de una puerta, mientras que un débil rayo de luz iluminó la oscuridad solo para desaparecer inmediatamente.

Claramente vi la fatalidad que me esperaba y me felicité por ese oportuno accidente que me había salvado. Si hubiera dado otro paso antes de caer al suelo, el mundo nunca habría vuelto a saber de mí. Y aquella muerte que acababa de evitar era del mismo tipo que siempre me había parecido fantástica y frívola en las historias sobre la Inquisición. A las víctimas de su tiranía se les reservaba ya fuera una muerte llena de atroces agonías físicas o una con los más espantosos terrores morales. Yo estaba destinado a la segunda. Tan extenso había sido mi sufrimiento que mis nervios se encontraban perturbados, al punto de que temblaba por el sonido de mi propia voz y me había convertido en el sujeto perfecto para el tipo de tortura que me esperaba.

Temblando de pies a cabeza, me arrastré de regreso a la pared, resuelto a perecer ahí en lugar de arriesgarme a los terrores de los pozos que según mi imaginación debía haber por todo el calabozo. De haber tenido otra condición mental, me habría armado de coraje para saltar a uno de esos abismos y terminar con mi sufrimiento de una vez, pero en ese momento era el más grande de los cobardes. Tampoco podía olvidar lo que había leído sobre esos pozos, sobre cómo una extinción de vida *inmediata* era lo último que ofrecían.

Agitation of spirit kept me awake for many long hours; but at length I again slumbered. Upon arousing, I found by my side, as before, a loaf and a pitcher of water. A burning thirst consumed me, and I emptied the vessel at a draught. It must have been drugged—for scarcely had I drunk, before I became irresistibly drowsy. A deep sleep fell upon me—a sleep like that of death. How long it lasted, of course I know not; but when, once again, I unclosed my eyes, the objects around me were visible. By a wild, sulphurous lustre, the origin of which I could not at first determine, I was enabled to see the extent and aspect of the prison.

In its size I had been greatly mistaken. The whole circuit of its walls did not exceed twenty-five yards. For some minutes this fact occasioned me a world of vain trouble; vain indeed—for what could be of less importance, under the terrible circumstances which environed me, than the mere dimensions of my dungeon? But my soul took a wild interest in trifles, and I busied myself in endeavors to account for the error I had committed in my measurement. The truth at length flashed upon me. In my first attempt at exploration, I had counted fifty-two paces, up to the period when I fell: I must then have been within a pace or two of the fragment of serge; in fact, I had nearly performed the circuit of the vault. I then slept—and, upon awaking, I must have returned upon my steps—thus supposing the circuit nearly double what it actually was. My confusion of mind prevented me from observing that I began my tour with the wall to the left, and ended it with the wall to the right.

I had been deceived, too, in respect to the shape of the enclosure. In feeling my way, I had found many angles, and thus deduced an idea of great irregularity; so potent is the effect of total darkness upon one arousing from lethargy or sleep! The angles were simply those of a few slight depressions, or niches, at odd intervals. The general shape of the prison was square. What I had taken for masonry, seemed now to be iron, or some other metal, in huge plates, whose sutures or joints occasioned the depression. The entire surface of this metallic enclosure was rudely daubed in all the hideous and repulsive devices to which the charnel superstition of the monks has given rise. The figures of fiends in aspects of menace, with skeleton forms, and oth-

La agitación de mi espíritu me mantuvo despierto durante muchas largas horas, pero, después de un tiempo, volví a quedarme dormido. Al despertar, encontré a mi lado, como la vez anterior, una hogaza de pan y una jarra de agua. Tenía una sed ardiente, así que vacié el recipiente de inmediato. Seguramente el agua había sido drogada, pues apenas terminé, me sumí en un irresistible letargo. Un sueño profundo me consumió entonces, tan profundo como la muerte. No sé cuánto tiempo estuve en ese estado, pero cuando nuevamente abrí los ojos, ya podía ver los objetos a mi alrededor. Gracias a un resplandor sulfuroso, cuyo origen no fui capaz de determinar al principio, pude contemplar la extensión y aspecto de mi prisión.

Respecto a su tamaño, me había equivocado enormemente. El circuito entero de sus paredes no podía medir más de veinticinco metros. Por algunos minutos, este hecho me generó un mundo de vana preocupación. Vana, en efecto, pues ¿qué podría ser de menor importancia, en esas terribles circunstancias, que las dimensiones de mi calabozo? Pero tal parecía que mi alma se interesaba por las nimiedades, así que me ocupé en descubrir por qué me había equivocado en mis mediciones. Después de un tiempo, la verdad llegó a mí. En mi primera exploración, había contado cincuenta y dos pasos hasta el momento en que caí. En ese momento debí haber estado a un paso o dos del pedazo de tela; de hecho, ya casi había completado el circuito del calabozo. Después de que dormí, una vez despierto, seguramente comencé el circuito en dirección contraria, regresando sobre mis pasos, de tal manera que supuse que la prisión medía el doble de lo que realmente era. Por culpa de la confusión en mi mente, no me di cuenta de que, al empezar mi camino, tenía la pared a mi izquierda y, al terminarlo, a la derecha.

También me había engañado con respecto a la forma del lugar. Al ir tanteando la pared, había sentido varios ángulos, por lo que había deducido una considerable irregularidad en la forma del calabozo; sin embargo, esos ángulos no eran más que simples y aleatorias depresiones o nichos. ¡Tan potente es el efecto de oscuridad total en alguien que apenas despierta del letargo o del sueño! En realidad, la forma general de la prisión era cuadrada. Lo que había pensado que era mampostería parecía más bien ser hierro, o algún otro metal, dispuesto en placas enormes, cuyas suturas o articulaciones provocaban las depresiones. Toda la superficie de ese recinto metálico rebosaba bruscamente de todas las repulsivas y horribles imágenes que les han dado lugar a las supersti-

er more really fearful images, overspread and disfigured the walls. I observed that the outlines of these monstrosities were sufficiently distinct, but that the colors seemed faded and blurred, as if from the effects of a damp atmosphere. I now noticed the floor, too, which was of stone. In the centre yawned the circular pit from whose jaws I had escaped; but it was the only one in the dungeon.

All this I saw indistinctly and by much effort—for my personal condition had been greatly changed during slumber. I now lay upon my back, and at full length, on a species of low framework of wood. To this I was securely bound by a long strap resembling a surcingle. It passed in many convolutions about my limbs and body, leaving at liberty only my head, and my left arm to such extent, that I could, by dint of much exertion, supply myself with food from an earthen dish which lay by my side on the floor. I saw, to my horror, that the pitcher had been removed. I say, to my horror—for I was consumed with intolerable thirst. This thirst it appeared to be the design of my persecutors to stimulate—for the food in the dish was meat pungently seasoned.

Looking upward, I surveyed the ceiling of my prison. It was some thirty or forty feet overhead, and constructed much as the side walls. In one of its panels a very singular figure riveted my whole attention. It was the painted figure of Time as he is commonly represented, save that, in lieu of a scythe, he held what, at a casual glance, I supposed to be the pictured image of a huge pendulum, such as we see on antique clocks. There was something, however, in the appearance of this machine which caused me to regard it more attentively. While I gazed directly upward at it, (for its position was immediately over my own,) I fancied that I saw it in motion. In an instant afterward the fancy was confirmed. Its sweep was brief, and of course slow. I watched it for some minutes, somewhat in fear, but more in wonder. Wearied at length with observing its dull movement, I turned my eyes upon the other objects in the cell.

A slight noise attracted my notice, and, looking to the floor, I saw several enormous rats traversing it. They had issued from the well,

ciones sepulcrales sobre los monjes. Las paredes se veían desfiguradas por siluetas de bestias de aspecto amenazador, de forma esquelética, así como por muchas otras imágenes tenebrosas. Observé que los contornos de estas monstruosidades se veían lo suficientemente claros, pero los colores parecían más bien borrosos y opacos, como sufriendo los efectos de una atmósfera húmeda. Me di cuenta de que el suelo, de la misma manera, estaba hecho de piedra. En el centro abría sus fauces el pozo circular del que había escapado, pero no había ningún otro en el calabozo.

Todo esto lo pude ver claramente y con mucho esfuerzo, pues mi estado había cambiado enormemente durante mi sueño. Ahora yacía de espaldas, completamente extendido, sobre alguna especie de bastidor de madera, al cual estaba firmemente atado por una larga cinta que parecía un sobrecincho. La cinta pasaba, dando varias vueltas, por todo mi cuerpo y mis miembros, concediendo libertad solo a mi cabeza y hasta cierto punto mi brazo izquierdo, con el que, con mucho trabajo, podía alimentarme del plato de barro que yacía junto a mí en el piso. Vi, para mi desgracia, que se habían llevado la jarra de agua. Digo que fue una desgracia porque me atestaba una sed intolerable. Parece que esta sed era desginio de mis captores, pues la comida que estaba en el plato estaba excesivamente condimentada.

Mirando hacia arriba, examiné el techo de mi prisión. Tenía unos diez o doce metros de alto y estaba construído de manera semejante a las paredes. Una figura muy singular, pintada sobre uno de los paneles del techo, atrapó mi atención. Era la figura del Tiempo como se le suele representar, salvo que, en lugar de una guadaña, sostenía, a primera vista, lo que supuse era la imagen de un péndulo enorme, como los que se pueden ver en los relojes antiguos. Sin embargo, había algo en la apariencia de esa máquina que me obligaba a verla con más atención. Mientras miraba directamente hacia arriba, pues el péndulo estaba justo encima de mí, creí imaginar que se movía. Un instante después, esa fantasía se vio confirmada. La oscilación del péndulo era breve y, naturalmente, lenta. Lo observé por algunos minutos, en mera curiosidad. Cansado, después de un rato, de mirar su movimiento invariable, volví los ojos hacia los otros objetos de la celda.

Un ligero ruido atrajo mi atención y, al mirar hacia abajo, vi a varias ratas enormes atravesando el suelo. Habían salido del pozo, a mi dere-

which lay just within view to my right. Even then, while I gazed, they came up in troops, hurriedly, with ravenous eyes, allured by the scent of the meat. From this it required much effort and attention to scare them away.

It might have been half an hour, perhaps even an hour, (for I could take but imperfect note of time,) before I again cast my eyes upward. What I then saw, confounded and amazed me. The sweep of the pendulum had increased in extent by nearly a yard. As a natural consequence, its velocity was also much greater. But what mainly disturbed me, was the idea that it had perceptibly *descended*. I now observed—with what horror it is needless to say—that its nether extremity was formed of a crescent of glittering steel, about a foot in length from horn to horn; the horns upward, and the under edge evidently as keen as that of a razor. Like a razor also, it seemed massy and heavy, tapering from the edge into a solid and broad structure above. It was appended to a weighty rod of brass, and the whole *hissed* as it swung through the air.

I could no longer doubt the doom prepared for me by monkish ingenuity in torture. My cognizance of the pit had become known to the inquisitorial agents—*the pit*, whose horrors had been destined for so bold a recusant as myself—*the pit*, typical of hell, and regarded by rumor as the Ultima Thule of all their punishments. The plunge into this pit I had avoided by the merest of accidents, and I knew that surprise, or entrapment into torment, formed an important portion of all the grotesquerie of these dungeon deaths. Having failed to fall, it was no part of the demon plan to hurl me into the abyss; and thus (there being no alternative) a different and a milder destruction awaited me. Milder! I half smiled in my agony as I thought of such application of such a term.

What boots it to tell of the long, long hours of horror more than mortal, during which I counted the rushing oscillations of the steel! Inch by inch—line by line—with a descent only appreciable at intervals that seemed ages—down and still down it came! Days passed—it might have been that many days passed—ere it swept so closely over

cha, al alcance de mi vista. Incluso entonces, mientras miraba, las ratas salían en grandes cantidades, apresuradas, con ojos hambrientos, atraídas por el olor de la carne. Requería mucho esfuerzo y atención alejarlas de la comida.

Puede que haya pasado media hora, quizá incluso una hora entera —mi noción del tiempo era imperfecta—, antes de que volviera a mirar hacia arriba. Lo que vi me confundió y me sorprendió. La amplitud de la oscilación del péndulo había aumentado casi un metro. Como consecuencia natural, su velocidad también se había visto incrementada. Pero lo que más me perturbaba era la idea de que había *descendido* percetiblemente. Entonces me di cuenta, con un horror que está de más mencionar, que la extremidad inferior del péndulo formaba una media luna hecha de metal reluciente, y que medía casi un metro de longitud de punta a punta. Tenía cuernos que apuntaban hacia arriba y el borde tan evidentemente afilado como una cuchilla. También como una cuchilla, el filo del péndulo era la última parte de un armazón que se iba haciendo cada vez más ancho, hasta formar una sólida y pesada estructura. El péndulo se sostenía de una gruesa vara de latón y toda la estructura *silbaba* a medida que cortaba el aire.

Ya no había manera de dudar la condena que me había preparado el ingenio para la tortura de los monjes. Los agentes de la Inquisición se habían dado cuenta de mi descubrimiento del pozo; *del pozo,* cuyos horrores se habían destinado a un recusante tan obstinado como yo; *del pozo,* símbolo típico del infierno, que era visto como la última Thule de todos sus castigos. Había evitado caer en ese abismo por el más casual de los accidentes y sabía que la sorpresa, o bien la trampa del tormento, era una parte importante de todas las muertes grotescas que sucedían en estos calabozos. Habiéndome librado de caer en el pozo, ya no era parte del plan demoniaco arrojarme al abismo. Ahora (ya no había alternativa), una diferente y más afable destrucción me esperaba. ¡Más afable! Casi sonreí de agonía mientras pensaba en la aplicación de dicho término.

¿De qué sirve hablar de las largas, largas horas de un horror más allá de lo mortal durante las que conté las precipitadas oscilaciones del metal? Centímetro a centímetro, línea por línea, con un descenso solo apreciable después de intervalos tan largos como eras. ¡Abajo! ¡Venía cada vez más abajo! Pasaron los días —puede que hayan pasado dema-

me as to fan me with its acrid breath. The odor of the sharp steel forced itself into my nostrils. I prayed—I wearied heaven with my prayer for its more speedy descent. I grew frantically mad, and struggled to force myself upward against the sweep of the fearful scimitar. And then I fell suddenly calm, and lay smiling at the glittering death, as a child at some rare bauble.

There was another interval of utter insensibility; it was brief; for, upon again lapsing into life, there had been no perceptible descent in the pendulum. But it might have been long—for I knew there were demons who took note of my swoon, and who could have arrested the vibration at pleasure. Upon my recovery, too, I felt very—oh, inexpressibly—sick and weak, as if through long inanition. Even amid the agonies of that period, the human nature craved food. With painful effort I outstretched my left arm as far as my bonds permitted, and took possession of the small remnant which had been spared me by the rats. As I put a portion of it within my lips, there rushed to my mind a half-formed thought of joy—of hope. Yet what business had *I* with hope? It was, as I say, a half-formed thought—man has many such, which are never completed. I felt that it was of joy—of hope; but I felt also that it had perished in its formation. In vain I struggled to perfect—to regain it. Long suffering had nearly annihilated all my ordinary powers of mind. I was an imbecile—an idiot.

The vibration of the pendulum was at right angles to my length. I saw that the crescent was designed to cross the region of the heart. It would fray the serge of my robe—it would return and repeat its operations—again—and again. Notwithstanding its terrifically wide sweep, (some thirty feet or more,) and the hissing vigor of its descent, sufficient to sunder these very walls of iron, still the fraying of my robe would be all that, for several minutes, it would accomplish. And at this thought I paused. I dared not go farther than this reflection. I dwelt upon it with a pertinacity of attention—as if, in so dwelling, I could arrest *here* the descent of the steel. I forced myself to ponder upon the sound of the crescent as it should pass across the garment— upon the peculiar thrilling sensation which the friction of cloth pro-

siados—, y ya el péndulo se movía tan cerca de mí como para rociarme con su mordaz aliento. Ese olor a metal afilado se incorporó a mis fosas nasales. Supliqué y harté de plegarias el cielo para que el péndulo descendiera más rápido. Cada vez me volvía más histérico, en delirio, e intentaba forzarme a empujar mi cuerpo hacia arriba, en el camino de la temible cimitarra. Y de pronto me sobrevino una calma que me dejó inmóvil y me hizo sonreír ante esa muerte resplandeciente como si fuera un niño ante singular ornato.

Siguió otro intervalo de total insensibilidad, breve, pues, al regresar a la vida, el péndulo no había descendido perceptiblemente. Pero también puede que haya sido un largo tiempo, ya que había demonios que pudieron notar mi desmayo y detener el descenso del péndulo a volutad. Al recuperarme, me sentí tan —cuán inexpresablemente— débil y enfermo, como si estuviera viviendo una larga inanición. Incluso en medio de la agonía de aquellas horas, la naturaleza humana suplicaba alimento. Con doloroso esfuerzo extendí el brazo izquierdo tan lejos como mi atadura me lo permitía y me apoderé del pequeño residuo que me habían dejado las ratas. Al llevarme la porción de comida a los labios, llegó a mi mente una idea apenas formada de alegría y de esperanza. Pero ¿qué tenía que ver *yo* con la esperanza? Era, como digo, una idea apenas formada. Es humano tener muchas de ese tipo, aquellas que nunca se ven completadas. Sentí que era de alegría, de esperanza; pero, al mismo tiempo, que había perecido entre sus cimientos. Luché en vano para perfeccionarla, para reclamarla. El prolongado sufrimiento había aniquilado casi por completo todas mis capacidades mentales comunes. No era más que un imbécil: un idiota.

La vibración del péndulo formaba un ángulo recto con la longitud de mi cuerpo. Me di cuenta de que la media luna estaba diseñada para atravesar la región del corazón. Desgarraría la tela de mi ropa... regresaría para repetir la operación... una y otra vez. A pesar de su terroríficamente amplio alcance (de doce metros o más) y del seseante vigor de su descenso, suficiente como para escindir las paredes de hierro, por al menos varios minutos, degarrar mi ropa era lo único que lograría. Y al pensar esto pausé. No me atrevía a pensar más allá de esta reflexión. Consideré esa idea con sagaz atención, como si, al hacerlo, pudiera detener *en ese punto* el descenso del metal. Me obligué a pensar en el sonido que la media luna haría al pasar a través de la prenda, en la peculiar y emocionante sensación que la fricción de una tela contra la piel produce en los

duces on the nerves. I pondered upon all this frivolity until my teeth were on edge.

Down—steadily down it crept. I took a frenzied pleasure in contrasting its downward with its lateral velocity. To the right—to the left—far and wide—with the shriek of a damned spirit! to my heart, with the stealthy pace of the tiger! I alternately laughed and howled, as the one or the other idea grew predominant.

Down—certainly, relentlessly down! It vibrated within three inches of my bosom! I struggled violently—furiously—to free my left arm. This was free only from the elbow to the hand. I could reach the latter, from the platter beside me, to my mouth, with great effort, but no farther. Could I have broken the fastenings above the elbow, I would have seized and attempted to arrest the pendulum. I might as well have attempted to arrest an avalanche!

Down—still unceasingly—still inevitably down! I gasped and struggled at each vibration. I shrunk convulsively at its every sweep. My eyes followed its outward or upward whirls with the eagerness of the most unmeaning despair; they closed themselves spasmodically at the descent, although death would have been a relief, oh, how unspeakable! Still I quivered in every nerve to think how slight a sinking of the machinery would precipitate that keen, glistening axe upon my bosom. It was *hope* that prompted the nerve to quiver—the frame to shrink. It was *hope*—the hope that triumphs on the rack—that whispers to the death-condemned even in the dungeons of the Inquisition.

I saw that some ten or twelve vibrations would bring the steel in actual contact with my robe—and with this observation there suddenly came over my spirit all the keen, collected calmness of despair. For the first time during many hours—or perhaps days—I *thought*. It now occurred to me, that the bandage, or surcingle, which enveloped me, was *unique*. I was tied by no separate cord. The first stroke of the razor-like crescent athwart any portion of the band, would so detach it that it might be unwound from my person by means of my left hand. But how fearful, in that case, the proximity of the steel! The result of

nervios. Medité sobre todas estas frivolidades hasta que se me pusieron los nervios de punta.

Bajaba... se arrastraba hacia abajo a paso constante. Me dio un trastornado placer comparar su velocidad lateral con su velocidad al bajar. Hacia la derecha... hacia la izquierda... amplia y extensa... ¡con el grito de un espíritu maldito!... hacia mi corazón... ¡con el paso furtivo de un tigre! Me reí y grité alternadamente, según cuál de las dos acciones me dominara.

Bajaba... ¡definitivamente, incansablemente, bajaba! ¡Ya oscilaba a ocho centímetros de mi pecho! Luché violentamente, furiosamente, por liberar el brazo izquierdo. Este era el único brazo que tenía libre desde el codo hasta la mano. Podía llevarlo del plato a mi lado hasta mi boca, con gran esfuerzo, pero nada más. De haber roto las ataduras sobre el codo, podría haber intentado sujetar y detener el péndulo. ¡Pero bien podría haber intentado detener una avalancha!

Bajaba... todavía incesante... ¡todavía inevitable! Yo daba gritos ahogados y luchaba contra la vibración del péndulo. Me encojía convulsivamente con cada una de sus oscilaciones. Mis ojos seguían su camino hacia arriba y hacia abajo con la misma ansiedad de la más insignificante desesperación; ellos mismos se cerraban en espasmos al presenciar el descenso del péndulo. Aunque la muerte hubiera sido un alivio, ¡oh, era tan inefable! Se me estremecía cada nervio al pensar cómo un único error en la maquinaria precipitaría esa afilada y reluciente hacha contra mi pecho. Era *esperanza* lo que hacía mis nervios temblar... mi cuerpo encojerse. Era la *esperanza* —aquella esperanza que triunfa en el potro—, quien susurraba a los condenados a muerte, incluso en los calabozos de la Inquisición.

Me di cuenta de que diez o doce oscilaciones más harían que el metal llegara hasta la sarga de mi prenda, y con esta observación llegó a mi espíritu toda la aguda y serena calma de la desesperación. Por primera vez en muchas horas —o incluso días—, me puse a *pensar*. Se me ocurrió entonces que la cinta, o sobrecincho, que me envolvía era *de una sola pieza*. No tenía ninguna otra cinta atada. La primera pincelada del afilado descenso, transversal a cualquier punto de la cinta, bastaría para cortarla, y podría liberar mi persona con ayuda de mi mano izquierda. Pero ¡qué aterradora, en ese caso, la proximidad del acero! El resulta-

the slightest struggle, how deadly! Was it likely, moreover, that the minions of the torturer had not foreseen and provided for this possibility? Was it probable that the bandage crossed my bosom in the track of the pendulum? Dreading to find my faint, and, as it seemed, my last hope frustrated, I so far elevated my head as to obtain a distinct view of my breast. The surcingle enveloped my limbs and body close in all directions—*save in the path of the destroying crescent.*

Scarcely had I dropped my head back into its original position, when there flashed upon my mind what I cannot better describe than as the unformed half of that idea of deliverance to which I have previously alluded, and of which a moiety only floated indeterminately through my brain when I raised food to my burning lips. The whole thought was now present—feeble, scarcely sane, scarcely definite—but still entire. I proceeded at once, with the nervous energy of despair, to attempt its execution.

For many hours the immediate vicinity of the low framework upon which I lay, had been literally swarming with rats. They were wild, bold, ravenous—their red eyes glaring upon me as if they waited but for motionlessness on my part to make me their prey. "To what food," I thought, "have they been accustomed in the well?"

They had devoured, in spite of all my efforts to prevent them, all but a small remnant of the contents of the dish. I had fallen into an habitual see-saw, or wave of the hand about the platter; and, at length, the unconscious uniformity of the movement deprived it of effect. In their voracity, the vermin frequently fastened their sharp fangs in my fingers. With the particles of the oily and spicy viand which now remained, I thoroughly rubbed the bandage wherever I could reach it; then, raising my hand from the floor, I lay breathlessly still.

At first, the ravenous animals were startled and terrified at the change—at the cessation of movement. They shrank alarmedly back; many sought the well. But this was only for a moment. I had not counted in vain upon their voracity. Observing that I remained without motion, one or two of the boldest leaped upon the fame-work, and smelt at the surcingle. This seemed the signal for a general rush. Forth from the well they hurried in fresh troops. They clung to the wood—they overran it, and leaped in hundreds upon my person.

do del más mínimo forcejeo, ¡qué letal! Además, ¿no era probable que los sirvientes de mi torturador ya hubieran previsto y prevenido esta posiblidad? ¿Qué tan probable era que mi atadura estuviera justo en el camino del péndulo? Pavoroso de encontrar que mi débil y, como parecía, última esperanza se veía frustrada, me atreví a elevar la cabeza para poder ver mi pecho. El sobrecincho me envolvía los miembros y cuerpo en todas las direcciones *salvo en el camino del descenso destructor.*

Apenas hube dejado caer la cabeza en su posición original, en mi mente relampagueó lo que no puedo describir sino como la disforme mitad de la idea de salvación a la que me refería previamente. Al llevar comida a mis labios ardientes, un fragmento de esta idea flotaba indeterminadamente en mi cerebro. La idea completa ahora existía: endeble, apenas cuerda, apenas definida, pero completa. De inmediato, con la energía nerviosa de la desesperación, intenté ejecutarla.

Durante muchas horas, las inmediaciones del bajo bastidor de madera en el que yacía habían estado repletas de ratas. Eran salvajes, osadas, voraces; la mirada de sus ojos rojos estaba puesta sobre mí como si solo esperaran que dejara de moverme para convertirme en su presa. «¿A qué tipo de alimento —pensé— se habrán acostumbrado en el pozo?». Habían devorado, a pesar de todos mis esfuerzos por ahuyentarlas, casi todo el contenido del plato, excepto una pequeña parte. Mi mano había caído en un monótono agitar sobre el plato, en abanico, y, eventualmente, la inconsciente uniformidad del movimiento le había arrebatado su efecto. En su hambruna, los parásitos frecuentemente apuntalaban sus afilados colmillos alrededor de mis dedos. Unté por toda la cinta, hasta donde alcanzaba, las partículas de la grasosa y especiada carne que quedaba. Luego, levanté la mano del suelo y me quedé completamente inmóvil.

En un principio, los animales famélicos se sobresaltaron y temieron el cambio, el cese de movimiento. Se encogieron y retrocedieron; muchos de ellos se dirigieron de vuelta al pozo. Pero esto duró solo un momento. No fue en vano que consideré su voracidad. Al observar que seguía quieto, una o dos de las ratas más valientes saltaron sobre el bastidor de madera y empezaron a oler el sobrecincho. Parece que esto fue la señal para los demás. Desde el pozo, se avecinaron en masa. Se sujetaron de la madera, corriendo por ella, y saltaron a centenares sobre

The measured movement of the pendulum disturbed them not at all. Avoiding its strokes, they busied themselves with the anointed bandage. They pressed—they swarmed upon me in ever accumulating heaps. They writhed upon my throat; their cold lips sought my own; I was half stifled by their thronging pressure; disgust, for which the world has no name, swelled my bosom, and chilled, with a heavy clamminess, my heart. Yet one minute, and I felt that the struggle would be over. Plainly I perceived the loosening of the bandage. I knew that in more than one place it must be already severed. With a more than human resolution I lay *still*.

Nor had I erred in my calculations—nor had I endured in vain. I at length felt that I was *free*. The surcingle hung in ribands from my body. But the stroke of the pendulum already pressed upon my bosom. It had divided the serge of the robe. It had cut through the linen beneath. Twice again it swung, and a sharp sense of pain shot through every nerve. But the moment of escape had arrived. At a wave of my hand my deliverers hurried tumultuously away. With a steady movement—cautious, sidelong, shrinking, and slow—I slid from the embrace of the bandage and beyond the reach of the scimitar. For the moment, at least, *I was free*.

Free!—and in the grasp of the Inquisition! I had scarcely stepped from my wooden bed of horror upon the stone floor of the prison, when the motion of the hellish machine ceased, and I beheld it drawn up, by some invisible force, through the ceiling. This was a lesson which I took desperately to heart. My every motion was undoubtedly watched. Free!—I had but escaped death in one form of agony, to be delivered unto worse than death in some other. With that thought I rolled my eyes nervously around on the barriers of iron that hemmed me in. Something unusual—some change which, at first, I could not appreciate distinctly—it was obvious, had taken place in the apartment. For many minutes of a dreamy and trembling abstraction, I busied myself in vain, unconnected conjecture. During this period, I became aware, for the first time, of the origin of the sulphurous light which illumined the cell. It proceeded from a fissure, about half an inch in width, extending entirely around the prison at the base of the walls, which thus appeared, and were completely separated from the floor. I endeavored, but of course in vain, to look through the aperture.

mí. El rítmico movimiento del péndulo no les molestaba en absoluto. Evadiendo la cuchilla, las ratas se avalanzaron sobre la cinta embadurnada. Pululaban en cúmulos cada vez más grandes, ejerciendo presión sobre mí. Se retorcían sobre mi garganta; sus labios fríos buscaban los míos; casi me asfixiaban con su peso aglomerado. Asco, para el cual este mundo no tiene nombre, brotó de mi pecho y me dejó un escalofrío de espesa viscocidad en el corazón. Apenas había pasado un minuto y ya sentía que la lucha terminaba. Con toda claridad sentí cómo se aflojaba la cinta. Me percaté de que en más de un lugar ya había sido perforada. Con una resolución más allá de lo humano, me quedé *quieto*.

No calculé mal —ni soporté en vano—, pues, después de un rato, sentí que era *libre*. El sobrecincho colgaba en jirones sobre mi cuerpo. Sin embargo, la cuchilla del péndulo ya alcanzaba mi pecho. Había dividido la tela de la prenda. Había cortado también el lino debajo. Dos veces más se balanceó y un agudo dolor se disparó por todo mi cuerpo. Pero el momento del escape había llegado. Al agitar la mano, mis ratas salvadoras se fueron tumultuosamente. Con un solo movimiento —constante, cauteloso, de costado—, me deslicé, encogiéndome, lentamente, desde el encierro de la cinta hacia fuera del alcance de la cimitarra. Por un momento, al fin, *era libre*.

Libre... ¡en las garras de la Inquisición! Apenas me había alejado de mi lecho de horror de madera que estaba sobre el piso de piedra de la prisión cuando el movimiento de la máquina infernal se detuvo. Presencié cómo se elevaba, por medio de alguna fuerza invisible, hacia el techo. Esta fue una lección que me tomé desesperadamente en serio. Todo lo que yo hacía estaba siendo, sin lugar a duda, observado. Libre... pero había escapado de una forma de muerte agónica solo para sufrir, de alguna otra manera, algo peor que la muerte. Al pensar esto, mis ojos recorrieron nerviosamente las barreras de metal que me aprisionaban. Algo inusual había sucedido en el lugar, cambio que, al principio, no pude apreciar del todo. Por varios minutos, medité una confusa y trepidante abstracción —en vano, pues era inconexa conjetura—. Durante ese periodo, me di cuenta, por primera vez, del origen de la luz sulfurosa que iluminaba el calabozo. Venía de una fisura, de aproximadamente un centímetro de ancho, que rodeaba toda la prisión al pie de las paredes, de manera que parecía, y así lo era, que estaban completamente separadas del suelo. Intenté, pero, por supuesto, sin ningún éxito, ver a través de la apertura.

As I arose from the attempt, the mystery of the alteration in the chamber broke at once upon my understanding. I have observed that, although the outlines of the figures upon the walls were sufficiently distinct, yet the colors seemed blurred and indefinite. These colors had now assumed, and were momentarily assuming, a startling and most intense brilliancy, that gave to the spectral and fiendish portraitures an aspect that might have thrilled even firmer nerves than my own. Demon eyes, of a wild and ghastly vivacity, glared upon me in a thousand directions, where none had been visible before, and gleamed with the lurid lustre of a fire that I could not force my imagination to regard as unreal.

Unreal!—Even while I breathed there came to my nostrils the breath of the vapor of heated iron! A suffocating odor pervaded the prison! A deeper glow settled each moment in the eyes that glared at my agonies! A richer tint of crimson diffused itself over the pictured horrors of blood. I panted! I gasped for breath! There could be no doubt of the design of my tormentors—oh! most unrelenting! oh! most demoniac of men! I shrank from the glowing metal to the centre of the cell. Amid the thought of the fiery destruction that impended, the idea of the coolness of the well came over my soul like balm. I rushed to its deadly brink. I threw my straining vision below. The glare from the enkindled roof illumined its inmost recesses. Yet, for a wild moment, did my spirit refuse to comprehend the meaning of what I saw. At length it forced—it wrestled its way into my soul—it burned itself in upon my shuddering reason. Oh! for a voice to speak!—oh! horror!— oh! any horror but this! With a shriek, I rushed from the margin, and buried my face in my hands—weeping bitterly.

The heat rapidly increased, and once again I looked up, shuddering as with a fit of the ague. There had been a second change in the cell—and now the change was obviously in the *form*. As before, it was in vain that I at first endeavored to appreciate or understand what was taking place. But not long was I left in doubt. The Inquisitorial vengeance had been hurried by my two-fold escape, and there was to be no more dallying with the King of Terrors. The room had been square. I saw that two of its iron angles were now acute—two, consequently, obtuse. The fearful difference quickly increased with a low

Al levantarme después de ese intento, comprendí el misterio de la alteración en la prisión. Antes había observado que, aunque las figuras pintadas en la pared eran suficientemente distintivas, los colores parecían borrosos e indefinidos. Estos colores ahora mostraban, y lo hacían en ese preciso instante, un sorprendente e intenso fulgor que le daba a las imágenes de espectros y bestias un aspecto que podría alterar nervios incluso más firmes que los míos. Ojos demoniacos, de salvaje y espectral vivacidad, me observaban desde mil direcciones, cuando minutos antes ninguno de ellos era visible, y brillaban con el ígneo resplandor de un fuego que ni siquiera mi imaginación podía concebir como irreal.

¡Irreal! ¡Incluso al respirar llegaba a mis fosas nasales el aliento del vapor del metal ardiente! ¡Un hedor sofocante invadía la prisión! ¡Un fulgor cada vez más profundo se asentaba en la odiosa mirada de aquellos ojos que contemplaban mi agonía! Un tono de escarlata todavía más intenso se esparció por todas las imágenes de horror sangriento. ¡Yo jadeaba! ¡Ya no tenía aire! No podía haber ninguna duda respecto al designio de mis torturadores... ¡Oh! ¡Qué implacables! ¡Qué hombres tan demoniacos! Me alejé del metal ardiente y llegué hasta el centro de la celda. En mi mente, al pensar en la abrasadora destrucción inminente, la idea de la frescura del pozo me colmó el alma como un bálsamo. Me acerqué a su orilla mortal. Mis ojos entrecerrados se dirigieron hacia abajo. El resplandor del techo encendido iluminaba hasta sus más internos recovecos. Sin embargo, por un momento, mi espíritu se rehusó a comprender el significado de lo que vi. Eventualmente se impregnó a sí mismo —entró a la fuerza hasta mi alma—, se fundió en mi consciencia estremecida. ¡Ah, qué voz podría decirlo! ¡Qué horror! ¡Cualquier horror salvo aquel! Con un grito, me aparté de la orilla y enterré el rostro en las manos, llorando amargamente.

El calor aumentó rápidamente y, una vez más, miré hacia arriba, temblando como si me invadiera un ataque febril. Un segundo cambio había sucedido en la celda, y ese cambio radicaba obviamente en la forma. Como antes, fue sin éxito que intenté, en un principio, entender lo que estaba pasando. Pero no lo tuve que dudar durante mucho tiempo. La venganza inquisitorial se había adelantado a causa de mi doble escape y ya no iba a haber retrasos en mi encuentro con el Rey de los Espantos. La celda antes era cuadrada. Ahora, dos de sus ángulos de hierro eran agudos; los otros, por consiguiente, obtusos. La tenebrosa diferencia

rumbling or moaning sound. In an instant the apartment had shifted its form into that of a lozenge. But the alteration stopped not here—I neither hoped nor desired it to stop. I could have clasped the red walls to my bosom as a garment of eternal peace. "Death," I said, "any death but that of the pit!" Fool! might I not have known that *into the pit* it was the object of the burning iron to urge me? Could I resist its glow? or if even that, could I withstand its pressure? And now, flatter and flatter grew the lozenge, with a rapidity that left me no time for contemplation. Its centre, and of course, its greatest width, came just over the yawning gulf. I shrank back—but the closing walls pressed me resistlessly onward. At length for my seared and writhing body there was no longer an inch of foothold on the firm floor of the prison. I struggled no more, but the agony of my soul found vent in one loud, long, and final scream of despair. I felt that I tottered upon the brink—I averted my eyes—

There was a discordant hum of human voices! There was a loud blast as of many trumpets! There was a harsh grating as of a thousand thunders! The fiery walls rushed back! An outstretched arm caught my own as I fell, fainting, into the abyss. It was that of General Lasalle. The French army had entered Toledo. The Inquisition was in the hands of its enemies.

aumentó velozmente, con el sonido de un estruendo profundo y quejumbroso. En un instante, la prisión cambió su forma hasta convertirse en un rombo. Pero la transfiguración no se detuvo ahí, y yo no deseaba ni esperaba que se detuviera. Podría haber abrochado las paredes rojas a mi pecho como un prendedor de paz eterna. «¡Muerte! —dije— ¡Cualquier muerte salvo el pozo!». ¡Vaya tonto! ¿Acaso no sabía que *hacia el pozo* era hacia donde el metal ardiente me conducía? ¿Podría resistirme a su brillo? E incluso entonces, ¿podría resistirme a su empuje? Y el rombo se hacía cada vez más plano, con una rapidez que no me daba tiempo para pensar. Su centro que era, por supuesto, su parte más ancha, llegaba justo al abismo abierto. Intentaba alejarme, pero las paredes movedizas me acercaban sin que pudiera oponerme. Eventualmente, no quedaba ni siquiera un centímetro en el suelo firme de la prisión para mi cauterizado y convulso cuerpo. Dejé de pelear, pero la agonía de mi alma se articuló en un fuerte, largo y final grito de desesperación. Ya me sentía tambalear en el borde... tuve que desviar la mirada.

¡Y un discordante zumbido de voces humanas! ¡Una ruidosa explosión como de mil trompetas! ¡Un chirrido tan áspero como mil truenos! ¡Las paredes de fuego retrocedieron! Un brazo extendido atrapó el mío mientras caía, casi desmayado, hacia el abismo. Era el brazo del general Lasalle. El ejército francés se había adentrado en Toledo. Ahora la Inquisición estaba en las manos de sus enemigos.

THE MAN OF THE CROWD

Ce grand malheur, de ne pouvoir être seul.

La Bruyère

It was well said of a certain German book that *"er lasst sich nicht lesen"*—
it does not permit itself to be read. There are some secrets which
do not permit themselves to be told. Men die nightly in their beds,
wringing the hands of ghostly confessors, and looking them piteously
in the eyes—die with despair of heart and convulsion of throat, on account of the hideousness of mysteries which will not *suffer themselves*
to be revealed. Now and then, alas, the conscience of man takes up a
burthen so heavy in horror that it can be thrown down only into the
grave. And thus the essence of all crime is undivulged.

Not long ago, about the closing in of an evening in autumn, I sat at
the large bow window of the D—— Coffee-House in London. For some
months I had been ill in health, but was now convalescent, and, with
returning strength, found myself in one of those happy moods which
are so precisely the converse of *ennui*—moods of the keenest appe-
tency, when the film from the mental vision departs—αχλυς ος πριν
επηεν—and the intellect, electrified, surpasses as greatly its every-
day condition, as does the vivid yet candid reason of Leibnitz, the
mad and flimsy rhetoric of Gorgias. Merely to breathe was enjoyment; and I derived positive pleasure even from many of the legit-
imate sources of pain. I felt a calm but inquisitive interest in every
thing. With a cigar in my mouth and a newspaper in my lap, I had
been amusing myself for the greater part of the afternoon, now in
poring over advertisements, now in observing the promiscuous company in the room, and now in peering through the smoky panes into
the street.

This latter is one of the principal thoroughfares of the city, and had
been very much crowded during the whole day. But, as the darkness
came on, the throng momently increased; and, by the time the lamps
were well lighted, two dense and continuous tides of population were
rushing past the door. At this particular period of the evening I had
never before been in a similar situation, and the tumultuous sea of
human heads filled me, therefore, with a delicious novelty of emotion. I gave up, at length, all care of things within the hotel, and be-

EL HOMBRE DE LA MULTITUD

Ce grand malheur, de ne pouvoir être seul.

La Bruyère

Bien se ha dicho de cierto libro alemán que *er lasst sich nicht lessen*: no permite que se le lea. Hay algunos secretos que no permiten que se les escuche. Hay personas que mueren de noche en sus lechos, estrechando las manos de confesores fantasmales, mirándolos con lástima a los ojos; mueren con el corazón angustiado y la garganta convulsa por culpa de lo terrible que es que haya misterios que *no permiten* que se les revele. Ahora y entonces, la consciencia del ser humano lleva una carga de horror tan pesada que solo en la tumba es posible soltarla. Y, así, la esencia de todo crimen se mantiene secreta.

No hace mucho tiempo, cerca del final de una tarde otoñal, me senté en la ventana mirador del Café D... en Londres. Llevaba algunos meses enfermo, pero en ese momento ya estaba convaleciente, y con el aumento de mi energía, me encontraba en una de esas felices disposiciones que son precisamente lo contrario del *ennui* —estados de ánimo del mayor apetito, cuando se desvanece el manto de la visión interna: αχλυς ος πριν επηεν—, cuando el intelecto, electrificado, supera en gran medida su condición habitual, así como la vívida, aunque franca, lógica de Leibnitz rebasa la loca y endeble retórica de Gorgias. Simplemente respirar era un deleite, e incluso encontraba placer en muchas de las fuentes de dolor legítimas. Tenía un tranquilo pero curioso interés en todo. Me había entretenido con un cigarro en la boca y un periódico en el regazo por la mayor parte de la tarde; ya fuera leyendo los anuncios, ya fuera observando la variada compañía de la habitación, ya fuera mirando hacia la calle a través de los cristales velados por el humo.

Esta avenida es una de las principales vías de la ciudad, y había estado muy saturada durante el día entero. Pero, al llegar la oscuridad, la multitud aumentó momentáneamente; para cuando las lámparas ya estaban encendidas, dos densas y continuas olas de personas pasaban frente a las puertas. Nunca me había encontrado en una situación similar durante este periodo particular de la noche, por lo que el mar tumultuoso de cabezas humanas me llenaba de una deliciosa y nueva emoción. Me dejaron de importar las cosas dentro del hotel y me dejé absorber en la

came absorbed in contemplation of the scene without.

At first my observations took an abstract and generalizing turn. I looked at the passengers in masses, and thought of them in their aggregate relations. Soon, however, I descended to details, and regarded with minute interest the innumerable varieties of figure, dress, air, gait, visage, and expression of countenance.

By far the greater number of those who went by had a satisfied, business-like demeanor, and seemed to be thinking only of making their way through the press. Their brows were knit, and their eyes rolled quickly; when pushed against by fellow-wayfarers they evinced no symptom of impatience, but adjusted their clothes and hurried on. Others, still a numerous class, were restless in their movements, had flushed faces, and talked and gesticulated to themselves, as if feeling in solitude on account of the very denseness of the company around. When impeded in their progress, these people suddenly ceased muttering, but redoubled their gesticulations, and awaited, with an absent and overdone smile upon the lips, the course of the persons impeding them. If jostled, they bowed profusely to the jostlers, and appeared overwhelmed with confusion.—There was nothing very distinctive about these two large classes beyond what I have noted. Their habiliments belonged to that order which is pointedly termed the decent. They were undoubtedly noblemen, merchants, attorneys, tradesmen, stock-jobbers—the Eupatrids and the common-places of society—men of leisure and men actively engaged in affairs of their own—conducting business upon their own responsibility. They did not greatly excite my attention.

The tribe of clerks was an obvious one; and here I discerned two remarkable divisions. There were the junior clerks of flash houses—young gentlemen with tight coats, bright boots, well-oiled hair, and supercilious lips. Setting aside a certain dapperness of carriage, which may be termed *deskism* for want of a better word, the manner of these persons seemed to be an exact facsimile of what had been the perfection of *bon ton* about twelve or eighteen months before. They wore the cast-off graces of the gentry;—and this, I believe, involves the best definition of the class.

The division of the upper clerks of staunch firms, or of the "steady

contemplación de la escena exterior.

En un principio, mis observaciones dieron un giro abstracto y generalizador. Miraba a los pasajeros en masa y pensaba en ellos tomando en cuenta sus relaciones colectivas. Pronto, sin embargo, pasé a los detalles y contemplé con minucioso interés las múltiples figuras, vestidos, actitudes, pasos, rostros y expresiones.

Eran más, por mucho, quienes se veían tanto satisfechos como serios, como si solo estuvieran pensando en abrirse paso entre la multitud. Fruncían las cejas y sus ojos se movían rápidamente; al ser empujados por otros transeúntes no mostraban ninguna señal de impaciencia, solo ajustaban su ropa y continuaban. Otros, también bastantes, se movían con inquietud; tenían rostros agitados y hablaban y gesticulaban hacia sí mismos, como si se sintieran solitarios meramente por la densidad de la compañía que los rodeaba. Cuando se impedía su progreso, estas personas dejaban de susurrar, pero aumentaban sus gesticulaciones, y esperaban, con una sonrisa forzada y ausente en los labios, hasta que pasaran los demás. Si se les empujaba, se disculpaban profusamente con quienes los empujaron, y parecían inundarse de confusión. No había nada que distinguiera estas dos largas clases de peatones más allá de lo que he descrito. Sus ropas pertenecían a ese término que se denomina como decente. Sin lugar a duda, los transeúntes eran nobles, comerciantes, abogados, artesanos, agiotistas: los eupátridas y lugares comunes de la sociedad. Personas de ocio y personas activamente ocupadas en sus propios asuntos, con negocios bajo su responsabilidad. Ninguno de ellos excitaba particularmente mi atención.

La tribu de empleados era obvia, y en ella discerní dos claras divisiones. Estaban los empleados menores de casas ostentosas: jóvenes de sacos apretados, botas brillantes, cabello bien peinado y labios altaneros. Dejando de lado una cierta elegancia, que bien podría designarse como *oficinesca*, a falta de mejor palabra, la disposición de estas personas parecía ser un facsimilar exacto de lo que, doce o dieciocho meses atrás, fue la perfección y el *bon ton*. Llevaban las maneras ya desechadas de la aristocracia, y esto, me parece, es la mejor definición de esta clase.

Era imposible no notar la división que había entre ellos y los emplea-

old fellows," it was not possible to mistake. These were known by their coats and pantaloons of black or brown, made to sit comfortably, with white cravats and waistcoats, broad solid-looking shoes, and thick hose or gaiters.—They had all slightly bald heads, from which the right ears, long used to pen-holding, had an odd habit of standing off on end. I observed that they always removed or settled their hats with both hands, and wore watches, with short gold chains of a substantial and ancient pattern. Theirs was the affectation of respectability;—if indeed there be an affectation so honorable.

There were many individuals of dashing appearance, whom I easily understood as belonging to the race of swell pick-pockets, with which all great cities are infested. I watched these gentry with much inquisitiveness, and found it difficult to imagine how they should ever be mistaken for gentlemen by gentlemen themselves. Their voluminousness of wristband, with an air of excessive frankness, should betray them at once.

The gamblers, of whom I descried not a few, were still more easily recognizable. They wore every variety of dress, from that of the desperate thimble-rig bully, with velvet waistcoat, fancy neckerchief, gilt chains, and filagreed buttons, to that of the scrupulously inornate clergyman, than which nothing could be less liable to suspicion. Still all were distinguished by a certain sodden swarthiness of complexion, a filmy dimness of eye, and pallor and compression of lip. There were two other traits, moreover, by which I could always detect them:—a guarded lowness of tone in conversation, and a more than ordinary extension of the thumb in a direction at right angles with the fingers.—Very often, in company with these sharpers, I observed an order of men somewhat different in habits, but still birds of a kindred feather. They may be defined as the gentlemen who live by their wits. They seem to prey upon the public in two battalions—that of the dandies and that of the military men. Of the first grade the leading features are long locks and smiles; of the second, frogged coats and frowns.

Descending in the scale of what is termed gentility, I found darker and deeper themes for speculation. I saw Jew pedlars, with hawk eyes flashing from countenances whose every other feature wore

dos de alto rango de firmas sólidas, los «viejos y confiables». A ellos se les podía reconocer por sus sacos y sus pantalones de color negro o café, hechos para quedar cómodos, por los pañuelos y chalecos blancos, los zapatos amplios y consistentes, y las polainas o los calcetines densos. Todos tenían cabezas algo calvas, de donde las orejas derechas, acostumbradas a sostener plumas de escribir, tenían el extraño hábito de separarse. Observé que siempre se quitaban o acomodaban los sombreros con ambas manos y que llevaban relojes con macizas y antiguas cadenas de oro. Era suya la afección de la respetabilidad, si es que existe afección tan honorable.

Había muchos individuos de apariencia apuesta, a quienes fácilmente identifiqué como parte de los carteristas, especie exuberante de la que todas las grandes ciudades están infestadas. Miré a estas personas muy inquisitivamente y me resultó difícil concebir que caballeros de verdad los pudieran confundir con caballeros. Lo voluminoso de sus pulseras, que además tienen un aire de excesiva franqueza, debería delatarlos de inmediato.

Los apostadores, de los cuales ya he divisado varios, eran aún más fáciles de reconocer. Todos llevaban una variedad de ropas, desde el desesperado tahúr, con su chaleco de terciopelo, su pañuelo de cuello elegante, sus cadenas doradas y sus botones de filigrana, hasta el clérigo, escrupulosamente sobrio, que de ninguna manera podría levantar sospechas. De cualquier manera, todos eran distinguibles por su complexión algo ajada y caída, su velada penumbra del ojo y sus labios pálidos apretados. Había otras características, además, por las que siempre los detectaba: el tono de conversación, bajo y reservado, y un pulgar que se extendía más allá de lo ordinario, hasta formar un ángulo recto con los demás dedos. Era muy frecuente encontrar, en compañía de estos granujas, a un tipo de hombre de hábitos algo diferentes, pero que, sin embargo, seguía siendo pájaro del mismo plumaje. Se les puede definir como caballeros que viven de su ingenio. Parece ser que acechan al público en dos batallones: ya sea como dandis o como militares. El primer tipo se distingue por los largos rizos y las sonrisas; el segundo, por los ceños fruncidos y las levitas.

Más abajo en la escala de lo que se conoce como honradez, encontré temas más oscuros y profundos sobre los cuales especular. Vi a vendedores ambulantes judíos con ojos de halcón que brillaban en rostros

only an expression of abject humility; sturdy professional street beggars scowling upon mendicants of a better stamp, whom despair alone had driven forth into the night for charity; feeble and ghastly invalids, upon whom death had placed a sure hand, and who sidled and tottered through the mob, looking every one beseechingly in the face, as if in search of some chance consolation, some lost hope; modest young girls returning from long and late labor to a cheerless home, and shrinking more tearfully than indignantly from the glances of ruffians, whose direct contact, even, could not be avoided; women of the town of all kinds and of all ages—the unequivocal beauty in the prime of her womanhood, putting one in mind of the statue in Lucian, with the surface of Parian marble, and the interior filled with filth—the loathsome and utterly lost leper in rags—the wrinkled, bejewelled, and paint-begrimed beldame, making a last effort at youth—the mere child of immature form, yet, from long association, an adept in the dreadful coquetries of her trade, and burning with a rabid ambition to be ranked the equal of her elders in vice; drunkards innumerable and indescribable—some in shreds and patches, reeling, inarticulate, with bruised visage and lack-lustre eyes—some in whole although filthy garments, with a slightly unsteady swagger, thick sensual lips, and hearty-looking rubicund faces—others clothed in materials which had once been good, and which even now were scrupulously well brushed—men who walked with a more than naturally firm and springy step, but whose countenances were fearfully pale, and whose eyes were hideously wild and red, and who clutched with quivering fingers, as they strode through the crowd, at every object which came within their reach; beside these, pie-men, porters, coal-heavers, sweeps; organ-grinders, monkey-exhibitors, and ballad-mongers, those who vended with those who sang; ragged artizans and exhausted laborers of every description, and all full of a noisy and inordinate vivacity which jarred discordantly upon the ear, and gave an aching sensation to the eye.

As the night deepened, so deepened to me the interest of the scene; for not only did the general character of the crowd materially alter (its gentler features retiring in the gradual withdrawal of the more orderly portion of the people, and its harsher ones coming out into bolder

cuyos demás rasgos mostraban una expresión de humildad abyecta; robustos mendigos profesionales que fruncían el ceño a los mendicantes de mejor estampa, a quienes solo la desesperación los había llevado a pedir limosna de noche; inválidos débiles y espantosos sobre quienes la muerte había posado una mano certera, seres que se tambaleaban vacilantes entre la muchedumbre, implorando a todos con la mirada, como si buscaran algún consuelo, alguna esperanza perdida; chicas modestas y jóvenes de regreso de una larga y tardía jornada a un hogar miserable, encogiéndose de las miradas de los rufianes con más tristeza que indignación, contacto directo que, además, no había manera de evitar; mujeres de la ciudad de todos los tipos y de todas las edades —la inequívoca belleza, en la cúspide de su feminidad, que lleva a uno a pensar en la estatua de Luciano, con el exterior cubierto de mármol de Paros y el interior lleno de suciedad; la odiable y completamente perdida leprosa andrajosa; la arrugada, adornada y maquillada anciana, en sus últimos esfuerzos de juventud; la simple niña de figura inmadura que, sin embargo, gracias a sus asociaciones, ya era adepta a los coqueteos de su negocio y cargaba con un deseo feroz de ser considerada igual a sus mayores en términos de vicio—; borrachos innumerables e indescriptibles —algunos vestidos en jirones y con parches, inarticulados, cayendo tambaleantes, de rostros amoratados y ojos empañados; algunos vestidos en ropas enteras, aunque sucias, y con un contoneo ligeramente inestable, labios gruesos y sensuales y vigoroso rostro sonrojado; algunos vestidos en ropas que en algún momento fueron buenas y que incluso en ese momento estaban escrupulosamente bien arregladas: hombres que caminaban con un paso elástico, más firme de lo natural, pero cuyos semblantes estaban temerosamente pálidos y cuyos ojos eran horriblemente salvajes y rojos, hombres que se aferraban con dedos temblorosos, mientras se abrían paso por la multitud, a cualquier objeto a su alcance—; además, pasteleros, porteros, barrenderos, organilleros, exhibidores de monos amaestrados y vendedores de baladas, aquellos que venden y cantan; artesanos harapientos y obreros exhaustos de todas las descripciones; todos llenos de una ruidosa y excesiva vivacidad que chocaba discordantemente contra el oído y daba una sensación dolorosa al ojo.

A medida que la noche se hacía más profunda, así también se hacía más hondo mi interés por la escena, pues no solamente había cambiado materialmente el carácter general del tumulto (sus rasgos más honrados desaparecían junto con la porción más ordenada de la multitud,

relief, as the late hour brought forth every species of infamy from its den) but the rays of the gas-lamps, feeble at first in their struggle with the dying day, had now at length gained ascendancy, and threw over every thing a fitful and garish lustre. All was dark yet splendid—as that ebony to which has been likened the style of Tertullian.

The wild effects of the light enchained me to an examination of individual faces; and although the rapidity with which the world of light flitted before the window prevented me from casting more than a glance upon each visage, still it seemed that, in my then peculiar mental state, I could frequently read, even in that brief interval of a glance, the history of long years.

With my brow to the glass, I was thus occupied in scrutinizing the mob, when suddenly there came into view a countenance (that of a decrepid old man, some sixty-five or seventy years of age)—a countenance which at once arrested and absorbed my whole attention, on account of the absolute idiosyncrasy of its expression. Any thing even remotely resembling that expression I had never seen before. I well remember that my first thought, upon beholding it, was that Retszch, had he viewed it, would have greatly preferred it to his own pictural incarnations of the fiend. As I endeavored, during the brief minute of my original survey, to form some analysis of the meaning conveyed, there arose confusedly and paradoxically within my mind, the ideas of vast mental power, of caution, of penuriousness, of avarice, of coolness, of malice, of blood-thirstiness, of triumph, of merriment, of excessive terror, of intense—of supreme despair. I felt singularly aroused, startled, fascinated. "How wild a history," I said to myself, "is written within that bosom!" Then came a craving desire to keep the man in view—to know more of him. Hurriedly putting on all overcoat, and seizing my hat and cane, I made my way into the street, and pushed through the crowd in the direction which I had seen him take; for he had already disappeared. With some little difficulty I at length came within sight of him, approached, and followed him closely, yet cautiously, so as not to attract his attention.

I had now a good opportunity of examining his person. He was short in stature, very thin, and apparently very feeble. His clothes, generally, were filthy and ragged; but as he came, now and then, within the

mientras que la más áspera se renovaba, pues la hora avanzada sacaba de su guarida a todas las especies de la infamia), sino que los rayos de las lámparas de gas que en un principio habían sido débiles, en su lucha contra el día, ya hacía mucho que reinaban y alumbraban todas las cosas con una luz brillante e irregular. Todo era oscuro pero espléndido: como el ébano al que se ha asociado el estilo de Tertuliano.

Los extraños efectos de la luz me encadenaban a la examinación individual de rostros, y aunque la rapidez con la que el mundo iluminado pasaba frente a la ventana no me dejaba lanzar más que una mirada sobre cada cara, aun así me parecía, en mi peculiar estado mental, que podía leer, con frecuencia, en ese breve intervalo de una mirada, historias de largos años.

De esta manera, con la frente pegada al cristal, me ocupaba de escudriñar la multitud, hasta que, de repente, se hizo visible un rostro (de un viejo decrépito, de sesenta o setenta años): un rostro que de inmediato atrapó y absorbió toda mi atención, gracias a la absoluta singularidad de su expresión. Nunca había visto nada ni remotamente cercano a esa expresión. Bien recuerdo que mi primera impresión, al verla, era que, si Retszch la hubiera visto, la hubiera preferido por mucho sobre sus encarnaciones pictóricas del demonio. Mientras intentaba, durante ese breve minuto de análisis, formar algún tipo de conjetura sobre el significado de esa expresión, surgió dentro de mí, entre confusión y paradoja, pensamientos de un gran poder mental, de precaución, de penuria, de avaricia, de frialdad, de malicia, de sed sangrienta, de triunfo, de alegría, de excesivo terror, de intensa, suprema, desesperación. Me sentí especialmente excitado, sorprendido, fascinado. «¡Qué historia tan extraña —me dije— está escrita sobre ese lienzo!». Entonces vino un fuerte deseo de mantener a ese hombre en mi campo de visión, de saber más de él. Colocándome rápidamente el abrigo, tomé mi sombrero y bastón, y salí a la calle. Me abrí paso entre la multitud en la misma dirección que le vi tomar, pues ya había desaparecido. Con alguna dificultad llegué a verlo de nuevo; me aproximé y lo seguí de cerca, pero con precaución, de manera que no atrajera su atención.

Ahora tenía una buena oportunidad de examinar su persona. Era de estatura corta, muy delgado y, en apariencia, muy débil. Vestía ropa, en general, sucia y harapienta, pero cuando entraba, de vez en cuando,

strong glare of a lamp, I perceived that his linen, although dirty, was of beautiful texture; and my vision deceived me, or, through a rent in a closely buttoned and evidently second-handed *roquelaire* which enveloped him, I caught a glimpse both of a diamond and of a dagger. These observations heightened my curiosity, and I resolved to follow the stranger whithersoever he should go.

It was now fully night-fall, and a thick humid fog hung over the city, soon ending in a settled and heavy rain. This change of weather had an odd effect upon the crowd, the whole of which was at once put into new commotion, and overshadowed by a world of umbrellas. The waver, the jostle, and the hum increased in a tenfold degree. For my own part I did not much regard the rain—the lurking of an old fever in my system rendering the moisture somewhat too dangerously pleasant. Tying a handkerchief about my mouth, I kept on. For half an hour the old man held his way with difficulty along the great thoroughfare; and I here walked close at his elbow through fear of losing sight of him. Never once turning his head to look back, he did not observe me. By and by he passed into a cross street, which, although densely filled with people, was not quite so much thronged as the main one he had quitted. Here a change in his demeanor became evident. He walked more slowly and with less object than before— more hesitatingly. He crossed and re-crossed the way repeatedly without apparent aim; and the press was still so thick that, at every such movement, I was obliged to follow him closely. The street was a narrow and long one, and his course lay within it for nearly an hour, during which the passengers had gradually diminished to about that number which is ordinarily seen at noon in Broadway near the park— so vast a difference is there between a London populace and that of the most frequented American city. A second turn brought us into a square, brilliantly lighted, and overflowing with life. The old manner of the stranger reappeared. His chin fell upon his breast, while his eyes rolled wildly from under his knit brows, in every direction, upon those who hemmed him in. He urged his way steadily and perseveringly. I was surprised, however, to find, upon his having made the circuit of the square, that he turned and retraced his steps. Still more was I astonished to see him repeat the same walk several times—once nearly detecting me as he came around with a sudden movement.

In this exercise he spent another hour, at the end of which we met

dentro del campo de luz de una lámpara, podía ver que el lino, aunque sucio, era de una hermosa textura; además, o mi vista me engañaba, o a través del abotonado abrigo *roquelaire*, evidentemente de segunda mano, había un diamante y una daga. Estas observaciones solo incrementaron mi curiosidad y decidí seguir al extraño a donde fuera.

Ya era medianoche y una espesa niebla húmeda se posaba sobre la ciudad, hasta resultar en una pesada y continua lluvia. Este cambio en el clima tuvo un efecto extraño sobre la multitud, que, después de gran conmoción, ahora se veía opacada por un mundo de paraguas. La marea, los empujones y los rumores incrementaron exponencialmente. Por mi parte, la lluvia no me molestaba (para los restos de una fiebre añeja, el líquido era incluso demasiado agradable). Até un pañuelo alrededor de mi boca y proseguí. Durante media hora, el anciano continuó su paso, difícilmente, a través de la gran vía; y yo lo seguí, cerca de su codo, por miedo de perderlo de vista. Nunca se dio la vuelta para ver sobre su hombro, así que nunca me vio. Cruzó a una calle transversa que, aunque llena de personas, no estaba tan atestada como la avenida principal de la que veníamos. Aquí fue evidente un cambio en su actitud. Caminaba más despacio y con menos decisión que antes: más titubeante. El anciano recorrió la calle repetidamente, de un lado a otro, sin razón aparente. La multitud todavía era tan densa que tenía que seguir de cerca cada uno de sus movimientos. La calle era estrecha y larga, y se mantuvo recorriéndola a lo largo de casi una hora, durante la cual los transeúntes habían disminuido a ese número que se suele ver a mediodía en Broadway, junto al parque; tan grande es la diferencia entre la población de Londres y la población de la ciudad estadounidense más frecuentada. Un nuevo cambio de dirección nos llevó a una plaza, brillantemente alumbrada y llena de vida. La antigua actitud del anciano reapareció. Su barbilla se presionó contra su pecho, mientras sus ojos se movían salvajemente debajo de sus cejas ceñidas, a todas direcciones, hacia quienes lo rodeaban. Se abrió paso con firmeza y perseverancia. Sin embargo, yo me quedé sorprendido cuando, al recorrer todo el circuito de la plaza, el anciano se dio la vuelta y caminó sobre sus propios pasos. Me sorprendí aún más cuando lo vi repetir esta caminata muchas veces (una vez casi me detecta, pues se volteó súbitamente).

Otra hora transcurrió de esta manera y, en los últimos momentos, las

with far less interruption from passengers than at first. The rain fell fast, the air grew cool; and the people were retiring to their homes. With a gesture of impatience, the wanderer passed into a by-street comparatively deserted. Down this, some quarter of a mile long, he rushed with an activity I could not have dreamed of seeing in one so aged, and which put me to much trouble in pursuit. A few minutes brought us to a large and busy bazaar, with the localities of which the stranger appeared well acquainted, and where his original demeanor again became apparent, as he forced his way to and fro, without aim, among the host of buyers and sellers.

During the hour and a half, or thereabouts, which we passed in this place, it required much caution on my part to keep him within reach without attracting his observation. Luckily I wore a pair of caoutchouc over-shoes, and could move about in perfect silence. At no moment did he see that I watched him. He entered shop after shop, priced nothing, spoke no word, and looked at all objects with a wild and vacant stare. I was now utterly amazed at his behavior, and firmly resolved that we should not part until I had satisfied myself in some measure respecting him.

A loud-toned clock struck eleven, and the company were fast deserting the bazaar. A shop-keeper, in putting up a shutter, jostled the old man, and at the instant I saw a strong shudder come over his frame. He hurried into the street, looked anxiously around him for an instant, and then ran with incredible swiftness through many crooked and people-less lanes, until we emerged once more upon the great thoroughfare whence we had started—the street of the D—— Hotel. It no longer wore, however, the same aspect. It was still brilliant with gas; but the rain fell fiercely, and there were few persons to be seen. The stranger grew pale. He walked moodily some paces up the once populous avenue, then, with a heavy sigh, turned in the direction of the river, and, plunging through a great variety of devious ways, came out, at length, in view of one of the principal theatres. It was about being closed, and the audience were thronging from the doors. I saw the old man gasp as if for breath while he threw himself amid the crowd; but I thought that the intense agony of his countenance had, in some measure, abated. His head again fell upon his breast; he appeared as I had seen him at first. I observed that he now took the course in which had gone the greater number of the audience—but, upon the

interrupciones de las demás personas eran mucho menores que en un principio. La lluvia caía con fuerza, el aire era frío; las personas se retiraban a sus casas. Con un gesto de impaciencia, el caminante cruzó a una calle igual de desierta. Recorrió esta calle, de doscientos metros de largo, con una agilidad que nunca hubiera imaginado ver en alguien tan viejo, y que hizo que me fuera muy difícil seguirlo. Después de algunos minutos, llegamos a un bazar grande y concurrido, al cual parecía que el extraño conocía muy bien y en donde su actitud original volvió a surgir, mientras cruzaba, de un lado a otro, sin ningún objetivo, entre las masas de compradores y vendedores.

Durante la hora y media, aproximadamente, que pasamos en ese lugar, tuve mucho cuidado de mantenerme cerca sin atraer su atención. Por suerte, las suelas de mis zapatos estaban cubiertas de goma, así que podía moverme en perfecto silencio. En ningún momento se dio cuenta de que yo lo observaba. Entró a una y otra tienda, sin pedir ningún precio, sin decir ni una sola palabra, mientras veía todos los productos con una extraña y ausente mirada. Yo estaba totalmente asombrado por su comportamiento y decidí con firmeza que no habría de separarme de él hasta que hubiera satisfecho mi necesidad de entenderlo.

Un ruidoso reloj dio las once y las personas empezaron a abandonar el bazar. Un vendedor, al subir la cortina metálica de su negocio, empujó al anciano e inmediatamente vi un fuerte temblor pasar por su cuerpo. El anciano salió apresuradamente a la calle, miró ansiosamente alrededor suyo por un momento y luego corrió con agilidad por calles torcidas y desiertas, hasta que llegamos de nuevo a la gran avenida en donde habíamos empezado: la calle del Hotel D... Sin embargo, ya no tenía el mismo aspecto. Seguía alumbrada; la lluvia caía ferozmente y se veían pocas personas. El extraño palideció. Dio algunos pasos melancólicos por la vía que alguna vez estuvo llena y, con un pesado suspiro, se dio la vuelta en dirección al río. Después de una gran variedad de atajos, llegamos a uno de los teatros principales. Ya casi cerraba y la audiencia salía por las puertas. Observé al viejo hombre jadear y lanzarse hacia la multitud, pero me di cuenta de que la intensa agonía de su expresión había, en cierto sentido, disminuido. Su cabeza volvió a inclinarse hacia su pecho; se veía como la primera vez que lo vi. Noté que tomó el mismo camino por el que se había ido la mayor parte de la audiencia, pero no podía comprender, al verlo todo, la razón detrás de sus acciones inconsistentes.

whole, I was at a loss to comprehend the waywardness of his actions.

As he proceeded, the company grew more scattered, and his old uneasiness and vacillation were resumed. For some time he followed closely a party of some ten or twelve roisterers; but from this number one by one dropped off, until three only remained together, in a narrow and gloomy lane little frequented. The stranger paused, and, for a moment, seemed lost in thought; then, with every mark of agitation, pursued rapidly a route which brought us to the verge of the city, amid regions very different from those we had hitherto traversed. It was the most noisome quarter of London, where every thing wore the worst impress of the most deplorable poverty, and of the most desperate crime. By the dim light of an accidental lamp, tall, antique, worm-eaten, wooden tenements were seen tottering to their fall, in directions so many and capricious that scarce the semblance of a passage was discernible between them. The paving-stones lay at random, displaced from their beds by the rankly-growing grass. Horrible filth festered in the dammed-up gutters. The whole atmosphere teemed with desolation. Yet, as we proceeded, the sounds of human life revived by sure degrees, and at length large bands of the most abandoned of a London populace were seen reeling to and fro. The spirits of the old man again flickered up, as a lamp which is near its death-hour. Once more he strode onward with elastic tread. Suddenly a corner was turned, a blaze of light burst upon our sight, and we stood before one of the huge suburban temples of Intemperance— one of the palaces of the fiend, Gin.

It was now nearly daybreak; but a number of wretched inebriates still pressed in and out of the flaunting entrance. With a half shriek of joy the old man forced a passage within, resumed at once his original bearing, and stalked backward and forward, without apparent object, among the throng. He had not been thus long occupied, however, before a rush to the doors gave token that the host was closing them for the night. It was something even more intense than despair that I then observed upon the countenance of the singular being whom I had watched so pertinaciously. Yet he did not hesitate in his career, but, with a mad energy, retraced his steps at once, to the heart of the mighty London. Long and swiftly he fled, while I followed him in the wildest amazement, resolute not to abandon a scrutiny in which I

Mientras continuaba, la gente se desperdigaba cada vez más, y su antigua vacilación e inquietud regresaron. Por un tiempo, siguió de cerca a un grupo de diez o doce alborotadores; de ellos, uno por uno, varios desaparecieron, hasta que solo quedaron tres juntos, en una angosta y lúgubre calle de poca afluencia. El extraño se detuvo y, por un momento, pareció perderse en sus pensamientos. Entonces, con todos los síntomas de la agitación, se dirigió rápidamente a una ruta que nos llevó a las afueras de la ciudad, entre regiones muy diferentes de las que habíamos pasado hasta ahora. Era el barrio más ruidoso de Londres, en donde todas las cosas eran una demostración de la más deplorable pobreza y del más desesperado crimen. Bajo la luz tenue de una lámpara aleatoria, se podían ver grandes viviendas de madera, viejas y carcomidas por gusanos, todas cayendo a su destrucción en tantas y tan caprichosas direcciones que era casi imposible encontrar un camino entre ellas. Los adoquines estaban dispuestos al azar, destituidos de sus lugares por maleza crecida. Una horrible suciedad pululaba en las cunetas llenas. Toda la atmósfera retozaba desolación. Sin embargo, mientras caminábamos, los sonidos de vida humana revivían en firmes decibeles y se podían ver largos grupos de la población más abandonada de Londres yendo y viniendo. El espíritu del anciano se renovó una vez más, como si fuera una lámpara cerca de su final. Una vez más, se dirigió hacia adelante con paso elástico. De repente, al voltear en una esquina, una lámpara nos llenó de luz la vista y nos encontramos en frente de uno de los grandes palacios suburbanos de la Intemperancia: uno de los palacios del demonio Ginebra.

Ya casi amanecía, pero muchos ebrios seguían entrando y saliendo de la ostentosa entrada. Con un gritillo de felicidad, el anciano se adelantó para continuar con su empresa original, caminando de un lado para otro, sin objetivo aparente, entre la multitud. No estuvo ocupado mucho tiempo, sin embargo, pues pronto salieron tantas personas que era evidente que el lugar iba a cerrar por la noche. Noté algo incluso más intenso que la desesperación en el rostro del singular ser al que con tanto ahínco había estado observando. Aun así, no dudó en continuar camino, con una energía maniaca, y regresar por sus pasos, de inmediato, hacia el corazón de la poderosa Londres. Caminó rápidamente y por un largo tiempo, mientras yo lo seguía, con mi extraño asombro, resuelto a no abandonar el escrutinio ni el interés que me absorbían completamente.

now felt an interest all-absorbing. The sun arose while we proceeded, and, when we had once again reached that most thronged mart of the populous town, the street of the D—— Hotel, it presented an appearance of human bustle and activity scarcely inferior to what I had seen on the evening before. And here, long, amid the momently increasing confusion, did I persist in my pursuit of the stranger. But, as usual, he walked to and fro, and during the day did not pass from out the turmoil of that street. And, as the shades of the second evening came on, I grew wearied unto death, and, stopping fully in front of the wanderer, gazed at him steadfastly in the face. He noticed me not, but resumed his solemn walk, while I, ceasing to follow, remained absorbed in contemplation. "The old man," I said at length, "is the type and the genius of deep crime. He refuses to be alone. *He is the man of the crowd.* It will be in vain to follow; for I shall learn no more of him, nor of his deeds. The worst heart of the world is a grosser book than the 'Hortulus Animae,'[1] [1] and perhaps it is but one of the great mercies of God that *'er lasst sich nicht lesen.'*"

1   The *Hortulus Animæ cum Oratiunculis Aliquibus Superadditis* of Grünninger.

El sol se elevó mientras caminábamos y, una vez que volvimos a llegar a la avenida congestionada de esa ciudad tan poblada, la calle del Hotel D..., ya tenía una apariencia de ajetreo humano y actividad un tanto inferior a la que yo había visto la noche anterior. Y ahí, durante mucho tiempo, entre la confusión que crecía cada vez más, continué con mi observación del extraño. Pero, como siempre, caminaba de un lado a otro, y durante todo el día, no dejó el desorden de aquella calle. Y, cuando llegaron las sombras de la segunda tarde, yo ya me sentía cansado hasta la muerte, así que me detuve por completo en frente del caminante y lo miré firmemente a la cara. No se dio cuenta de mí, sino que reanudó su caminar, mientras yo, dejando de seguirlo, me quedé absorto en mi contemplación. «El anciano —dije eventualmente— es del tipo y tiene el genio del verdadero crimen. Se niega a estar solo. *Él es el hombre de la multitud*. Sería inútil seguirlo, pues no aprenderé nada más de él ni de sus acciones. El peor corazón del mundo es un libro aún más repelente que el *Hortulus Animae*,[1] y probablemente una de las mayores mercedes de Dios sea que *er lasst sich nicht lesen*».

1   El *Hortulus Animæ cum Oratiunculis Aliquibus Superadditis* de Grünninger.

THE POWER OF WORDS

OINOS. Pardon, Agathos, the weakness of a spirit new-fledged with immortality!

AGATHOS. You have spoken nothing, my Oinos, for which pardon is to be demanded. Not even here is knowledge thing of intuition. For wisdom, ask of the angels freely, that it may be given!

OINOS. But in this existence, I dreamed that I should be at once cognizant of all things, and thus at once be happy in being cognizant of all.

AGATHOS. Ah, not in knowledge is happiness, but in the acquisition of knowledge! In for ever knowing, we are for ever blessed; but to know all were the curse of a fiend.

OINOS. But does not The Most High know all?

AGATHOS. That (since he is The Most Happy) must be still the one thing unknown even to Him.

OINOS. But, since we grow hourly in knowledge, must not at last all things be known?

AGATHOS. Look down into the abysmal distances!—attempt to force the gaze down the multitudinous vistas of the stars, as we sweep slowly through them thus—and thus—and thus! Even the spiritual vision, is it not at all points arrested by the continuous golden walls of the universe?—the walls of the myriads of the shining bodies that mere number has appeared to blend into unity?

OINOS. I clearly perceive that the infinity of matter is no dream.

AGATHOS. There are no dreams in Aidenn—but it is here whispered that, of this infinity of matter, the sole purpose is to afford infinite springs, at which the soul may allay the thirst to know, which is for ever unquenchable within it—since to quench it, would be to

OINOS. ¡Perdona, Agathos, la debilidad de un espíritu que recién vuela en la inmortalidad!

AGATHOS. No has dicho nada, Oinos mío, que requiera mi perdón. Ni siquiera aquí el conocimiento es cosa de intuición. A los ángeles les puedes pedir sabiduría libremente, ¡para que se te otorgue!

OINOS. Pero soñé que en esta existencia debía ser consciente de todas las cosas a la vez, y por ello, ser feliz al saberlo todo.

AGATHOS. ¡Ah! ¡La felicidad no está en el conocimiento, sino en adquirirlo! Por nuestro eterno saber, gozamos eterna gracia; pero saberlo todo es la maldición de un demonio.

OINOS. Pero ¿acaso el Altísimo no lo sabe todo?

AGATHOS. Esa (pues también es el Jovialísimo) debe ser la única cosa que incluso Él desconoce.

OINOS. Pero, ya que nuestro conocimiento crece cada hora, ¿al final no se conocerán todas las cosas?

AGATHOS. ¡Mira abajo hacia las distancias abismales! Intenta forzar tu vista hacia las numerosísimas vistas de las estrellas, mientras nos deslizamos lentamente entre ellas... ¡Y más allá! ¡Aún más allá! Incluso la visión espiritual, ¿no está contenida en todos sus puntos por las continuas paredes doradas del universo, por las paredes de las miríadas de cuerpos brillantes cuyo número parece haberse fundido en unidad?

OINOS. Claramente percibo que la infinidad de la materia no es ningún sueño.

AGATHOS. En Aidenn los sueños no existen, pero se susurra que el único propósito de la infinidad de la materia es proporcionar manantiales infinitos, en donde el alma pueda menguar la sed de saber que jamás se agotará en ella, pues, para saciarla, habría de extinguir el alma

extinguish the soul's self. Question me then, my Oinos, freely and without fear. Come! we will leave to the left the loud harmony of the Pleiades, and swoop outward from the throne into the starry meadows beyond Orion, where, for pansies and violets, and heart's—ease, are the beds of the triplicate and triple—tinted suns.

OINOS. And now, Agathos, as we proceed, instruct me!—speak to me in the earth's familiar tones. I understand not what you hinted to me, just now, of the modes or of the method of what, during mortality, we were accustomed to call Creation. Do you mean to say that the Creator is not God?

AGATHOS. I mean to say that the Deity does not create.

OINOS. Explain.

AGATHOS. In the beginning only, he created. The seeming creatures which are now, throughout the universe, so perpetually springing into being, can only be considered as the mediate or indirect, not as the direct or immediate results of the Divine creative power.

OINOS. Among men, my Agathos, this idea would be considered heretical in the extreme.

AGATHOS. Among angels, my Oinos, it is seen to be simply true.

OINOS. I can comprehend you thus far—that certain operations of what we term Nature, or the natural laws, will, under certain conditions, give rise to that which has all the appearance of creation. Shortly before the final overthrow of the earth, there were, I well remember, many very successful experiments in what some philosophers were weak enough to denominate the creation of animalculae.

AGATHOS. The cases of which you speak were, in fact, instances of the secondary creation—and of the only species of creation which has ever been, since the first word spoke into existence the first law.

misma. Cuestióname, entonces, Oinos mío, libremente y sin temor. ¡Ven! Dejaremos a nuestra izquierda la estridente armonía de la Pléyade y volaremos desde el trono hasta las praderas estrelladas más allá de Orión, en donde, en lugar de violetas, geranios y pensamientos, encontraremos los lechos de los triplicados y tricolores soles.

OINOS. Y ahora, Agathos, mientras avanzamos, ¡instrúyeme! Háblame con los tonos familiares de la tierra. No entiendo lo que me has sugerido, justo ahora, sobre el cómo o el método de lo que, cuando éramos mortales, solíamos llamar la Creación. ¿Quieres decir que el Creador no es Dios?

AGATHOS. Quiero decir que la Deidad no crea.

OINOS. Explícame.

AGATHOS. Solo al principio, Él creó. Las criaturas que ahora, a través del universo, parecen brotar a la existencia perpetuamente, solo pueden considerarse como resultado mediato o indirecto, no directo o inmediato, del Divino poder creador.

OINOS. Agathos mío, entre los hombres, esta idea sería considerada de lo más herética.

AGATHOS. Entre los ángeles, Oinos mío, se considera como simplemente cierta.

OINOS. He comprendido hasta ahora que ciertas operaciones de lo que llamamos Naturaleza, o leyes naturales, bajo ciertas circunstancias, dan lugar a aquello que tiene la apariencia de creación. Poco antes de la destrucción final de la Tierra, recuerdo bien que hubo muchos experimentos exitosos sobre lo que algunos filósofos fueron lo suficientemente débiles como para denominar la creación de animálculos.

AGATHOS. Los casos de los que hablas fueron, de hecho, instancias de una creación secundaria, y de la única especie de creación que ha habido desde que la primera palabra dio lugar a la primera ley.

OINOS. Are not the starry worlds that, from the abyss of nonentity, burst hourly forth into the heavens—are not these stars, Agathos, the immediate handiwork of the King?

AGATHOS. Let me endeavor, my Oinos, to lead you, step by step, to the conception I intend. You are well aware that, as no thought can perish, so no act is without infinite result. We moved our hands, for example, when we were dwellers on the earth, and, in so doing, gave vibration to the atmosphere which engirdled it. This vibration was indefinitely extended, till it gave impulse to every particle of the earth's air, which thenceforward, and for ever, was actuated by the one movement of the hand. This fact the mathematicians of our globe well knew. They made the special effects, indeed, wrought in the fluid by special impulses, the subject of exact calculation—so that it became easy to determine in what precise period an impulse of given extent would engirdle the orb, and impress (for ever) every atom of the atmosphere circumambient. Retrograding, they found no difficulty, from a given effect, under given conditions, in determining the value of the original impulse. Now the mathematicians who saw that the results of any given impulse were absolutely endless—and who saw that a portion of these results were accurately traceable through the agency of algebraic analysis—who saw, too, the facility of the retrogradation—these men saw, at the same time, that this species of analysis itself, had within itself a capacity for indefinite progress—that there were no bounds conceivable to its advancement and applicability, except within the intellect of him who advanced or applied it. But at this point our mathematicians paused.

OINOS. And why, Agathos, should they have proceeded?

AGATHOS. Because there were some considerations of deep interest beyond. It was deducible from what they knew, that to a being of infinite understanding—one to whom the perfection of the algebraic analysis lay unfolded—there could be no difficulty in tracing every impulse given the air—and the ether through the air—to the remotest consequences at any even infinitely remote epoch of time. It is indeed demonstrable that every such impulse given the air, must, in the end, impress every individual thing that exists

OINOS. Los mundos estrellados que, desde el abismo de la nada, surgen hacia el cielo... ¿Estas estrellas, Agathos, no son obra directa de la mano del Rey?

AGATHOS. Permíteme esforzarme, Oinos mío, para guiarte, paso a paso, hasta la concepción a la que aludo. Como bien sabes, así como ningún pensamiento puede perecer, ningún acto carece de un resultado infinito. Por ejemplo, cuando éramos habitantes de la Tierra, alguna vez movimos las manos y, al hacerlo, hicimos que la atmósfera que las rodeaba vibrara. Esta vibración se extendió indefinidamente, hasta impulsar cada partícula del aire terrestre que, desde entonces, y para siempre, se mantuvo animado por aquel movimiento de la mano. Este es un hecho bien conocido por las matemáticas de nuestro mundo. Estos efectos especiales, forjados en el fluido de impulsos especiales, fueron sujetos de un cálculo exacto, de tal manera que se volvió sencillo determinar en qué preciso momento un impulso de cierta magnitud rodearía el orbe e impactaría (por siempre) todos los átomos de la atmósfera circuncidante. A la inversa, tampoco les fue difícil determinar, a partir de un efecto, bajo ciertas condiciones, el valor de un impulso original. Entonces estas personas dedicadas a las matemáticas se percataron de que los resultados de un impulso eran absolutamente infinitos, de que una parte de estos resultados podían ser fielmente rastreados a través de un análisis algebraico, y de lo fácil que era realizar una retrogradación. Estas personas se dieron cuenta, al mismo tiempo, de que este tipo de análisis guardaba dentro de sí la capacidad de un progreso indefinido; que no se podían concebir límites para su avance y para su aplicabilidad, excepto dentro del intelecto de aquel que lo hiciera avanzar o que lo aplicara. Pero en este punto se detuvieron.

OINOS. ¿Y por qué, Agathos, debieron continuar?

AGATHOS. Porque, más allá, había consideraciones del más grande interés. De lo que sabían se podía deducir que un ser de conocimiento infinito —un ser para quien la perfección del análisis algebraico se mostrara en su totalidad— no tendría ninguna dificultad en trazar todos los impulsos del aire —y del éter a través del aire— hasta sus consecuencias más remotas en cualquier infinitamente arcaica época del tiempo. En efecto, se puede demostrar que cualquier impulso en el aire, finalmente, influye en cada cosa individual que existe

within the universe;—and the being of infinite understanding—the being whom we have imagined—might trace the remote undulations of the impulse—trace them upward and onward in their influences upon all particles of an matter—upward and onward for ever in their modifications of old forms—or, in other words, in their creation of new—until he found them reflected—unimpressive at last—back from the throne of the Godhead. And not only could such a thing do this, but at any epoch, should a given result be afforded him—should one of these numberless comets, for example, be presented to his inspection—he could have no difficulty in determining, by the analytic retrogradation, to what original impulse it was due. This power of retrogradation in its absolute fulness and perfection—this faculty of referring at all epochs, all effects to all causes—is of course the prerogative of the Deity alone—but in every variety of degree, short of the absolute perfection, is the power itself exercised by the whole host of the Angelic intelligences.

OINOS. But you speak merely of impulses upon the air.

AGATHOS. In speaking of the air, I referred only to the earth; but the general proposition has reference to impulses upon the ether—which, since it pervades, and alone pervades all space, is thus the great medium of creation.

OINOS. Then all motion, of whatever nature, creates?

AGATHOS. It must: but a true philosophy has long taught that the source of all motion is thought—and the source of all thought is—

OINOS. God.

AGATHOS. I have spoken to you, Oinos, as to a child of the fair Earth which lately perished—of impulses upon the atmosphere of the Earth.

OINOS. You did.

dentro del universo. Y el ser de infinito conocimiento —aquel ser a quien hemos imaginado— puede rastrear las ondulaciones remotas del impulso: rastrearlas hacia arriba y hacia delante a través de las influencias que ejerce sobre todas las partículas de la materia —eternamente hacia arriba y hacia delante en sus modificaciones de formas antiguas— o, en otras palabras, en la creación de nuevas formas, hasta verlas reflejadas —mediocres al final— en el trono de la Divinidad. Y no solamente podría hacer eso un ser así, sino que, en cualquier época, si se le presentara un resultado —si alguno de estos innumerables cometas, por ejemplo, se presentara ante su inspección— para Él no sería difícil determinar, por medio de una retrogradación analítica, el impulso original de donde vino. Este poder de retrogradación, en su absoluta y completa perfección —esta facultad de referirse a todas las épocas, desde los efectos hasta las causas—, es, por supuesto, prerrogativa única de la Divinidad; pero en los demás grados, menores a la perfección, todas las legiones de inteligencias angelicales ejercen el mismo poder.

OINOS. Pero hablas meramente de impulsos en el aire.

AGATHOS. Al hablar del aire, solo me referí al aire terrestre, pero la proposición en general se remite a los impulsos en el éter, pues este permea, y únicamente él, por todo el espacio; se trata, por ende, del gran medio de creación.

OINOS. ¿Entonces, cualquier movimiento, de cualquier naturaleza, crea?

AGATHOS. Debe hacerlo: pero una filosofía verdadera ya hace mucho tiempo dicta que el origen de todo movimiento es el pensamiento... y el origen de todo pensamiento es...

OINOS. Dios.

AGATHOS. Te he hablado, Oinos, como si fueras un niño de la hermosa Tierra que pereció hace poco, sobre los impulsos de la atmósfera de la Tierra.

OINOS. Así lo hiciste.

AGATHOS. And while I thus spoke, did there not cross your mind some thought of the physical power of words? Is not every word an impulse on the air?

OINOS. But why, Agathos, do you weep—and why, oh why do your wings droop as we hover above this fair star—which is the greenest and yet most terrible of all we have encountered in our flight? Its brilliant flowers look like a fairy dream—but its fierce volcanoes like the passions of a turbulent heart.

AGATHOS. They are!—they are! This wild star—it is now three centuries since, with clasped hands, and with streaming eyes, at the feet of my beloved—I spoke it—with a few passionate sentences—into birth. Its brilliant flowers are the dearest of all unfulfilled dreams, and its raging volcanoes are the passions of the most turbulent and unhallowed of hearts.

AGATHOS. Y, mientras sobre ello hablaba, ¿no pasó por tu mente pensamiento alguno sobre el poder físico de las palabras? Toda palabra, ¿acaso no es un impulso en el aire?

OINOS. ¿Pero por qué lloras, Agathos? ¿Y por qué, oh, por qué tus alas descienden mientras flotamos sobre esta bella estrella, la estrella más verde y, sin embargo, más terrible de todas las que hemos encontrado en nuestro vuelo? Sus flores brillantes se ven como un sueño de hadas, pero sus feroces volcanes parecen las pasiones de un corazón turbulento.

AGATHOS. ¡Lo son! ¡Lo son! Hace ya tres siglos, con las manos entrelazadas y los ojos llorosos, a los pies de mi amor, hablé para generar —con algunas oraciones apasionadas— el nacimiento de esta estrella salvaje. Sus flores brillantes son las más queridas de todos los sueños no cumplidos y sus feroces volcanes son las pasiones del más turbulento y profano corazón.

VON KEMPELEN AND HIS DISCOVERY

After the very minute and elaborate paper by Arago, to say nothing of the summary in "Silliman's Journal," with the detailed statement just published by Lieutenant Maury, it will not be supposed, of course, that in offering a few hurried remarks in reference to Von Kempelen's discovery, I have any design to look at the subject in a *scientific* point of view. My object is simply, in the first place, to say a few words of Von Kempelen himself (with whom, some years ago, I had the honor of a slight personal acquaintance,) since every thing which concerns him must necessarily, at this moment, be of interest; and, in the second place, to look in a general way, and speculatively, at the *results* of the discovery.

It may be as well, however, to premise the cursory observations which I have to offer, by denying, very decidedly, what seems to be a general impression (gleaned, as usual in a case of this kind, from the newspapers), viz.: that this discovery, astounding as it unquestionably is, is *unanticipated*.

By reference to the "Diary of Sir Humphrey Davy" (Cottle and Munroe, London, pp. 150,) it will be seen at pp. 53 and 82, that this illustrious chemist had not only conceived the idea now in question, but had actually made *no inconsiderable progress, experimentally,* in the very *identical analysis* now so triumphantly brought to an issue by Von Kempelen, who although he makes not the slightest allusion to it, is, *without doubt* (I say it unhesitatingly, and can prove it, if required), indebted to the "Diary" for at least the first hint of his own undertaking. Although a little technical, I cannot refrain from appending two passages from the "Diary," with one of Sir Humphrey's equations. [As we have not the algebraic signs necessary, and as the "Diary" is to be found at the Athenæum Library, we omit here a small portion of Mr. Poe's manuscript.—ed.]

The paragraph from the 'Courier and Enquirer,' which is now going the rounds of the press, and which purports to claim the invention for a Mr. Kissam, of Brunswick, Maine, appears to me, I confess, a little apocryphal, for several reasons; although there is nothing either impossible or very improbable in the statement made. I need not go into details. My opinion of the paragraph is founded principally upon

VON KEMPELEN Y SU DESCUBRIMIENTO

Después del muy minucioso y elaborado artículo de Arago, sin mencionar el resumen en la *Revista de Silliman,* además de la detallada declaración que acaba de publicar el teniente Maury, no se puede suponer, por supuesto, que, al ofrecer algunas observaciones apresuradas sobre el descubrimiento de Von Kempelen, tenga la intención de abordar el tema desde un punto de vista *científico.* Mi objetivo es, en primer lugar, decir algunas palabras sobre el propio Von Kempelen (a quien, hace algunos años, tuve el honor de conocer, si bien de forma superficial), ya que todo lo que a él se refiere, en este momento, es de interés; y, en segundo lugar, contemplar de manera general y especulativa los *resultados* de su descubrimiento.

Sin embargo, es preciso preceder las observaciones precipitadas que ofrezco con la negación, muy decidida, de lo que parece ser una impresión general (sustraída, como suele suceder en estos casos, de los periódicos): que este descubrimiento, tan sorprendente como no se puede dudar que es, carece de precedentes.

Si se consulta el *Diario de sir Humphrey Davy* (Cottle y Munroe, Londres, p. 150), se verá, en las páginas 53 y 82, que este ilustre químico no solo concibió la idea en cuestión, sino que *avanzó considerablemente, por la vía experimental,* un *análisis sumamente idéntico* al que ahora tan exitosamente ha llevado a su término Von Kempelen, quien, a pesar de no hacer la más mínima referencia, está, *sin lugar a duda* (lo digo sin titubear y puedo probarlo, de ser necesario), endeudado con el *Diario* por darle, como mínimo, el primer atisbo de su proyecto. Aunque son algo técnicos, no puedo dejar de citar dos pasajes del *Diario* que contienen una de las ecuaciones de sir Humphrey. [Dado que no contamos con los signos algebraicos necesarios y que el *Diario* está disponible en la Biblioteca del Ateneo, aquí omitimos una pequeña parte del manuscrito del señor Poe —N. del E.].

El párrafo del *Courier and Enquirer* que actualmente circula por la prensa y que se propone adjudicar la invención a un señor Kissam, proveniente de Brunswick, Maine, me parece, debo confesar, un poco apócrifo, por varias razones, aunque no haya nada imposible ni improbable en tal declaración. No necesito ahondar en los detalles. Mi opinión sobre el párrafo se basa principalmente en su *forma.* No *parece* real. Las per-

its *manner*. It does not *look* true. Persons who are narrating *facts*, are seldom so particular as Mr. Kissam seems to be, about day and date and precise location. Besides, if Mr. Kissam actually did come upon the discovery he says he did, at the period designated—nearly eight years ago—how happens it that he took no steps, *on the instant*, to reap the immense benefits which the merest bumpkin must have known would have resulted to him individually, if not to the world at large, from the discovery? It seems to me quite incredible that any man of common understanding could have discovered what Mr. Kissam says he did, and yet have subsequently acted so like a baby—so like an owl—as Mr. Kissam *admits* that he did. By-the-way, who *is* Mr. Kissam? and is not the whole paragraph in the "Courier and Enquirer" a fabrication got up to "make a talk?" It must be confessed that it has an amazingly moon-hoax-y air. Very little dependence is to be placed upon it, in my humble opinion; and if I were not well aware, from experience, how very easily men of science are *mystified*, on points out of their usual range of inquiry, I should be profoundly astonished at finding so eminent a chemist as Professor Draper, discussing Mr. Kissam's (or is it Mr. Quizzem's?) pretensions to the discovery, in so serious a tone.

But to return to the "Diary" of Sir Humphrey Davy. This pamphlet was *not* designed for the public eye, even upon the decease of the writer, as any person at all conversant with authorship may satisfy himself at once by the slightest inspection of the style. At page 13, for example, near the middle, we read, in reference to his researches about the protoxide of azote: "In less than half a minute the respiration being continued, diminished gradually and *were* succeeded by analogous to gentle pressure on all the muscles." That the *respiration* was not "diminished," is not only clear by the subsequent context, but by the use of the plural, "were." The sentence, no doubt, was thus intended: "In less than half a minute, the respiration [being continued, these feelings] diminished gradually, and were succeeded by [a sensation] analogous to gentle pressure on all the muscles." A hundred similar instances go to show that the MS. so inconsiderately published, was merely a *rough note-book*, meant only for the writer's own eye, but an inspection of the pamphlet will convince almost any thinking person of the truth of my suggestion. The fact is, Sir Humphrey Davy was about the last man in the world to *commit himself* on

sonas que narran *hechos* rara vez son tan precisas como el señor Kissam parece ser al hablar del día, la fecha y la ubicación exacta. Además, si el señor Kissan realmente llegó a este descubrimiento como dice que lo hizo, en la época que sostiene —hace casi ocho años—, ¿cómo es que no hizo nada, *en ese momento*, por cosechar, para sí mismo, sino para el mundo entero, los inmensos beneficios que cualquier tonto sabría que podrían derivarse del descubrimiento? Me resulta inverosímil que una persona con sentido común, al descubrir lo que el señor Kissam dice que descubrió, haya actuado, subsecuentemente, de manera tan similar a un bebé —tan similar a un búho— como el señor Kissam admite que hizo. Por cierto, ¿quién *es* el señor Kissam? Y todo este párrafo del *Courier and Enquirer*, ¿no se trata de un invento publicado únicamente para «empezar una conversación»? Debe decirse que tiene un aire de falsedad increíblemente parecido al del «Gran engaño de la Luna». En mi humilde opinión, se debe confiar muy poco en él. Y si no supiera, por experiencia, lo fácil que quienes se dedican a la ciencia se dejan *desorientar* en temas más allá de su rango de especialidad, me quedaría profundamente sorprendido al darme cuenta de que un químico tan eminente como el profesor Draper, al discutir sobre las pretensiones del señor Kissam (¿o son del señor Quizzem?) hacia el descubrimiento, lo haga en un tono tan serio.

Pero regresemos al *Diario de sir Humphrey Davy*. Este panfleto *no* se diseñó para el ojo público, ni siquiera a la muerte del autor, como cualquier persona siquiera un poco conocedora del oficio literario podrá darse cuenta con un mínimo análisis estilístico. En la página 13, por ejemplo, justo en medio, podemos leer, en referencia a sus investigaciones sobre el protóxido de ázoe: «En menos de treinta segundos, continuando la respiración, disminuyeron gradualmente y *fueron* sucedidas por análoga a una suave presión en todos los músculos». El que la *respiración* no se haya «disminuido» no solo queda claro debido al contexto subsecuente, sino por el uso del plural «fueron». La oración, sin duda, quería decir lo siguiente: «En menos de treinta segundos, continuando la respiración, [estas sensaciones] disminuyeron gradualmente y fueron sucedidas por [una sensación] análoga a una suave presión en todos los músculos». Cientos de casos similares demuestran que el manuscrito, publicado de manera tan poco considerada, no era más que un *cuaderno en bruto*, destinado únicamente para los ojos de su escritor, pero una inspección del texto bastará para convencer casi a cualquier persona pensante de la verdad de lo que digo. El hecho es que sir Hum-

scientific topics. Not only had he a more than ordinary dislike to quackery, but he was morbidly afraid of *appearing* empirical; so that, however fully he might have been convinced that he was on the right track in the matter now in question, he would never have spoken *out*, until he had every thing ready for the most practical demonstration. I verily believe that his last moments would have been rendered wretched, could he have suspected that his wishes in regard to burning this "Diary" (full of crude speculations) would have been unattended to; as, it seems, they were. I say "his wishes," for that he meant to include this note-book among the miscellaneous papers directed "to be burnt," I think there can be no manner of doubt. Whether it escaped the flames by good fortune or by bad, yet remains to be seen. That the passages quoted above, with the other similar ones referred to, gave Von Kempelen *the hint*, I do not in the slightest degree question; but I repeat, it yet remains to be seen whether this momentous discovery itself (momentous under any circumstances) will be of service or disservice to mankind at large. That Von Kempelen and his immediate friends will reap a rich harvest, it would be folly to doubt for a moment. They will scarcely be so weak as not to *"realize,"* in time, by large purchases of houses and land, with other property of *intrinsic* value.

In the brief account of Von Kempelen which appeared in the "Home Journal," and has since been extensively copied, several misapprehensions of the German original seem to have been made by the translator, who professes to have taken the passage from a late number of the Presburg "Schnellpost." *"Viele"* has evidently been misconceived (as it often is), and what the translator renders by "sorrows," is probably *"lieden,"* which, in its true version, 'sufferings,' would give a totally different complexion to the whole account; but, of course, much of this is merely guess, on my part.

Von Kempelen, however, is by no means "a misanthrope," in appearance, at least, whatever he may be in fact. My acquaintance with him was casual altogether; and I am scarcely warranted in saying that I know him at all; but to have seen and conversed with a man of so *prodigious* a notoriety as he has attained, or *will* attain in a few days, is not a small matter, as times go.

phrey Davy era el último hombre en el mundo que se *comprometería* con temas científicos. No solo tenía un disgusto más allá de lo ordinario por los charlatanes, sino que tenía un miedo mórbido de *parecer* empírico; es decir que, a pesar de qué tan plenamente convencido hubiera estado de que iba por el camino correcto en el asunto en cuestión, no habría *dicho* nada al respecto hasta tener todo listo para realizar una demostración práctica. Yo sinceramente creo que sus últimos momentos habrían sido miserables de haber sabido que sus deseos respecto a la quema de su *Diario* (lleno de especulaciones crudas) serían ignorados, como, parece ser, lo fueron. Hablo de «sus deseos» ya que no puede haber lugar a dudas de que él quería que este cuaderno fuera incluido entre la miscelánea de papeles escogidos «para ser quemados». Si el cuaderno escapó de las llamas por buena o mala suerte, aún queda por verse. No cuestiono en lo más mínimo que los pasajes citados anteriormente, junto con los similares a los que se hace referencia, hayan sido para Von Kempelen el *primer paso*; sin embargo, queda por verse si este descubrimiento trascendental (trascendental bajo cualquier circunstancia) servirá o perjudicará a la humanidad. Sería una locura dudar por un momento que Von Kempelen y sus amigos más íntimos cosecharán una gran riqueza. De esto todos se *darán cuenta,* después de un tiempo, a través de grandes compras de casas y de tierras, junto con otras propiedades de valor *intrínseco.*

El breve relato de Von Kempelen, publicado en el *Home Journal* y que desde entonces ha sido reproducido ampliamente, fue traducido por alguien que al parecer malinterpretó varios pasajes y que afirma que el alemán original procede de un número reciente del *Schnellpost* de Presburg. La palabra «*viele*» fue evidentemente mal concebida (como suele serlo), y lo que en la traducción se replica como «tristezas» probablemente proceda de «*lieden*», cuya equivalencia real, «sufrimientos», daría una complejidad totalmente diferente a todo el texto; pero, por supuesto, mucho de esto es mera especulación de mi parte.

Sin embargo, Von Kempelen de ninguna manera es «un misántropo»; en apariencia, por lo menos, al margen de lo que verdaderamente sea. Mi relación con él fue supeficial en su totalidad, y apenas tengo el derecho de decir que lo conozco, pero ver y conversar con un hombre que ha alcanzado, o *alcanzará* en unos días, tan *prodigiosa* notoriedad no es poca cosa en estos tiempos.

"The Literary World" speaks of him, confidently, as a *native* of Presburg (misled, perhaps, by the account in "The Home Journal") but I am pleased in being able to state *positively*, since I have it from his own lips, that he was born in Utica, in the State of New York, although both his parents, I believe, are of Presburg descent. The family is connected, in some way, with Mäelzel, of Automaton-chess-player memory. [If we are not mistaken, the name of the *inventor* of the chess-player was either Kempelen, Von Kempelen, or something like it.—Ed.] In person, he is short and stout, with large, *fat*, blue eyes, sandy hair and whiskers, a wide but pleasing mouth, fine teeth, and I think a Roman nose. There is some defect in one of his feet. His address is frank, and his whole manner noticeable for *bonhomie*. Altogether, he looks, speaks, and acts as little like "a misanthrope" as any man I ever saw. We were fellow-sojouners for a week about six years ago, at Earl's Hotel, in Providence, Rhode Island; and I presume that I conversed with him, at various times, for some three or four hours altogether. His principal topics were those of the day, and nothing that fell from him led me to suspect his scientific attainments. He left the hotel before me, intending to go to New York, and thence to Bremen; it was in the latter city that his great discovery was first made public; or, rather, it was there that he was first suspected of having made it. This is about all that I personally know of the now immortal Von Kempelen; but I have thought that even these few details would have interest for the public.

There can be little question that most of the marvellous rumors afloat about this affair are pure inventions, entitled to about as much credit as the story of Aladdin's lamp; and yet, in a case of this kind, as in the case of the discoveries in California, it is clear that the truth *may be* stranger than fiction. The following anecdote, at least, is so well authenticated, that we may receive it implicitly.

Von Kempelen had never been even tolerably well off during his residence at Bremen; and often, it was well known, he had been put to extreme shifts in order to raise trifling sums. When the great excitement occurred about the forgery on the house of Gutsmuth & Co., suspicion was directed toward Von Kempelen, on account of his having purchased a considerable property in Gasperitch Lane, and his refusing, when questioned, to explain how he became possessed

En *The Literary World* se menciona, con confianza, que Von Kempelen es nativo de Presburg (información incorrecta influenciada, quizá, por la declaración en el *Home Journal*), pero me complace *afirmar*, ya que lo oí de sus propios labios, que nació en Útica, en el estado de Nueva York, aunque la familia de ambos padres, me parece, viene de Presburg. Esta familia está conectada, de alguna manera, a Mälzel, célebre por su jugador de ajedrez autómata. [Si no nos equivocamos, el apellido del inventor del autómata era Kempelen, Von Kempelen, o algo parecido —N. del E.]. En persona, es de baja estatura, corpulento, y tiene grandes y *prominentes* ojos azules, cabello y barba arenosa, una boca grande, pero agradable, dientes delicados y lo que creo es una nariz romana. Hay algún defecto en uno de sus pies. Es muy franco y en general tiene mucha *bonhomía*. En conjunto, Von Kempelen se ve, habla y actúa tan poco como «un misántropo» como cualquier persona que haya conocido. Hace seis años, ambos fuimos residentes en el Earl's Hotel durante una semana, en Providence, Rhode Island, y calculo que conversé con él, en varias ocasiones, un total de tres o cuatro horas. Sus temas principales eran los del día y ninguna de sus palabras me hizo sospechar de sus logros científicos. Él se fue del hotel antes que yo, con la intención de ir a Nueva York y después a Bremen; fue en esta última ciudad en donde se hizo público su gran descubrimiento; o, más bien, fue ahí en donde se sospechó por primera vez que fue él quien lo descubrió. Esto es todo lo que conozco personalmente del ahora inmortal Von Kempelen, pero pensé que incluso estos pocos detalles serían de interés para el público.

Puede haber pocas dudas de que la mayor parte de las maravillas que se rumoran sobre este asunto son meras invenciones, merecedoras de tanto crédito como la historia del genio de Aladín; y, sin embargo, en un caso como este, de manera similar al caso de los descubrimientos de California, queda claro que la verdad *puede* ser más extraña que la ficción. La siguiente anécdota, por lo menos, ha sido tan bien confirmada que podemos creer plenamente en ella.

Von Kempelen no vivió ni tolerablemente bien durante su estadía en Bremen; y, muchas veces, como es sabido, llegó a extremas condiciones con tal de producir la más mísera cantidad de dinero. Cuando se originó la gran conmoción alrededor de la falsificación en la casa de Gutsmuth & Co., la sospecha se dirigió hacia Von Kempelen, debido a su compra de una propiedad considerable en Gasperitch Lane y a que se negó a explicar, al ser interrogado, cómo había llegado a su posesión el dinero

of the purchase money. He was at length arrested, but nothing deci-sive appearing against him, was in the end set at liberty. The police, however, kept a strict watch upon his movements, and thus discov-ered that he left home frequently, taking always the same road, and invariably giving his watchers the slip in the neighborhood of that labyrinth of narrow and crooked passages known by the flash name of the "Dondergat." Finally, by dint of great perseverance, they traced him to a garret in an old house of seven stories, in an alley called Flätzplatz; and, coming upon him suddenly, found him, as they im-agined, in the midst of his counterfeiting operations. His agitation is represented as so excessive that the officers had not the slightest doubt of his guilt. After hand-cuffing him, they searched his room, or rather rooms, for it appears he occupied all the *mansarde*.

Opening into the garret where they caught him, was a closet, ten feet by eight, fitted up with some chemical apparatus, of which the object has not yet been ascertained. In one corner of the closet was a very small furnace, with a glowing fire in it, and on the fire a kind of duplicate crucible—two crucibles connected by a tube. One of these crucibles was nearly full of *lead* in a state of fusion, but not reaching up to the aperture of the tube, which was close to the brim. The other crucible had some liquid in it, which, as the officers entered, seemed to be furiously dissipating in vapor. They relate that, on finding him-self taken, Kempelen seized the crucibles with both hands (which were encased in gloves that afterwards turned out to be asbestic), and threw the contents on the tiled floor. It was now that they hand-cuffed him; and before proceeding to ransack the premises they searched his person, but nothing unusual was found about him, excepting a paper parcel, in his coat-pocket, containing what was afterwards as-certained to be a mixture of antimony and some unknown substance, in nearly, but not quite, equal proportions. All attempts at analyzing the unknown substance have, so far, failed, but that it will ultimately be analyzed, is not to be doubted.

Passing out of the closet with their prisoner, the officers went through a sort of ante-chamber, in which nothing material was found, to the chemist's sleeping-room. They here rummaged some drawers and boxes, but discovered only a few papers, of no importance, and some good coin, silver and gold. At length, looking under the bed,

de la compra. Eventualmente fue arrestado, pero no se demostró nada decisivo en su contra, así que al final fue dejado en libertad. La policía, sin embargo, mantuvo un estricto control de sus movimientos, de manera que se descubrió que abandonaba su hogar con alta frecuencia, iba siempre por la misma avenida e invariablemente terminaba por perder a sus seguidores en un laberinto de angostos y torcidos pasajes conocido como el «Dondergat». Finalmente, después de mucha perseverancia, lo rastrearon hasta la buhardilla de una casa vieja de siete pisos, en un callejón llamado Flätzplatz; al abordarlo repentinamente, lo encontraron, como se imaginaba, en medio de sus operaciones de falsificación. Se dice que su agitación fue tan excesiva que los oficiales no tuvieron la más mínima duda de que era culpable. Después de arrestarlo, examinaron su habitación, o, mejor dicho, habitaciones, pues parece que tenía toda la mansarda ocupada.

Contigua a la buhardilla donde lo aprehendieron había una cámara, de tres metros por dos metros y medio, equipada con algunos aparatos químicos cuyo objetivo todavía no ha sido precisado. En una esquina de la cámara había un horno muy pequeño, con un fuego encendido sobre el cual había una especie de doble crisol; es decir, dos crisoles conectados por un tubo. Uno de estos crisoles estaba casi lleno de *plomo* en estado de fusión, aunque no alcanzaba la abertura del tubo, que estaba cerca del tope. En el otro crisol había un líquido que, al ingresar los oficiales, se disipaba furiosamente en vapor. Relatan que, al ser arrestado, Kempelen tomó los crisoles con ambas manos (envueltas en guantes que posteriormente resultaron estar hechos de asbesto) y aventó los contenidos al suelo de losa. Fue entonces que lo esposaron. Antes de proceder a registrar las instalaciones, lo registraron a él, pero no encontraron nada inusual, salvo un paquete envuelto en papel en el bolsillo de su abrigo que contenía lo que posteriormente se verificó como una mezcla de antimonio y otra sustancia extraña en casi idénticas, pero no exactas, proporciones. Todos los intentos de analizar esta sustancia desconocida han fallado hasta ahora, pero con seguridad se logrará eventualmente.

Saliendo de la habitación con su prisionero, los oficiales pasaron por un tipo de antecámara en donde no se encontró nada material mientras caminaban hacia el dormitorio del químico. Aquí registraron cajones y cajas, pero solo descubrieron algunos papeles de poca importancia, además de algunas monedas de plata y de oro. Después de un tiempo, al

they saw *a large, common hair trunk, without hinges, hasp, or lock*, and with the top lying carelessly *across* the bottom portion. Upon attempting to draw this trunk out from under the bed, they found that, with their united strength (there were three of them, all powerful men), they "could not stir it one inch." Much astonished at this, one of them crawled under the bed, and looking into the trunk, said:

"No wonder we couldn't move it—why it's full to the brim of old bits of brass!"

Putting his feet, now, against the wall so as to get a good purchase, and pushing with all his force, while his companions pulled with an theirs, the trunk, with much difficulty, was slid out from under the bed, and its contents examined. The supposed brass with which it was filled was all in small, smooth pieces, varying from the size of a pea to that of a dollar; but the pieces were irregular in shape, although more or less flat—looking, upon the whole, "very much as lead looks when thrown upon the ground in a molten state, and there suffered to grow cool." Now, not one of these officers for a moment suspected this metal to be any thing *but* brass. The idea of its being *gold* never entered their brains, of course; how *could* such a wild fancy have entered it? And their astonishment may be well conceived, when the next day it became known, all over Bremen, that the "lot of brass" which they had carted so contemptuously to the police office, without putting themselves to the trouble of pocketing the smallest scrap, was not only gold—real gold—but gold far finer than any employed in coinage-gold, in fact, absolutely pure, virgin, without the slightest appreciable alloy!

I need not go over the details of Von Kempelen's confession (as far as it went) and release, for these are familiar to the public. That he has actually realized, in spirit and in effect, if not to the letter, the old chimera of the philosopher's stone, no sane person is at liberty to doubt. The opinions of Arago are, of course, entitled to the greatest consideration; but he is by no means infallible; and what he says of *bismuth*, in his report to the Academy, must be taken *cum grano salis*. The simple truth is, that up to this period all analysis has failed; and until Von Kempelen chooses to let us have the key to his own published enigma, it is more than probable that the matter will remain, for years, in *statu quo*. All that as yet can fairly be said to be known is,

mirar debajo de la cama, encontraron *un gran baúl de piel cubierta de pelo, sin bisagras, cierre ni cerradura*, cuya tapa yacía descuidadamente en la parte inferior. Al intentar jalar este baúl, se dieron cuenta de que, ni siquiera con su fuerza reunida (había tres oficiales, todos hombres robustos) podían hacer que se «moviera ni un centímetro». Sorprendido por esto, uno de ellos se metió bajo la cama y, mirando dentro del baúl, dijo:

—Con razón no podemos moverlo, ¡está repleto de viejos trozos de latón!

El oficial recargó los pies contra la pared de manera que fuera su punto de apoyo y empujó con toda su fuerza, mientras sus compañeros jalaban con la suya, con mucha dificultad, hasta que el baúl se asomó de debajo de la cama y sus contenidos fueron examinados. El supuesto latón del que estaba lleno el baúl se encontraba en pequeñas y suaves piezas, desde el tamaño de un guisante hasta el de una moneda; las piezas tenían forma irregular, a pesar de ser más o menos planas. Al verlas en su totalidad, las piezas se veían «como cuando el plomo derretido se tira al suelo y se deja enfriar ahí». Ninguno de estos oficiales sospechó ni por un momento que este metal fuera algo más que latón. Claro que la idea de que fuera oro nunca les pasó por la mente: *¿cómo* se les podría ocurrir una fantasía así? Y puede que su asombro haya sido muy grande cuando, al día siguiente, se supo, en todo Bremen, que la «pila de latón» que habían llevado tan descuidadamente a la estación, sin preocuparse por tomar el más mínimo pedazo, no solamente era oro —oro de verdad— sino un oro mucho más fino que cualquier oro empleado para hacer monedas; de hecho, ¡era oro absolutamente puro, virgen, sin ninguna aleación apreciable!

No necesito ahondar en los detalles de la confesión de Von Kempelen (hasta donde llegó) ni en su puesta en libertad, pues estos ya son conocidos por el público. Ninguna persona cuerda puede negar que Von Kempelen realmente ha creado, en espíritu y en efecto, si no al pie de la letra, la vieja quimera de la piedra filosofal. Las opiniones de Arago, por supuesto, tienen derecho a la mayor consideración, pero en ningún caso son infalibles; y lo que dice sobre el *bismuto* en su informe a la Academia debe ser tomado *cum grano salis*. La simple verdad es que, hasta este momento, todo análisis ha fallado, y hasta que Von Kempelen decida proporcionarnos la clave de su propio y publicado enigma, es más que probable que el asunto se mantenga, por muchos años, *in statu quo*.

that "*pure gold can be made at will, and very readily from lead in connection with certain other substances, in kind and in proportions, unknown.*"

Speculation, of course, is busy as to the immediate and ultimate results of this discovery—a discovery which few thinking persons will hesitate in referring to an increased interest in the matter of gold generally, by the late developments in California; and this reflection brings us inevitably to another—the exceeding *inopportuneness* of Von Kempelen's analysis. If many were prevented from adventuring to California, by the mere apprehension that gold would so materially diminish in value, on account of its plentifulness in the mines there, as to render the speculation of going so far in search of it a doubtful one—what impression will be wrought *now*, upon the minds of those about to emigrate, and especially upon the minds of those actually in the mineral region, by the announcement of this astounding discovery of Von Kempelen? a discovery which declares, in so many words, that beyond its intrinsic worth for manufacturing purposes (whatever that worth may be), gold now is, or at least soon will be (for it cannot be supposed that Von Kempelen can *long* retain his secret) of no greater *value* than lead, and of far inferior value to silver. It is, indeed, exceedingly difficult to speculate prospectively upon the consequences of the discovery; but one thing may be positively maintained—that the announcement of the discovery six months ago, would have had material influence in regard to the settlement of California.

In Europe, as yet, the most noticeable results have been a rise of two hundred per cent. in the price of lead, and nearly twenty-five per cent. in that of silver.

Todo lo que hasta ahora se puede decir que se sabe es que «el oro puro se puede crear a voluntad, y muy fácilmente, a partir del plomo y de otras sustancias, de tipo y proporciones desconocidas».

Hay mucha duda, por supuesto, alrededor de los resultados inmediatos y finales de este descubrimiento; un descubrimiento al que pocas personas pensantes dudarán en referirse en relación con el creciente interés que hay en el asunto del oro debido a los recientes acontecimientos en California. Y esta reflexión nos lleva, inevitablemente, a lo siguiente: lo excesivamente *inoportuno* que es el análisis de Von Kempelen. Si ya muchos se abstuvieron de aventurarse a California, por la mera preocupación de que el valor del oro disminuya, gracias a su abundancia en las minas, como para que la idea de viajar tan lejos en su búsqueda se llene de especulación, ¿qué impresión se creará en las mentes de quienes están a punto de emigrar, especialmente en las mentes de quienes ya viven en la región mineral, al escuchar sobre el asombroso descubrimiento de Von Kempelen? Un descubrimiento que declara, inequívocamente, que más allá de su valor intrínseco para los procesos manufactureros (sea cual sea ese valor), el oro, ahora, o por lo menos pronto (pues no se puede suponer que Von Kempelen guardará su secreto por *mucho tiempo), valdrá* lo mismo que el plomo y mucho menos que la plata. Es difícil, en efecto, especular sobre las consecuencias de este descubrimiento de cara al futuro, pero una cosa se puede afirmar: el anuncio del descubrimiento hace seis meses seguramente tuvo influencia sustancial en lo que respecta a los asentamientos en California.

En Europa, hasta ahora, el resultado más notable ha sido un aumento del doscientos por ciento en el precio del plomo y casi un veinticinco por ciento en el precio de la plata.

BERENICE

Dicebant mihi sodales, si sepulchrum amicæ visitarem, curas meas ali-
quantulum fore levatas.

Ebn Zaiat.

Misery is manifold. The wretchedness of earth is multiform. Over-reaching the wide horizon as the rainbow, its hues are as various as the hues of that arch—as distinct too, yet as intimately blended. Over-reaching the wide horizon as the rainbow! How is it that from beauty I have derived a type of unloveliness?—from the covenant of peace, a simile of sorrow? But as, in ethics, evil is a consequence of good, so, in fact, out of joy is sorrow born. Either the memory of past bliss is the anguish of to-day, or the agonies which *are*, have their origin in the ecstasies which *might have been*.

My baptismal name is Egæus; that of my family I will not mention. Yet there are no towers in the land more time-honored than my gloomy, gray, hereditary halls. Our line has been called a race of visionaries; and in many striking particulars—in the character of the family mansion—in the frescos of the chief saloon—in the tapestries of the dormitories—in the chiselling of some buttresses in the armory—but more especially in the gallery of antique paintings—in the fashion of the library chamber—and, lastly, in the very peculiar nature of the library's contents, there is more than sufficient evidence to warrant the belief.

The recollections of my earliest years are connected with that chamber, and with its volumes—of which latter I will say no more. Here died my mother. Herein was I born. But it is mere idleness to say that I had not lived before—that the soul has no previous existence. You deny it?—let us not argue the matter. Convinced myself, I seek not to convince. There is, however, a remembrance of aerial forms—of spiritual and meaning eyes—of sounds, musical yet sad; a remembrance which will not be excluded; a memory like a shadow—vague, variable, indefinite, unsteady; and like a shadow, too, in the impossibility of my getting rid of it while the sunlight of my reason shall exist.

In that chamber was I born. Thus awaking from the long night of what seemed, but was not, nonentity, at once into the very regions

BERENICE

*Dicebant mihi sodales, si sepulchrum amicæ visitarem, curas meas ali-
quantulum fore levatas.*

Ebn Zaiat

La desdicha es múltiple. La desgracia de la tierra es multiforme. Sus
tonos se extienden por el amplio horizonte cual arcoíris, tan diversos
como los colores de aquel, tan diferentes y, sin embargo, tan perfectamente integrados. ¡Cubren el amplio horizonte cual arcoíris! ¿Cómo es
que de la belleza he derivado una especie de deformidad; del pacto de
paz, una sonrisa de tristeza? Pero, así como en ética el mal es una consecuencia del bien, así nace, de hecho, la tristeza de la alegría. O la memoria de la dicha pasada es la angustia del presente o las agonías que hoy
existen tienen su origen en los éxtasis de *lo que pudo haber sido*.

Mi nombre de bautizo es Egæus; el de mi familia no lo mencionaré.
Sin embargo, no hay torres en estas tierras más consagradas que mis
lúgubres, grises y hereditarios salones. Nuestra estirpe ha sido llamada
una raza de visionarios, y en muchos detalles impresionantes —en el
carácter de la mansión familiar, en los frescos del salón principal, en los
tapices de los dormitorios, en el cincelado de algunos muros de la arme-
ría, pero especialmente en la galería de pinturas antiguas, en el estilo de
la bilioteca, así como la peculiar naturaleza de lo contenido en ella— hay
más que suficiente evidencia para justificar esta creencia.

Los recuerdos de mis primeros años están conectados a aquella biblioteca y sus volúmenes, de los cuales no diré más. Ahí fue donde mu-
rió mi madre. Ahí fue donde yo nací. Pero es mera pereza decir que no
había vivido antes, que el alma no tiene ninguna existencia previa. ¿Lo
niega? No discutamos sobre el asunto. Yo, convencido, no busco convencer. Sin embargo, recuerdo formas aéreas —de ojos espirituales y llenos
de significado—, sonidos musicales pero tristes; un triste recuerdo que
no puedo excluir; un recuerdo como sombra —vago, variable, indefinido, inestable— que, también como sombra, es imposible de ahuyentar
mientras la luz de mi razón exista.

En esa habitación nací. De manera que, de la larga noche de lo que pareció, pero no fue, la nada, desperté en las mismísimas regiones de una

of fairy land—into a palace of imagination—into the wild dominions of monastic thought and erudition—it is not singular that I gazed around me with a startled and ardent eye—that I loitered away my boyhood in books, and dissipated my youth in reverie; but it *is* singular, that as years rolled away, and the noon of manhood found me still in the mansion of my fathers—it *is* wonderful what stagnation there fell upon the springs of my life—wonderful how total an inversion took place in the character of my commonest thought. The realities of the world affected me as visions, and as visions only, while the wild ideas of the land of dreams became, in turn, not the material of my every-day existence, but in very deed that existence utterly and solely in itself.

***

Berenice and I were cousins, and we grew up together in my paternal halls. Yet differently we grew—I, ill of health, and buried in gloom—she, agile, graceful, and overflowing with energy; her's, the ramble on the hill-side—mine, the studies of the cloister—I, living within my own heart, and addicted, body and soul, to the most intense and painful meditation—she, roaming carelessly through life, with no thought of the shadows in her path, or the silent flight of the raven-winged hours. Berenice!—I call upon her name—Berenice!—and from the gray ruins of memory a thousand tumultuous recollections are startled at the sound! Ah, vividly is her image before me now, as in the early days of her light-heartedness and joy! Oh, gorgeous yet fantastic beauty! Oh, sylph amid the shrubberies of Arnheim! Oh, Naiad among its fountains! And then—then all is mystery and terror, and a tale which should not be told. Disease—a fatal disease, fell like the simoon upon her frame; and, even while I gazed upon her, the spirit of change swept over her, pervading her mind, her habits, and her character, and, in a manner the most subtle and terrible, disturbing even the identity of her person! Alas! the destroyer came and went!—and the victim—where is she? I knew her not—or knew her no longer as Berenice!

Among the numerous train of maladies superinduced by that fatal and primary one which effected a revolution of so horrible a kind in the moral and physical being of my cousin, may be mentioned as the most distressing and obstinate in its nature, a species of epilepsy not

tierra de hadas: en un palacio de la imaginación, en los sorprendentes dominios del pensamiento y la erudición monásticos. No fue extraño cómo miraba a mi alrededor con un ojo sobresaltado y ansioso, que en libros me alejara de mi infancia y disipara mi juventud en el ensueño, que al pasar los años la cumbre de la hombría me encontrara, todavía, en la mansión de mis antepasados. Lo que sí fue maravilloso fue el estancamiento que cayó sobre los manantiales de mi vida, fue así como mis pensamientos más comunes fueron sometidos a una total inversión. Las realidades del mundo me afectaban en forma de visiones, y solo así, mientras que las ideas maravillosas de la tierra de los sueños se convertían, a su vez, no solo en el material de mi existencia diaria, sino en esa misma existencia, absoluta y exclusivamente ella.

***

Berenice y yo éramos primos y crecimos juntos en mis pasillos paternales, pero crecimos de maneras muy diferentes: yo, de mala salud y enterrado en la penumbra; ella, ágil, elegante y rebosante de energía; suyos eran los paseos por las colinas; míos, los estudios enclaustrados; yo que vivía dentro de mi corazón y era adicto, cuerpo y alma, a la más intensa y dolorosa reflexión; ella que vagaba sin cuidado por la vida, sin pensar en las sombras en su camino o en el vuelo silencioso de las horas aladas del cuervo. «¡Berenice! —llamo su nombre— ¡Berenice!». Y de las grises ruinas de la memoria miles de recuerdos tumultuosos se sobresaltan con el sonido. ¡Ah, qué vívida ahora es su imagen ante mí, como en los primeros días de su júbilo y alegría! ¡Oh, qué preciosa pero fantástica belleza! ¡Oh, sílfide en medio de los arbustos de Arnheim! ¡Oh, náyade entre sus fuentes! Y luego... luego todo es misterio y terror y una historia que no debería ser contada. Enfermedad, una enfermedad fatal, arastró su cuerpo cual simún; mientras la miraba, el espíritu del cambio la consumió, invadiendo su mente, sus hábitos y su carácter, y, de la manera más sutil y terrible, ¡perturbó incluso la misma identidad de su persona! ¡Qué desgracia! ¡La destrucción vino y se fue! ¿Y la víctima? ¿Dónde está? Ya no la reconocía... ¡Oh, ya no reconocía a Berenice!

Entre las numerosas afecciones que llegaron como consecuencia de aquella mortal y primaria enfermedad, aquella que provocó una revolución tan horrible en el ser moral y físico de mi prima, se puede mencionar, como la de naturaleza más obstinada y angustiante, un tipo de

unfrequently terminating in *trance* itself—trance very nearly resembling positive dissolution, and from which her manner of recovery was in most instances, startlingly abrupt. In the mean time my own disease—for I have been told that I should call it by no other appelation—my own disease, then, grew rapidly upon me, and assumed finally a monomaniac character of a novel and extraordinary form—hourly and momently gaining vigor—and at length obtaining over me the most incomprehensible ascendency. This monomania, if I must so term it, consisted in a morbid irritability of those properties of the mind in metaphysical science termed the *attentive*. It is more than probable that I am not understood; but I fear, indeed, that it is in no manner possible to convey to the mind of the merely general reader, an adequate idea of that nervous *intensity of interest* with which, in my case, the powers of meditation (not to speak technically) busied and buried themselves, in the contemplation of even the most ordinary objects of the universe.

To muse for long unwearied hours, with my attention riveted to some frivolous device on the margin or in the typography of a book; to become absorbed, for the better part of a summer's day, in a quaint shadow falling aslant upon the tapestry or upon the floor; to lose myself, for an entire night, in watching the steady flame of a lamp, or the embers of a fire; to dream away whole days over the perfume of a flower; to repeat, monotonously, some common word, until the sound, by dint of frequent repetition, ceased to convey any idea whatever to the mind; to lose all sense of motion or physical existence, by means of absolute bodily quiescence long and obstinately persevered in: such were a few of the most common and least pernicious vagaries induced by a condition of the mental faculties, not, indeed, altogether unparalleled, but certainly bidding defiance to anything like analysis or explanation.

Yet let me not be misapprehended. The undue, earnest, and morbid attention thus excited by objects in their own nature frivolous, must not be confounded in character with that ruminating propensity common to all mankind, and more especially indulged in by persons of ardent imagination. It was not even, as might be at first supposed, an extreme condition, or exaggeration of such propensity, but primarily and essentially distinct and different. In the one instance, the dreamer, or enthusiast, being interested by an object usually *not*

epilepsia que no pocas veces terminaba en trance, un trance muy parecido a una descomposición efectiva, y del cual su recuperación era, en la mayoría de los casos, sorprendentemente abrupta. Mientras tanto, mi propia enfermedad —pues se me ha dicho que no debo llamarla por ningún otro nombre— creció rápidamente y tomó un carácter monomaniaco de una forma novedosa y extraordinaria —crecía en vigor y en *momentum* cada hora— que eventualmente terminó por ganar sobre mí un dominio incomprensible. Esta monomanía, pues así he de llamarla, consistía en una mórbida irritabilidad de las propiedades mentales que la ciencia metafísica denomina *atención*. Es probable que no se me entienda, pero me temo que, efectivamente, no hay manera posible de transmitir a la mente del mero lector general una idea adecuada de esa *intensidad nerviosa del interés* con la que, en mi caso, los poderes del pensamiento (sin decirlo de manera técnica) se ocupaban y consumían en la contemplación de incluso los objetos más ordinarios del universo.

Reflexionar sin fatiga durante largas horas, con mi atención fija en cualquier frívolo elemento en el margen o en la tipografía de un libro; quedar absorto, por la mayor parte de una día de verano, en la singular sombra que cae inclinada en el tapiz o sobre el suelo; perderme, toda una noche, en la contemplación de una lámpara, o las ascuas del fuego; pasar días enteros soñando sobre el perfume de una flor; repetir, monótonamente, cualquier palabra común, hasta que el sonido, por mera reiteración, no transmita ni una idea a la mente; perder todo sentido de movimiento o existencia física, por medio de una absoluta calma corporal, obstinadamente mantenida: estos son algunos de los más comunes y menos funestos caprichos inducidos por una condición de las facultades mentales que, si bien no es única en su tipo, en efecto se rehúsa a todo lo parecido a un examen o explicación.

Pero no me malinterprete. La indebida, ferviente y mórbida atención que genera la enfermedad sobre objetos de naturaleza frívola no debe confundirse con esa propensión rumiante que es común a toda la humanidad, especialmente a aquellas personas de imaginación apasionada. Ni siquiera era, como se podría suponer en un principio, una condición extrema o una exageración de dicha propensión, sino algo primaria y esencialmente distinto y diferente. En esa instancia, el soñador o entusiasta, al interesarse por un objeto, por lo general *no* frívolo,

frivolous, imperceptibly loses sight of this object in a wilderness of deductions and suggestions issuing therefrom, until, at the conclusion of a day-dream *often replete with luxury*, he finds the *incitamentum*, or first cause of his musings, entirely vanished and forgotten. In my case, the primary object was *invariably frivolous*, although assuming, through the medium of my distempered vision, a refracted and unreal importance. Few deductions, if any, were made; and those few pertinaciously returning in upon the original object as a centre. The meditations were *never* pleasurable; and, at the termination of the revery, the first cause, so far from being out of sight, had attained that supernaturally exaggerated interest which was the prevailing feature of the disease. In a word, the powers of mind more particularly exercised were, with me, as I have said before, the *attentive*, and are, with the day-dreamer, the *speculative*.

My books, at this epoch, if they did not actually serve to irritate the disorder, partook, it will be perceived, largely, in their imaginative and inconsequential nature, of the characteristic qualities of the disorder itself. I well remember, among others, the treatise of the noble Italian Cœlius Secundus Curio, *"De Amplitudine Beati Regni Dei;"* St. Austin's great work, "The City of God;" and Tertullian's *"De Carne Christi,"* in which the paradoxical sentence, *"Mortuus est Dei filius; credibile est quia ineptum est; et sepultus resurrexit; certum est quia impossibile est,"* occupied my undivided time, for many weeks of laborious and fruitless investigation.

Thus it will appear that, shaken from its balance only by trivial things, my reason bore resemblance to that ocean-crag spoken of by Ptolemy Hephestion, which steadily resisting the attacks of human violence, and the fiercer fury of the waters and the winds, trembled only to the touch of the flower called Asphodel. And although, to a careless thinker, it might appear a matter beyond doubt, that the alteration produced by her unhappy malady, in the *moral* condition of Berenice, would afford me many objects for the exercise of that intense and abnormal meditation whose nature I have been at some trouble in explaining, yet such was not in any degree the case. In the lucid intervals of my infirmity, her calamity, indeed, gave me pain, and, taking deeply to heart that total wreck of her fair and gentle life, I did not fail to ponder, frequently and bitterly, upon the wonder-working means by which so strange a revolution had been so suddenly

pierde de vista al objeto, imperceptiblmente, entre el mundo de deducciones y sugerencias que de él parten, hasta que, al final de un ensueño, *usualmente colmado de voluptuosidad*, la persona se da cuenta de que el *incitamentum*, o causa de su reflexión, se ha desvanecido por completo y ha quedado en el olvido. En mi caso, el objeto principal era invariablemente frívolo y, a través de mi visión distorsionada, asumía una importancia refractada e ilusoria. Realizaba pocas deducciones, si las hubiera, y aquellas pocas siempre regresaban, pertinazmente, al centro que era el objeto original. Estas reflexiones *nunca* eran agradables; al terminar un ensueño, la primera razón, tan lejos de haberse esfumado, había obtenido el interés supernatural que es la principal característica de esta enfermedad. En una palabra, los poderes de la mente que se ejercían más particularmente eran, en mí, como he dicho antes, la *atención*, mientras que, con el soñador, era la *especulación*.

Mis libros, en esa época, a pesar de no irritar, en realidad, la enfermedad, eran parte importante, se podrá notar, por su naturaleza imaginativa e inconsecuente de las propiedades características de la propia enfermedad. Bien recuerdo, entre otros, el tratado del noble italiano Cœlius Secundus Curio, *De amplitudina Beati Regni Dei,* el gran trabajo de San Agustín, *La ciudad de Dios*, y el *De Carne Christi* de Tertuliano, en la que la frase paradójica, «*Mortuus est Dei filius; credibilidad est quia ineptum est; et sepultus resurrexit; certum est quia impossibile est*» sostuvo mi atención indivisa durante muchas semanas de laboriosa e infructuosa investigación.

Se podría decir, entonces, dado que solo perdía el equilibrio por culpa de cosas triviales, que mi razón se asemejaba a aquel risco marino del que hablaba Ptolomeo Efestión; risco que se resistía, establemente, a los ataques de violencia humana, así como a la furia todavía más feroz de las aguas y los vientos, y que tembló solamente por el toque de la flor llamada asfódelo. Y a pesar de que, para el pensador descuidado, pueda parecer indudable que el cambio en la condición moral de Berenice, producida por su triste enfermedad, me debería haber ofrecido muchos objetos sobre los cuales ejercer esa intensa y anormal reflexión cuya naturaleza me ha sido difícil explicar, pero ese no fue el caso de ninguna manera. En los lúcidos intervalos de mi enfermedad, su calamidad, en efecto, me generaba dolor, y no podía dejar de pensar, frecuentemente y con amargura, al tomar en cuenta el total naufragio de su pura y gentil vida, sobre la manera en que había sucedido una revolución tan extra-

brought to pass. But these reflections partook not of the idiosyncrasy of my disease, and were such as would have occurred, under similar circumstances, to the ordinary mass of mankind. True to its own character, my disorder revelled in the less important but more startling changes wrought in the *physical* frame of Berenice—in the singular and most appalling distortion of her personal identity.

During the brightest days of her unparalleled beauty, most surely I had never loved her. In the strange anomaly of my existence, feelings with me, *had never been* of the heart, and my passions *always were* of the mind. Through the gray of the early morning—among the trellised shadows of the forest at noonday—and in the silence of my library at night—she had flitted by my eyes, and I had seen her—not as the living and breathing Berenice, but as the Berenice of a dream; not as a being of the earth, earthy, but as the abstraction of such a being; not as a thing to admire, but to analyze; not as an object of love, but as the theme of the most abstruse although desultory speculation. And *now*—now I shuddered in her presence, and grew pale at her approach; yet, bitterly lamenting her fallen and desolate condition, I called to mind that she had loved me long, and, in an evil moment, I spoke to her of marriage.

And at length the period of our nuptials was approaching, when, upon an afternoon in the winter of the year—one of those unseasonably warm, calm, and misty days which are the nurse of the beautiful Halcyon,[2]—I sat, (and sat, as I thought, alone,) in the inner apartment of the library. But uplifting my eyes, I saw that Berenice stood before me.

Was it my own excited imagination—or the misty influence of the atmosphere—or the uncertain twilight of the chamber—or the gray draperies which fell around her figure—that caused in it so vacillating and indistinct an outline? I could not tell. She spoke no word; and I—not for worlds could I have uttered a syllable. An icy chill ran through my frame; a sense of insufferable anxiety oppressed me; a consuming curiosity pervaded my soul; and, sinking back upon the

---

2   For as Jove, during the winter season, gives twice seven days of warmth, men have called this clement and temperate time the nurse of the beautiful Halcyon—*Simonides*.

ña. Pero estos pensamientos no eran parte de la ideosincracia de mi enfermedad, y ocurrían como, bajo circunstancias similares, le ocurrirían a la masa ordinaria de la humanidad. Fiel a su carácter, mi desorden se deleitaba con los cambios menos importantes pero más sorprendentes del aspecto físico de Berenice: el cambio más singular y aterrador de su identidad personal.

Incluso durante los días más brillantes de su belleza incomparable, lo más seguro es que nunca la amé. En la extraña anomalía que era mi existencia, para mí, los sentimientos nunca fueron del corazón, y mis pasiones siempre fueron de la mente. A través del gris de la madrugada —entre las sombras de la celosía del bosque a mediodía y en el silencio de mi biblioteca por la noche—, ella pasó por mis ojos y yo la vi, no como la Berenice que vivía y respiraba, sino como la Berenice de un sueño; no como un ser de la tierra, terrenal, sino como la abstracción de ese ser; no como una cosa que admirar, sino analizar; no como un objeto de amor, sino como el tema de una especulación de lo más profunda, aunque errática. Y entonces, entonces temblaba en su presencia y palidecía al verla acercarse; pero, lamentando con amargura su decaído y desolado estado, recordé que me había amado durante mucho tiempo y, en un momento malvado, le hablé del matrimonio.

Y el momento de nuestras nupcias se acercaba cuando, en una tarde del invierno de ese año —en uno de aquellos días que son atemporalmente cálidos, tranquilos y brumosos, días de la bella Alcíone—[2] estaba sentado (y estaba sentado solo, pensando), en la parte interior de la biblioteca. Pero al levantar los ojos, vi que Berenice estaba parada frente a mí.

¿Era mi propia imaginación excitada o la influencia brumosa de la atmósfera, o el incierto crepúsculo de la habitación, o las cortinas grises que caían alrededor de su figura, lo que le daban una silueta tan indistinta y vacilante? No lo supe. Ella no dijo nada y yo ni por todo en el mundo podría haber pronunciado una sola sílaba. Un frío gélido me recorrió el cuerpo; una sensación de insufrible ansiedad me oprimió; una curiosidad que me consumía dominó mi alma; y cuando me hundí de nuevo

2   «Ya que Júpiter, durante la temporada de invierno, da dos veces siete días de calidez, a este clima clemente y templado se le ha designado como amparo de la bella Alcíone». —Simónides de Ceos.

chair, I remained for some time breathless and motionless, with my eyes riveted upon her person. Alas! its emaciation was excessive, and not one vestige of the former being lurked in any single line of the contour. My burning glances at length fell upon the face.

The forehead was high, and very pale, and singularly placid; and the once jetty hair fell partially over it, and overshadowed the hollow temples with innumerable ringlets, now of a vivid yellow, and jarring discordantly, in their fantastic character, with the reigning melancholy of the countenance. The eyes were lifeless, and lustreless, and seemingly pupilless, and I shrank involuntarily from their glassy stare to the contemplation of the thin and shrunken lips. They parted; and in a smile of peculiar meaning, *the teeth* of the changed Berenice disclosed themselves slowly to my view. Would to God that I had never beheld them, or that, having done so, I had died!

***

The shutting of a door disturbed me, and, looking up, I found that my cousin had departed from the chamber. But from the disordered chamber of my brain, had not, alas! departed, and would not be driven away, the white and ghastly *spectrum* of the teeth. Not a speck on their surface—not a shade on their enamel—not an indenture in their edges—but what that brief period of her smile had sufficed to brand in upon my memory. I saw them *now* even more unequivocally than I beheld them *then*. The teeth!—the teeth!—they were here, and there, and everywhere, and visibly and palpably before me; long, narrow, and excessively white, with the pale lips writhing about them, as in the very moment of their first terrible development. Then came the full fury of my *monomania*, and I struggled in vain against its strange and irresistible influence. In the multiplied objects of the external world I had no thoughts but for the teeth. For these I longed with a frenzied desire. All other matters and all different interests became absorbed in their single contemplation. They—they alone were present to the mental eye, and they, in their sole individuality, became the essence of my mental life. I held them in every light. I turned them in every attitude. I surveyed their characteristics. I dwelt upon their peculiarities. I pondered upon their conformation. I mused upon the alteration in their nature. I shuddered as I assigned to them, in imagination, a sensitive and sentient power, and, even when unas-

en la silla, me quedé ahí durante un tiempo, sin respirar y sin moverme, con mis ojos fijos en su persona. ¡Ah! Su emaciación era excesiva y no quedaba ni un vestigio de su ser anterior en las líneas de su contorno. Mis miradas ardientes llegaron a su rostro.

Tenía la frente en alto y era muy pálida y estaba singularmente tranquila; el cabello que alguna vez fue negro caía parcialmente sobre la frente y opacaba las sienes huecas con innumerables rizos, ahora de un vívido amarillo que generaba discordancia, en su carácter fantástico, con la expresión de melancolía dominante. Los ojos no tenían vida ni brillo y por lo visto tampoco pupilas, así que me encogí involuntariamente bajo su mirada vítrea y pasé a contemplar los labios delgados y hundidos. Se abrieron, y en una sonrisa de significado peculiar, *los dientes* de la nueva Berenice se revelaron antes mis ojos. ¡Juro ante Dios que nunca los había visto, o que, al hacerlo, morí!

***

El cierre de una puerta me distrajo y, al mirar hacia arriba, me di cuenta de que mi prima se había ido de la cámara. Pero, de la desordenada cámara de mi cerebro —¡por desgracia!— no, ni tampoco se podía ahuyentar el *espectro* de los dientes blancos y desconcertantes. No había ni una mancha en su superficie —ni un tono ajeno en su esmalte, ni una mella en sus bordes—, y ese breve momento había sido suficiente para grabar su sonrisa en mi memoria. Los veía incluso con *más claridad* que cuando los contemplé por primera vez. ¡Esos dientes! ¡Esos dientes! Estaban aquí, y allá, y en todas partes, visibles y palpables delante de mí; largos, estrechos, excesivamente blancos, con los labios pálidos retorciéndose alrededor de ellos, como en ese mismo momento de primer y terrible descubrimiento. Entonces llegó toda la furia de mi *monomanía*, y luché en vano contra su extraña e irresistible influencia. No tenía ningún pensamiento para los múltiples objetos del mundo exterior más que para los dientes. A ellos los anhelaba con un deseo frenético. Todas las demás cosas y los diferentes intereses se disiparon. Ellos, solo ellos, eran lo único importante para mi ojo mental, y ellos, en su única individualidad, se convirtieron en la esencia de mi vida mental. Los sostuve en todos los tipos de luces. Les di vueltas desde todas las perspectivas. Examiné sus características. Indagué en sus peculiaridades. Medité sobre su conformación. Reflexioné sobre la alteración de su naturaleza. Temblé mientras les asignaba, en mi imaginación, un poder sensitivo

sisted by the lips, a capability of moral expression. Of Mademoiselle Salle it has been well said, *"Que tous ses pas etaient des sentiments,"* and of Berenice I more seriously believed *que toutes ses dents etaient des idees. Des idees!*—ah, here was the idiotic thought that destroyed me! *Des idees!*—ah, *therefore* it was that I coveted them so madly! I felt that their possession could alone ever restore me to peace, in giving me back to reason.

And the evening closed in upon me thus—and then the darkness came, and tarried, and went—and the day again dawned—and the mists of a second night were now gathering around—and still I sat motionless in that solitary room— and still I sat buried in meditation—and still the *phantasma* of the teeth maintained its terrible ascendancy, as, with the most vivid hideous distinctness, it floated about amid the changing lights and shadows of the chamber. At length there broke in upon my dreams a cry as of horror and dismay; and thereunto, after a pause, succeeded the sound of troubled voices, intermingled with many low moanings of sorrow or of pain. I arose from my seat, and throwing open one of the doors of the library, saw standing out in the antechamber a servant maiden, all in tears, who told me that Berenice was—no more! She had been seized with epilepsy in the early morning, and now, at the closing in of the night, the grave was ready for its tenant, and all the preparations for the burial were completed.

***

I found myself sitting in the library, and again sitting there alone. It seemed that I had newly awakened from a confused and exciting dream. I knew that it was now midnight, and I was well aware, that since the setting of the sun, Berenice had been interred. But of that dreary period which intervened I had no positive, at least no definite comprehension. Yet its memory was replete with horror—horror more horrible from being vague, and terror more terrible from ambiguity. It was a fearful page in the record of my existence, written all over with dim, and hideous, and unintelligible recollections. I strived to decypher them, but in vain; while ever and anon, like the spirit of a departed sound, the shrill and piercing shriek of a female voice seemed to be ringing in my ears. I had done a deed—what was it? I asked myself the question aloud, and the whispering echoes of the

y sensible, e, incluso sin la ayuda de los labios, una capacidad de expresión moral. Bien se ha dicho de mademoiselle Salle *que tous ses pas étaient des sentiments*, y de Berenice yo creía más seriamente *que toutes ses dents étaient des idées*. ¡*Des idées!* ¡Ah! ¡Ese fue el estúpido pensamiento que me destruyó! ¡Las ideas! ¡Ah, *es por eso* que los deseaba con tanta locura! Sentí que tan solo poseerlos me devolvería la paz, pues me regresarían la cordura.

Y la noche se cernió sobre mí —y vino la oscuridad, transcurrió, y se marchó— y el día volvió a amanecer —y las nieblas de la segunda noche se empezaron a acumular— y yo seguía sentado en esa habitación solitaria —y yo seguía enterrado entre pensamientos— y todavía el fantasma de los dientes conservaba su terrible ascenso mientras, con la más vívida y horrenda claridad, flotaba entre las luces cambiantes y las sombras de la habitación. Eventualmente cruzó mis sueños un grito de horror y consternación; y a este le sucedió, después de una pausa, el sonido de voces turbulentas, mezcladas entre lamentos quedos de tristeza y dolor. Me levanté de mi asiento y, al abrir la puerta con fuerza, vi a una sirviente joven sentada en la antecámara, llena de lágrimas, que me dijo que Berenice ya... ¡había muerto! Había sido tomada por su epilepsia en la madrugada, y ahora, al cerrar de la noche, la tumba ya estaba lista para su inquilina y todas las preparaciones para el funeral habían sido completadas.

***

Me encontré sentado en la biblioteca, de nuevo sentado solo. Parecía que acababa de despertar de un sueño confuso y emocionante. Sabía que ya era medianoche y también era muy consciente de que, después de la puesta del sol, Berenice había sido enterrada. Pero del interludio aletargado no tenía ninguna idea concreta, o por lo menos no definitiva. Y sin embargo, su recuerdo estaba lleno de horror: horror que era más horrible por ser confuso y terror más terrible por ser ambiguo. Fue una página temerosa en el registro de mi existencia, toda escrita con recuerdos tenues, horribles e ininteligibles. Me esforcé por descifrarlos, pero en vano; mientras que, de vez en cuando, como el espíritu de un sonido desaparecido, el chirrido punzante de una voz femenina parecía apuntalar mis oídos. Había hecho algo... ¿qué fue? Me hice la pregunta en voz alta, y los ecos susurrantes de la habitación me respondieron

chamber answered me,—"*What was it?*"

On the table beside me burned a lamp, and near it lay a little box. It was of no remarkable character, and I had seen it frequently before, for it was the property of the family physician; but how came it *there*, upon my table, and why did I shudder in regarding it? These things were in no manner to be accounted for, and my eyes at length dropped to the open pages of a book, and to a sentence underscored therein. The words were the singular but simple ones of the poet Ebn Zaiat:—"*Dicebant mihi sodales si sepulchrum amicae visitarem, curas meas aliquantulum fore levatas.*" Why, then, as I perused them, did the hairs of my head erect themselves on end, and the blood of my body become congealed within my veins?

There came a light tap at the library door—and, pale as the tenant of a tomb, a menial entered upon tiptoe. His looks were wild with terror, and he spoke to me in a voice tremulous, husky, and very low. What said he?—some broken sentences I heard. He told of a wild cry disturbing the silence of the night—of the gathering together of the household—of a search in the direction of the sound; and then his tones grew thrillingly distinct as he whispered me of a violated grave—of a disfigured body enshrouded, yet still breathing—still palpitating—*still alive!*

He pointed to my garments; they were muddy and clotted with gore. I spoke not, and he took me gently by the hand: it was indented with the impress of human nails. He directed my attention to some object against the wall. I looked at it for some minutes: it was a spade. With a shriek I bounded to the table, and grasped the box that lay upon it. But I could not force it open; and, in my tremor, it slipped from my hands, and fell heavily, and burst into pieces; and from it, with a rattling sound, there rolled out some instruments of dental surgery, intermingled with thirty-two small, white and ivory-looking substances that were scattered to and fro about the floor.

«¿qué fue?».

En la mesa junto a mí brillaba una lámpara y junto a ella yacía una pequeña caja. No era nada notable, y la había visto con frecuencia antes, pues era propiedad del médico familiar, pero ¿cómo había llegado ahí, a mi mesa, y por qué verla me hacía temblar? No había manera de explicar esto y mis ojos cayeron sobre las páginas abiertas de un libro, sobre una oración subrayada en ellas. Las palabras eran las singulares pero simples palabras del poeta Ebn Zaiat: *Dicebant mihi sodales si sepulchrum amicae visitarem, curas meas aliquantulum fore levatas.*[3] ¿Por qué, entonces, mientras las examinaba, se me ponían los cabellos de punta y se me congelaba la sangre dentro de las venas?

Sonó un golpe ligero en la puerta de la biblioteca y, pálido como el ocupante de una tumba, un sirviente entró de puntillas. Tenía una expresión llena de terror y me habló con una voz temblorosa, ronca y muy baja. ¿Qué fue lo que dijo? Escuché algunas frases quebradas. Habló sobre un grito violento que perturbó el silencio de la noche —de la reunión de todo el personal doméstico— y de una búsqueda hacia la dirección del sonido; y entonces su voz se volvió espantosamente diferente mientras me susurraba sobre una tumba violada, sobre un cuerpo que estaba desfigurado y cubierto, pero que todavía respiraba, que todavía palpitaba, *¡que todavía vivía!*

Señaló mis prendas; estaban llenas de lodo y cubiertas de sangre. No hablé, y tomó gentilemente mi mano: estaba mellada con la impresión de uñas. Dirigió mi atención a un objeto apoyado contra la pared. Miré durante algunos minutos: era una pala. Con un grito salté hacia la mesa y tomé la caja que ahí yacía. Pero no podía abrirla y, en mi estremecimiento, se resbaló de mis manos, cayó fuertemente y se rompió en pedazos; y de ella, con un traqueteo, rodaron algunos intrumentos de cirugía dental, entremezclados con treinta y dos pequeños objetos blancos, similares al marfil, que estaban dispersos por todo el suelo.

---

3 «Mis compañeros me dijeron que si visitaba la tumba de mi amigo, mis preocupaciones se aliviarían un poco».

THE MAN THAT WAS USED UP

Pleurez, pleurez, mes yeux, et fondez vous en eau!
La moitie de ma vie a mis l'autre au tombeau.

Corneille

I cannot just now remember when or where I first made the acquaintance of that truly fine-looking fellow, Brevet Brigadier General John
A. B. C. Smith. Some one did introduce me to the gentleman, I am
sure—at some public meeting, I know very well—held about something of great importance, no doubt—at some place or other, I feel
convinced, whose name I have unaccountably forgotten. The truth
is—that the introduction was attended, upon my part, with a degree
of anxious embarrassment which operated to prevent any definite
impressions of either time or place. I am constitutionally nervous-
this, with me, is a family failing, and I can't help it. In especial, the
slightest appearance of mystery—of any point I cannot exactly comprehend—puts me at once into a pitiable state of agitation.

There was something, as it were, remarkable—yes, remarkable, although this is but a feeble term to express my full meaning—about
the entire individuality of the personage in question. He was, perhaps, six feet in height, and of a presence singularly commanding.
There was an air distingue pervading the whole man, which spoke
of high breeding, and hinted at high birth. Upon this topic—the topic
of Smith's personal appearance—I have a kind of melancholy satisfaction in being minute. His head of hair would have done honor to
a Brutus,—nothing could be more richly flowing, or possess a bright-
er gloss. It was of a jetty black,—which was also the color, or more
properly the no-color of his unimaginable whiskers. You perceive I
cannot speak of these latter without enthusiasm; it is not too much
to say that they were the handsomest pair of whiskers under the sun.
At all events, they encircled, and at times partially overshadowed, a
mouth utterly unequalled. Here were the most entirely even, and the
most brilliantly white of all conceivable teeth. From between them,
upon every proper occasion, issued a voice of surpassing clearness,
melody, and strength. In the matter of eyes, also, my acquaintance
was pre-eminently endowed. Either one of such a pair was worth a
couple of the ordinary ocular organs. They were of a deep hazel exceedingly large and lustrous; and there was perceptible about them,

EL HOMBRE QUE SE AGOTÓ

Pleurez, pleurez, mes yeux, et fondez vous en eau !
La moitié de ma vie a mis l'autre au tombeau

Corneille

Justo ahora no puedo recordar dónde o cuándo conocí por primera vez a ese verdaderamente apuesto sujeto, al general de brigada honorario John A. B. C. Smith. Tengo la certeza de que alguien me presentó al caballero; tengo la seguridad de que fue en una reunión pública organizada para algo o alguien de gran importancia, en un lugar u otro, cuyo nombre he olvidado inexplicablemente. La verdad es que ese encuentro, por mi parte, se llevó a cabo con un alto grado de ansiedad y vergüenza que me detuvo de generar impresiones acerca del momento o el lugar. Yo tengo un nerviosismo constitucional; esto, en mí, es un defecto familiar, y no lo puedo evitar. En especial, la más mínima apariencia de misterio —de cualquier punto que no pueda comprender exactamente— me produce de inmediato una lastimosa sensación de agitación.

Había algo, se podría decir, admirable —así es, admirable, aunque esta palabra es muy débil para expresar todo a lo que me refiero— sobre toda la individualidad del personaje en cuestión. Quizá medía un metro, ochenta y cinco centímetros y tenía una presencia que era singularmente dominante. Había un aire distintivo alrededor de todo el hombre, un aire que hablaba de alta alcurnia y sugería un nacimiento de alto rango. En este tema —sobre la apariencia personal de Smith— tener tanta minuciosidad me produce un tipo de satisfacción melancólica. Su cabeza llena de cabello hubiera honrado a Brutus; nada podría fluir con tanta riqueza ni poseer tanto brillo. Era de un negro ébano, que también era el color, o más propiamente dicho, el no color, de sus bigotes inimaginables. Podrá darse cuenta de que no puedo hablar de estos últimos sin entusiasmo; no es demasiado decir que eran los bigotes más apuestos del mundo. En todas direcciones, rodeaban, y en ocasiones tapaban parcialmente, una boca igual de inigualable. Esos eran los más completamente equilibrados y los más brillantemente blancos de todos los dientes que se pueden imaginar. De ellos, en cada ocasión adecuada, salía una voz de claridad, melodía y fuerza superiores. En lo que respecta a los ojos, mi nueva amistad, de la misma manera, estaba preeminentemente dotado. Cada uno de ellos valía más que un par de órganos oculares ordinarios. Eran de un profundo color avellana, extremadamente

ever and anon, just that amount of interesting obliquity which gives pregnancy to expression.

The bust of the General was unquestionably the finest bust I ever saw. For your life you could not have found a fault with its wonderful proportion. This rare peculiarity set off to great advantage a pair of shoulders which would have called up a blush of conscious inferiority into the countenance of the marble Apollo. I have a passion for fine shoulders, and may say that I never beheld them in perfection before. The arms altogether were admirably modelled. Nor were the lower limbs less superb. These were, indeed, the ne plus ultra of good legs. Every connoisseur in such matters admitted the legs to be good. There was neither too much flesh nor too little,- neither rudeness nor fragility. I could not imagine a more graceful curve than that of the os femoris, and there was just that due gentle prominence in the rear of the fibula which goes to the conformation of a properly proportioned calf. I wish to God my young and talented friend Chiponchipino, the sculptor, had but seen the legs of Brevet Brigadier General John A. B. C. Smith.

But although men so absolutely fine-looking are neither as plenty as reasons or blackberries, still I could not bring myself to believe that the remarkable something to which I alluded just now,—that the odd air of je ne sais quoi which hung about my new acquaintance,— lay altogether, or indeed at all, in the supreme excellence of his bodily endowments. Perhaps it might be traced to the manner,—yet here again I could not pretend to be positive. There was a primness, not to say stiffness, in his carriage—a degree of measured and, if I may so express it, of rectangular precision attending his every movement, which, observed in a more diminutive figure, would have had the least little savor in the world of affectation, pomposity, or constraint, but which, noticed in a gentleman of his undoubted dimensions, was readily placed to the account of reserve, hauteur- of a commendable sense, in short, of what is due to the dignity of colossal proportion.

The kind friend who presented me to General Smith whispered in my ear some few words of comment upon the man. He was a remarkable man—a very remarkable man—indeed one of the most remarkable men of the age. He was an especial favorite, too, with the ladies—

grandes y lustrosos; y en ellos había, de vez en cuando, justo la cantidad necesaria de oblicuidad interesante para darle a su expresión la capacidad de captar la atención.

El torso del general era, sin lugar a duda, el mejor que he visto. Ni en toda una vida se podría encontrar un defecto en su maravillosa proporción. Esta rara peculiaridad le daba una gran ventaja a un par de hombros que podían generar un rubor de consciente inferioridad en el semblante del Apolo de mármol. Me apasionaban los hombros elegantes, y puedo decir que nunca antes había contemplado uno en su perfección. Los brazos enteros estaban modelados de una forma admirable. Y las extremidades inferiores eran igual de magníficas. Estas eran, en efecto, el *nec plus ultra* de las piernas bellas. Todo conocedor del asunto admitiría que sus piernas eran bellas. No tenían ni mucha carne ni my poca, ni eran toscas ni frágiles. No podría imaginar una curva más elegante que aquella de su *os femoris*, además de la gentil prominencia en la parte trasera de su fíbula, parte de la conformación de una pantorilla bien proporcionada. Desearía por Dios que mi joven y talentoso amigo Chiponchipino, el escultor, hubiera visto las piernas del general de brigada honorario John A. B. C.

Pero, aunque los hombres tan absolutamente apuestos no son tan comunes como las pasas y los arándanos, aun así no podía creer que ese algo sorprendente al que aludo —el aire extraño de *je ne sais qoui* que rodeaba a mi nueva amistad— yacía, enteramente, en la suprema excelencia de sus atributos físicos. Puede que esto se debía a sus formas, pero sobre ello tampoco puedo pretender certeza. Había una formalidad, por no decir rigidez, en la manera de su porte: un grado de mesurada y, si puedo decirlo así, rectangular precisión en todos sus movimientos, los cuales, de haber sido observados en una figura más diminuta, no tendrían nada similar al mundo de las afectaciones, la pomposidad o la discreción, pero que, al venir de un caballero de sus evidentes dimensiones, eran inmediatamente catalogados como reservados, como *hauteur*; en pocas palabras, de un juicio admirable, lo que es debido ante la dignidad de aquello de proporción colosal.

La amable amistad que me presentó al general Smith susurró algunos comentarios sobre el hombre a mi oído. Era un hombre excepcional —un hombre muy excepcional, efectivamente uno de los hombres más excepcionales de la época—. Además, era un favorito especial entre las

chiefly on account of his high reputation for courage.

"In that point he is unrivalled—indeed he is a perfect desperado—a downright fire-eater, and no mistake," said my friend, here dropping his voice excessively low, and thrilling me with the mystery of his tone.

"A downright fire-eater, and no mistake. Showed that, I should say, to some purpose, in the late tremendous swamp-fight, away down South, with the Bugaboo and Kickapoo Indians." [Here my friend opened his eyes to some extent.] "Bless my soul!—blood and thunder, and all that!—prodigies of valor!—heard of him of course?—you know he's the man—"

"Man alive, how do you do? why, how are ye? very glad to see ye, indeed!" here interrupted the General himself, seizing my companion by the hand as he drew near, and bowing stiffly but profoundly, as I was presented. I then thought (and I think so still) that I never heard a clearer nor a stronger voice, nor beheld a finer set of teeth: but I must say that I was sorry for the interruption just at that moment, as, owing to the whispers and insinuations aforesaid, my interest had been greatly excited in the hero of the Bugaboo and Kickapoo campaign.

However, the delightfully luminous conversation of Brevet Brigadier General John A. B. C. Smith soon completely dissipated this chagrin. My friend leaving us immediately, we had quite a long tete-a-tete, and I was not only pleased but really-instructed. I never heard a more fluent talker, or a man of greater general information. With becoming modesty, he forebore, nevertheless, to touch upon the theme I had just then most at heart—I mean the mysterious circumstances attending the Bugaboo war—and, on my own part, what I conceive to be a proper sense of delicacy forbade me to broach the subject; although, in truth, I was exceedingly tempted to do so. I perceived, too, that the gallant soldier preferred topics of philosophical interest, and that he delighted, especially, in commenting upon the rapid march of mechanical invention. Indeed, lead him where I would, this was a point to which he invariably came back.

damas, sobre todo por la alta reputación de su valentía.

—En ese tema es inigualable. En efecto, él es un perfecto *desperado,* un verdadero tragafuegos, y no es mentira —dijo mi amigo, bajando excesivamente el registro de su voz y emocionándome con el misterio de su tono—. Sí, un verdadero tragafuegos, sin dudarlo. Yo diría que lo demostró en la última y tremenda pelea del pantano, allá abajo en el Sur, con los indios bugaboo y los kickapoo... —En ese momento mi amigo abrió sus ojos hasta cierto punto—. ¡Bendita sea! ¡Sangre y trueno y todo eso! ¡Prodigios de coraje! ¿Seguramente ha escuchado sobre él? Ya sabe, es el hombre que...

—Hombre, ¿cómo le va? ¿Dios, cómo está? ¡De verdad me da mucho gusto verlo! —interrumpió el general, tomando la mano de mi acompañante mientras se acercaba, para después inclinarse rígida pero profundamente, mientras me presentaban. Y entonces pensé (y lo pienso todavía) que nunca había escuchado una voz tan clara ni tan fuerte ni había presenciado una colección de dientes más elegantes. Pero tengo que decir que justo en ese momento lamentaba la interrupción, pues, gracias a los susurros e insinuaciones antes mencionadas, mi interés por el héroe de los bugaboo y los kickapoo había sido captado.

Sin embargo, la maravillosa y luminosa conversación del general de brigada honorario John A. B. C. Smith pronto disipó por completo esta pena. Mi amigo nos dejó inmediatamente, por lo que tuvimos un muy extenso *tête-à-tête* que no solo me dio gran gusto, sino también fue un gran aprendizaje. Nunca había escuchado a un orador más fluido, o a un hombre poseedor de tan gran conocimiento general. Con atractiva modestia, sin embargo, se abstuvo de tocar el tema que más presente tenía en el corazón —me refiero a aquel sobre las misteriosas circunstancias que rodeaban la guerra de los bugaboo— y, por mi parte, lo que considero fue un sentido propio de la prudencia me detuvo de hablar sobre ello; aunque, en realidad, tenía una gran tentación de hacerlo. También me di cuenta de que el gallardo soldado prefería los temas de interés filosófico, y de que se regocijaba, en especial, en comentar sobre la rápida marcha de la invención mecánica. En efecto, a donde quiera que lo llevara, este era un punto al que invariablemente regresaba.

"There is nothing at all like it," he would say, "we are a wonderful people, and live in a wonderful age. Parachutes and rail-roads-man-traps and spring-guns! Our steam-boats are upon every sea, and the Nassau balloon packet is about to run regular trips (fare either way only twenty pounds sterling) between London and Timbuctoo. And who shall calculate the immense influence upon social life—upon arts—upon commerce—upon literature—which will be the immediate result of the great principles of electro-magnetics! Nor, is this all, let me assure you! There is really no end to the march of invention. The most wonderful—the most ingenious—and let me add, Mr.—Mr.—Thompson, I believe, is your name—let me add, I say the most useful—the most truly useful—mechanical contrivances are daily springing up like mushrooms, if I may so express myself, or, more figuratively, like—ah—grasshoppers—like grasshoppers, Mr. Thompson—about us and ah—ah—ah—around us!"

Thompson, to be sure, is not my name; but it is needless to say that I left General Smith with a heightened interest in the man, with an exalted opinion of his conversational powers, and a deep sense of the valuable privileges we enjoy in living in this age of mechanical invention. My curiosity, however, had not been altogether satisfied, and I resolved to prosecute immediate inquiry among my acquaintances, touching the Brevet Brigadier General himself, and particularly respecting the tremendous events quorum pars magna fuit, during the Bugaboo and Kickapoo campaign.

The first opportunity which presented opportunity which presented itself, and which (horresco referens) I did not in the least scruple to seize, occurred at the Church of the Reverend Doctor Drummum-mupp, where I found myself established, one Sunday, just at sermon time, not only in the pew, but by the side of that worthy and communicative little friend of mine, Miss Tabitha T. Thus seated, I congratulated myself, and with much reason, upon the very flattering state of affairs. If any person knew any thing about Brevet Brigadier General John A. B. C. Smith, that person it was clear to me, was Miss Tabitha T. We telegraphed a few signals and then commenced, soto voce, a brisk tete-a-tete.

"Smith!" said she in reply to my very earnest inquiry: "Smith!—

—No hay nada más como ello —decía—. Somos personas maravillosas y vivimos en una época maravillosa. ¡Paracaídas y ferrocarriles, trampas de caza y pistolas de resorte! Nuestros barcos de vapor están en todos los mares y el globo de Nassau está a punto de realizar viajes regulares (a solo veinte libras el pasaje hacia cualquier dirección) entre Londres y Tombuctú. ¡Y quién habrá de calcular la inmensa influencia sobre la vida social, sobre las artes, sobre el comercio, sobre la literatura que será el resultado inmediato de los grandes principios de la electromagnética! ¡Y esto no lo es todo, se lo aseguro! Realmente no hay fin en la marcha de la invención. Los más maravillosos, los más ingeniosos y, déjeme agregar, señor... señor Thompson, creo que es su nombre... déjeme agregar que los más útiles artilugios mecánicos, y verdaderamente los más útiles, brotan todo el tiempo como setas, si puedo decirlo así, o, en un sentido más figurado, como saltamontes... como saltamontes, señor Thompson... que saltan junto a nosotros y a... a... a... ¡alrededor de nosotros!

Thompson, definitivamente, no es mi nombre, pero sobra decir que dejé al general Smith con un interés elevado en ese hombre, con una opinión exaltada de sus poderes de conversación y con un profundo sentido de los valiosos privilegios que disfrutamos al vivir en esta era de invención mecánica. Sin embargo, mi curiosidad no había sido del todo satisfecha, y decidí efectuar inmediata investigación entre mis amistades sobre el general de brigada honorario, con particular respecto de los tremendos eventos *quorum pars magna fuit* que sucedieron durante la campaña de los bugaboo y los kickapoo.

La primera oportunidad que se presentó, y que *(horresco referens)* no tuve ninguna reserva en aprovechar, ocurrió en la iglesia del reverendo doctor Drummummupp, en donde me senté, un domingo, justo en el momento del sermón, no solo en la banca, sino junto a esa muy apreciada y comunicativa amiga mía, la señorita Tabitha T. Ahí en la banca, me felicité a mí mismo, y con mucha razón, por el estado favorecedor de la situación. Si cualquier persona sabía algo sobre el general de brigada honorario John A. B. C. Smith, esa persona, quedaba claro, era la señorita Tabitha T. Nos hicimos algunas señales y después comenzamos, *sotto voce*, un *tête-à-tête*.

—¡Smith! —dijo en respuesta a mi ferviente pregunta—. ¿No está usted

why, not General John A. B. C.? Bless me, I thought you knew all about him! This is a wonderfully inventive age! Horrid affair that!—a bloody set of wretches, those Kickapoos!—fought like a hero—prodigies of valor— immortal renown. Smith!—Brevet Brigadier General John A. B. C.! Why, you know he's the man—

"Man," here broke in Doctor Drummummupp, at the top of his voice, and with a thump that came near knocking the pulpit about our ears; "man that is born of a woman hath but a short time to live; he cometh up and is cut down like a flower!" I started to the extremity of the pew, and perceived by the animated looks of the divine, that the wrath which had nearly proved fatal to the pulpit had been excited by the whispers of the lady and myself. There was no help for it; so I submitted with a good grace, and listened, in all the martyrdom of dignified silence, to the balance of that very capital discourse.

Next evening found me a somewhat late visitor at the Rantipole Theatre, where I felt sure of satisfying my curiosity at once, by merely stepping into the box of those exquisite specimens of affability and omniscience, the Misses Arabella and Miranda Cognoscenti. That fine tragedian, Climax, was doing Iago to a very crowded house, and I experienced some little difficulty in making my wishes understood; especially as our box was next the slips, and completely overlooked the stage.

"Smith!" said Miss Arabella, as she at comprehended the purport of my query; "Smith?—why, not General John A. B. C.?"

"Smith!" inquired Miranda, musingly. "God bless me, did you ever behold a finer figure?"

"Never, madam, but do tell me—"

"Or so inimitable grace?"

"Never, upon my word!—But pray, inform me—"

"Or so just an appreciation of stage effect?"

hablando del general John A. B. C.? ¡Dios, yo pensé que usted sabía todo sobre él! ¡Esta es una maravillosa época de invenciones! ¡Qué asunto tan terrible! ¡Son un maldito grupo de granujas esos kickapoos! Sí, peleó como un héroe... prodigios de coraje... renombre inmortal. ¡Smith! El general de brigada honorario John A. B. C. Pues, ya sabe usted, es el hombre que...

—¡Hombre! —interrumpió el Doctor Drummummupp a pleno pulmón, y con un golpe que casi hace que el púlpito se rompa en nuestros oídos—. ¡El hombre que nace de la mujer tiene solo un momento para vivir; se eleva y es arrancado como una flor!

Me moví al extremo de la banca y me di cuenta, por las miradas enojadas del divino, que la furia que casi había sido fatal para el púlpito había sido causada por los susurros entre la dama y yo. Ya no había nada que hacer, así que me sometí de buena gana y escuché, en todo el martirio del silencio dignificado, el resto de ese importantísimo discurso.

La siguiente tarde me encontré visitando, algo tarde, del Teatro Rantipole, en donde tenía certeza de que satisfacería mi curiosidad de inmediato simplemente por pasar al palco de aquellos especímenes exquisitos de afabilidad y omnisciencia, las señoritas Arabella y Miranda Cognoscenti. Aquel notable trágico, Clímax, estaba interpretando a Yago ante una audiencia repleta, y yo tuve algo de dificultad para que mis deseos fueran entendidos; sobre todo porque nuestro palco estaba junto a los asientos delanteros y tenía vista a todo el escenario.

—¿Smith? ¿No está usted hablando del general John A. B. C.? —dijo la señorita Arabella al comprender el propósito de mi pregunta.

—¡Smith! Dios mío, ¿alguna vez había contemplado una figura más elegante? —preguntó Miranda distraídamente.

—Nunca, señorita, pero dígame...

—¿O una gracia tan inigualable?

—¡Nunca, lo juro! Pero, por favor, coménteme...

—¿O un sentido tan profundo de la escena?

"Madam!"

"Or a more delicate sense of the true beauties of Shakespeare? Be so good as to look at that leg!"

"The devil!" and I turned again to her sister.

"Smith!" said she, "why, not General John A. B. C.? Horrid affair that, wasn't it?—great wretches, those Bugaboos—savage and so on- but we live in a wonderfully inventive age!—Smith!—O yes! great man!—perfect desperado—immortal renown—prodigies of valor! Never heard!" [This was given in a scream.] "Bless my soul! why, he's the man—"

> "-mandragora
> Nor all the drowsy syrups of the world
> Shall ever medicine thee to that sweet sleep
> Which thou ow'dst yesterday!"

here roared our Climax just in my ear, and shaking his fist in my face all the time, in a way that I couldn't stand, and I wouldn't. I left the Misses Cognoscenti immediately, went behind the scenes forthwith, and gave the beggarly scoundrel such a thrashing as I trust he will remember till the day of his death.

At the soiree of the lovely widow, Mrs. Kathleen O'Trump, I was confident that I should meet with no similar disappointment. Accordingly, I was no sooner seated at the card-table, with my pretty hostess for a vis-a-vis, than I propounded those questions the solution of which had become a matter so essential to my peace.

"Smith!" said my partner, "why, not General John A. B. C.? Horrid affair that, wasn't it?—diamonds did you say?—terrible wretches those Kickapoos!—we are playing whist, if you please, Mr. Tattle—however, this is the age of invention, most certainly the age, one may say—the age par excellence—speak French?—oh, quite a hero—perfect desperado!—no hearts, Mr. Tattle? I don't believe it!—Immortal renown and all that!—prodigies of valor! Never heard!!—why, bless me, he's the man-"

—¡Señorita!

—¿O una demostración más delicada de la verdadera belleza de Shakespeare? ¡Mire nada más qué piernas!

—¡Diablos! —Y me volteé de nuevo hacia su hermana.

—¡Smith! ¿No está hablando usted del general John A. B. C.? Qué asunto tan terrible, ¿no? Unos granujas, esos bugaboos... salvajes y así... pero vivimos en una época maravillosamente inventiva... ¡Smith!... ¡Claro, un gran hombre! Un perfecto *desperado*... renombre inmortal... prodigio de coraje. ¡Nunca había escuchado algo así! —dijo esto a gritos—. Dios me bendiga, es el hombre que...

> ...ni la mandrágora,
> ni todos los jarabes somníferos del mundo,
> te podrán medicar hasta alcanzar
> aquel dulce sueño que poseías ayer!

...rugió Clímax justo en mi oído, sacudiendo su puño en mi cara todo el tiempo, de una manera que no pude ni quise soportar. Dejé a las señoritas Cognoscenti de inmediato, fui a los bastidores y le di al mísero canalla una paliza que espero recordará hasta el día de su muerte.

Tenía confianza de que, en la *soirée* de la encantadora viuda, la señora Kathleen O'Trump, no volvería a sufrir decepción similar. De esta manera, en cuanto me senté en la mesa de juego para un *vis-à-vis* con mi bella anfitriona, pronuncié aquellas preguntas cuyas respuestas se habían convertido en parte tan esencial de mi calma.

—¡Smith! ¿No está hablando usted del general John A. B. C.? —dijo mi compañera—. Qué asunto tan terrible, ¿no? ¿Diamantes, dijo? ¡Terribles granujas, esos kickapoos! Por favor, señor Tattle, estamos jugando al *whist*... Sin embargo, esta es la era de la invención, uno podría decir que en efecto es esta... una era de excelencia... ¿Habla francés? Oh, qué héroe... un perfecto *desperado*... ¿No tiene corazones, señor Tattle? ¡No lo puedo creer! ¡Renombre inmortal y todo eso! ¡Prodigios de coraje! ¡Nun-

"Mann?—Captain Mann!" here screamed some little feminine interloper from the farthest corner of the room. "Are you talking about Captain Mann and the duel?—oh, I must hear—do tell—go on, Mrs. O'Trump!—do now go on!" And go on Mrs. O'Trump did—all about a certain Captain Mann, who was either shot or hung, or should have been both shot and hung. Yes! Mrs. O'Trump, she went on, and I—I went off. There was no chance of hearing any thing farther that evening in regard to Brevet Brigadier General John A. B. C. Smith.

Still I consoled myself with the reflection that the tide of ill-luck would not run against me forever, and so determined to make a bold push for information at the rout of that bewitching little angel, the graceful Mrs. Pirouette.

"Smith!" said Mrs. P., as we twirled about together in a pas de zephyr, "Smith?—why, not General John A. B. C.? Dreadful business that of the Bugaboos, wasn't it?—dreadful creatures, those Indians!—do turn out your toes! I really am ashamed of you—man of great courage, poor fellow!—but this is a wonderful age for invention—O dear me, I'm out of breath—quite a desperado- prodigies of valor—never heard!!—can't believe it—I shall have to sit down and enlighten you—Smith! why, he's the man—"

"Man-Fred, I tell you!" here bawled out Miss Bas-Bleu, as I led Mrs. Pirouette to a seat. "Did ever anybody hear the like? It's Man-Fred, I say, and not at all by any means Man-Friday." Here Miss Bas-Bleu beckoned to me in a very peremptory manner; and I was obliged, will I nill I, to leave Mrs. P. for the purpose of deciding a dispute touching the title of a certain poetical drama of Lord Byron's. Although I pronounced, with great promptness, that the true title was Man-Friday, and not by any means Man-Fred yet when I returned to seek Mrs. Pirouette she was not to be discovered, and I made my retreat from the house in a very bitter spirit of animosity against the whole race of the Bas-Bleus.

ca había escuchado algo así! Dios me bendiga, él es el hombre[4] que...

—¿Mann? ¡Capitán Mann! —gritó una pequeña intrusa desde la esquina más lejana de la habitación—. ¿Están hablando sobre el capitán Mann y el duelo? Oh, debo escuchar... por favor, continúen... continúen, señora O'Trump... ¡continúen!

Y continuar es lo que hizo la señora O'Trump... sobre cierto capitán Mann que fue o fusilado o ahorcado o que debió haber sido ambos fusilado y ahorcado. ¡Sí! La señora O'Trump siguió y siguió y yo... yo me desconecté. No había manera de escuchar algo más sobre el general de brigada honorario John A. B. C. esa tarde.

Aun así, me consolaba el hecho de que esa marea de mala suerte no me golpearía por siempre, y conjuré la determinación de realizar un intento osado para conseguir información por medio del encantamiento de un pequeño ángel, la elegante señorita Pirouette.

—¿Smith? ¿No habla usted del general John A. B. C.? —dijo la señorita Pirouette mientras dábamos vueltas en un *pas de zephyr*—. Qué asunto tan terrible el de los bugaboos, ¿no? Criaturas terribles, esos indios... ¡Por favor, la punta de los pies va hacia afuera! ¿No le da vergüenza? ¡Es un hombre de gran coraje, el pobre! Pero esta es una maravillosa época para la invención... Oh, me estoy quedando sin aire... Un verdadero *desperado*... prodigios de coraje... ¡Nunca había escuchado algo así...! No lo puedo creer.... Tendré que sentarme y contarle... ¡Smith! Pues él es el hombre que...

—¡Es Man-fredo, le digo! —aulló la señorita Bas-Bleu mientras llevaba a la señorita Pirouette a su silla—. ¿Alguien había escuchado algo así? Se trata de Man-fredo, le digo, y de ninguna manera Man-frido.

La señorita Bas-Bleu me indicó que me acercara de una manera muy definitiva, así que me vi en la obligación, en contra de mis deseos, de dejar a la señorita Piroutte, con el propósito de arreglar una disputa sobre el título de cierto drama poético de Lord Byron. Aunque declaré, con gran prontitud, que el verdadero nombre era Man-frido, y de ninguna manera Man-fredo, cuando regresé a buscar a la señorita Pirouette, ella

4   «Hombre» es «man», en inglés.

Matters had now assumed a really serious aspect, and I resolved to call at once upon my particular friend, Mr. Theodore Sinivate; for I knew that here at least I should get something like definite information.

"Smith!" said he, in his well known peculiar way of drawling out his syllables; "Smith!—why, not General John A. B. C.? Savage affair that with the Kickapo-o-o-os, wasn't it? Say, don't you think so?- perfect despera-a-ado—great pity, 'pon my honor!—wonderfully inventive age!—pro-o-digies of valor! By the by, did you ever hear about Captain Ma-a-a-a-n?"

"Captain Mann be d-d!" said I; "please to go on with your story."

"Hem!—oh well!—quite la meme cho-o-ose, as we say in France. Smith, eh? Brigadier-General John A. B. C.? I say"—[here Mr. S. thought proper to put his finger to the side of his nose]—"I say, you don't mean to insinuate now, really and truly, and conscientiously, that you don't know all about that affair of Smith's, as well as I do, eh? Smith? John A-B-C.? Why, bless me, he's the ma-a-an-"

"Mr. Sinivate," said I, imploringly, "is he the man in the mask?"

"No-o-o!" said he, looking wise, "nor the man in the mo-o-on."

This reply I considered a pointed and positive insult, and so left the house at once in high dudgeon, with a firm resolve to call my friend, Mr. Sinivate, to a speedy account for his ungentlemanly conduct and ill breeding.

In the meantime, however, I had no notion of being thwarted touching the information I desired. There was one resource left me yet. I would go to the fountain head. I would call forthwith upon the General himself, and demand, in explicit terms, a solution of this abominable piece of mystery. Here, at least, there should be no chance for equivocation. I would be plain, positive, peremptory—as short as piecrust—as concise as Tacitus or Montesquieu.

ya no estaba a la vista, así que me retiré de la casa con un espíritu de amargura y animosidad contra toda la estirpe de los Bas-Blues.

El asunto se había vuelto mucho más serio, y decidí llamar de inmediato a mi amigo más peculiar, el señor Theodore Sinivate, pues sabía que de él iba a conseguir, por lo menos, algo de información definitiva.

—¡Smith! ¿No habla usted del general John A. B. C.? —dijo en su manera tan particular de arrastrar las sílabas—. Qué asunto tan salvaje el de los kickapo-o-os, ¿no? ¿No cree? Un perfecto *despera-a-ado...* una gran pena, ¡lo juro por mi honor! ¡Esta es una época de maravilla inventiva! ¡Pro-o-digios de coraje! ¿Por cierto, alguna vez ha escuchado del capitán Ma-a-a-nn?

—¡Que se p...! —dije—. Por favor, continúe con su historia.

—¡Ejem! Bueno... pues es *la même chose*, como decimos en Francia. ¿Smith, eh? ¿El general de brigada honorario John A. B. C.? Vea usted —en ese momento el señor S. decidió que lo más apropiado era poner su dedo junto a su nariz—, no pretende insinuar, real y verdaderamente, a consciencia, que no sabe todo sobre los asuntos del general Smith tan bien como yo, ¿verdad? ¿Smith? ¿John A. B. C.? Pues el hombre que...

—Señor Sinivate —dije, implorando—, ¿él es el hombre de la máscara?

—¡No-o-o! —dijo, en tono sabio—. Tampoco es el hombre de la lu-u-na.

Consideré que esta respuesta era un verdarero y puntiagudo insulto, así que dejé la casa de inmediato de muy mal humor, con el resoluto propósito de llamar la atención de mi amigo, el señor Sinivate, a su conducta poco caballerosa y de poca monta.

Sin embargo, mientras tanto, no tenía intenciones de que se me negara descubrir la información que deseaba. Todavía tenía un último recurso. Iría a la fuente misma. Llamaría al propio general y demandaría, de manera explícita, una resolución a esta abominable pieza de misterio. De esta manera, por lo menos, no habría posibilidad de equívocos. Usaría la franqueza, la seguridad y la autoridad para ser tan breve como el hojaldre de un pastel y hablar con tanta precisión como Tácito o Mon-

It was early when I called, and the General was dressing, but I pleaded urgent business, and was shown at once into his bedroom by an old negro valet, who remained in attendance during my visit. As I entered the chamber, I looked about, of course, for the occupant, but did not immediately perceive him. There was a large and exceedingly odd looking bundle of something which lay close by my feet on the floor, and, as I was not in the best humor in the world, I gave it a kick out of the way.

"Hem! ahem! rather civil that, I should say!" said the bundle, in one of the smallest, and altogether the funniest little voices, between a squeak and a whistle, that I ever heard in all the days of my existence.

"Ahem! rather civil that I should observe."

I fairly shouted with terror, and made off, at a tangent, into the farthest extremity of the room.

"God bless me, my dear fellow!" here again whistled the bundle, "what—what—what—why, what is the matter? I really believe you don't know me at all."

What could I say to all this—what could I? I staggered into an armchair, and, with staring eyes and open mouth, awaited the solution of the wonder.

"Strange you shouldn't know me though, isn't it?" presently resqueaked the nondescript, which I now perceived was performing upon the floor some inexplicable evolution, very analogous to the drawing on of a stocking. There was only a single leg, however, apparent.

"Strange you shouldn't know me though, isn't it? Pompey, bring me that leg!" Here Pompey handed the bundle a very capital cork leg, already dressed, which it screwed on in a trice; and then it stood upright before my eyes.

tesquieu.

Era temprano cuando toqué y el general se estaba vistiendo, pero mencioné que se trataba de algo urgente, así que un viejo sirviente negro me llevó hasta su dormitorio, en donde se quedó a la espera durante mi visita. Al entrar a la habitación, miré alrededor, por supuesto, en búsqueda del ocupante, pero no lo vi de inmediato. Había un grande y muy extraño bulto de algo que se encontraba en el suelo cerca de mis pies y, como no estaba del mejor humor del mundo, lo patée lejos de mi camino.

—¡Ejem! ¡Disculpe! ¡Poco civilizado, he de decir! —dijo el bulto en la más diminuta y más graciosa vocecilla que había escuchado en todos los días de mi existencia, como si fuera una mezcla entre un chirrido y un silbido—. ¡Disculpe! ¡Qué poca educación!

Grité con terror, con razón, y corrí, en una tangente, hacia el extremo más lejano de la habitación.

—¡Dios me libre, colega! —de nuevo silbó el bulto—. ¿Pero qué... qué... cuál es el problema? De verdad parece como si no me reconociera.

¿Qué podía decir ante todo esto? ¿Qué podía decir? Me tambalée hasta caer en un sillón; con la mirada fija en él y la boca abierta, esperé a que llegara la solución a aquella sorpresa.

—¿No le parece extraño que no me reconozca? —de nuevo chilló lo no descrito, que ahora me daba cuenta de que estaba dibujando en el suelo algún tipo de evolución inexplicable, muy parecida al movimiento de ponerse una calceta. Sin embargo, por lo visto solo tenía una pierna—. ¿No le parece extraño que no me reconozca? ¡Pompey, tráeme esa pierna!

Entonces Pompey entregó al bulto una muy bella pierna de corcho que se puso de inmediato; después se irguió justo frente a mis ojos.

"And a bloody action it was," continued the thing, as if in a soliloquy; "but then one mustn't fight with the Bugaboos and Kickapoos, and think of coming off with a mere scratch. Pompey, I'll thank you now for that arm. Thomas" [turning to me] "is decidedly the best hand at a cork leg; but if you should ever want an arm, my dear fellow, you must really let me recommend you to Bishop." Here Pompey screwed on an arm.

"We had rather hot work of it, that you may say. Now, you dog, slip on my shoulders and bosom. Pettit makes the best shoulders, but for a bosom you will have to go to Ducrow."

"Bosom!" said I.

"Pompey, will you never be ready with that wig? Scalping is a rough process, after all; but then you can procure such a capital scratch at De L'Orme's."

"Scratch!"

"Now, you nigger, my teeth! For a good set of these you had better go to Parmly's at once; high prices, but excellent work. I swallowed some very capital articles, though, when the big Bugaboo rammed me down with the butt end of his rifle."

"Butt end! ram down!! my eye!!"

"O yes, by the way, my eye—here, Pompey, you scamp, screw it in! Those Kickapoos are not so very slow at a gouge; but he's a belied man, that Dr. Williams, after all; you can't imagine how well I see with the eyes of his make."

I now began very clearly to perceive that the object before me was nothing more nor less than my new acquaintance, Brevet Brigadier General John A. B. C. Smith. The manipulations of Pompey had made, I must confess, a very striking difference in the appearance of the personal man. The voice, however, still puzzled me no little; but even this apparent mystery was speedily cleared up.

—Y qué sangriento fue aquello —continuó la cosa, como en soliloquio—, pero uno no pelea contra los bugaboos y los kickapoos pensando que va a salir sin un solo rasguño. Pompey, te agradecería me pasaras el brazo. Thomas —dijo al voltear hacia mí— es definitivamente el mejor para las piernas de corcho; pero si algún día necesitara un brazo, querido amigo, deje que le recomiende a Bishop.

Entonces Pompey le enroscó un brazo.

—Se podría decir que tuvimos que hacer un arduo trabajo. Perro, ahora ponme mi torso y mis hombros. Pettit hace los mejores hombros, pero para el torso tendrá que ir con Ducrow.

—¡Un torso! —dije.

—¿Pompey, algún día tendrás lista esa peluca? Después de todo, el escalpelamiento es un proceso complicado, así que en su lugar puede conseguir una provisional muy buena en De L'Orme's.

—¡Una peluca!

—¡Ahora mis dientes, negro! Para un buen conjunto de esos tiene que ir a Parmly's de inmediato; precios altos, pero excelente trabajo. Me tragué bastantes cuando un gran bugaboo me embistió con la culata de su rifle. ¡Con la culata! ¡Me embistió! ¡En el ojo! Ah, sí, por cierto, mi ojo... Aquí, Pompey, haragán, ¡mét(e)lo aquí! Esos kickapoos no son nada tontos para dejar a uno tuerto, pero el doctor Williams es un ilusionista; ni se imagina lo bien que veo con los ojos de su creación.

Ahora me empezaba a dar cuenta muy claramente de que el objeto frente a mí no era nada más ni nada menos que mi nueva amistad, el general de brigada honorario John A. B. C. Smith. Las modificaciones que había hecho Pompey, debo confesar, generaron una diferencia extraordinaria en la apariencia del hombre. Su voz, sin embargo, todavía me confundía, pero incluso este misterio se resolvió rápidamente.

"Pompey, you black rascal," squeaked the General, "I really do believe you would let me go out without my palate."

Hereupon, the negro, grumbling out an apology, went up to his master, opened his mouth with the knowing air of a horse-jockey, and adjusted therein a somewhat singular-looking machine, in a very dexterous manner, that I could not altogether comprehend. The alteration, however, in the entire expression of the General's countenance was instantaneous and surprising. When he again spoke, his voice had resumed all that rich melody and strength which I had noticed upon our original introduction.

"D-n the vagabonds!" said he, in so clear a tone that I positively started at the change, "D-n the vagabonds! they not only knocked in the roof of my mouth, but took the trouble to cut off at least seven-eighths of my tongue. There isn't Bonfanti's equal, however, in America, for really good articles of this description. I can recommend you to him with confidence," [here the General bowed,] "and assure you that I have the greatest pleasure in so doing."

I acknowledged his kindness in my best manner, and took leave of him at once, with a perfect understanding of the true state of affairs-with a full comprehension of the mystery which had troubled me so long. It was evident. It was a clear case. Brevet Brigadier General John A. B. C. Smith was the man—the man that was used up.

—Pompey, pillo negro —chilló el general—, de verdad creo que me dejarías salir sin mi paladar.

A continuación, el sirviente, refunfuñando una disculpa, se dirigió a su patrón, abrió su boca con el aire conocedor de un jinete y ajustó ahí, de manera muy hábil, algo que parecía ser una máquina de aspecto singular y que no pude descifrar por completo. Sin embargo, el cambio en toda la expresión del rostro del general fue instantáneo y sorprendente. Cuando volvió a hablar, su voz volvía a tener esa rica melodía y fuerza que noté la vez que lo conocí.

—¡Malditos vagabundos! —dijo en un tono tan claro que aprecié el cambio—. ¡Malditos granujas! No solamente me hundieron el paladar, sino que además se tomaron la molestia de cortar al menos quince centímetros de mi lengua. Sin embargo, no hay nadie como Bonfanti, en Estados Unidos, que realice artículos tan buenos de este tipo. Se lo puedo recomendar con confianza —el general se inclinó—. Y le aseguro que me daría un inmenso placer hacerlo.

Agradecí su amabilidad de la mejor manera posible y me retiré de inmediato, con un entendimiento perfecto del verdadero estado de las cosas; con una comprensión completa del misterio que durante tanto tiempo me había aquejado. Era evidente. Era un caso muy claro. El general de brigada honorario John A. B. C. era... el hombre que se agotó.

THE UNPARALLELED ADVENTURE OF ONE HANS PFAALL

> With a heart of furious fancies,
> Whereof I am commander,
> With a burning spear *and a horse of air*,
> To the wilderness I wander.
>
> Tom O'Bedlam's Song

By late accounts from Rotterdam, that city seems to be in a high state of philosophical excitement. Indeed, phenomena have there occurred of a nature so completely unexpected—so entirely novel—so utterly at variance with preconceived opinions—as to leave no doubt on my mind that long ere this all Europe is in an uproar, all physics in a ferment, all reason and astronomy together by the ears.

It appears that on the ——— day of ———, (I am not positive about the date,) a vast crowd of people, for purposes not specifically mentioned, were assembled in the great square of the Exchange in the well-conditioned city of Rotterdam. The day was warm—unusually so for the season—there was hardly a breath of air stirring; and the multitude were in no bad humor at being now and then besprinkled with friendly showers of momentary duration, that fell from large white masses of cloud profusely distributed about the blue vault of the firmament. Nevertheless, about noon, a slight but remarkable agitation became apparent in the assembly; the clattering of ten thousand tongues succeeded; and, in an instant afterwards, ten thousand faces were upturned towards the heavens, ten thousand pipes descended simultaneously from the corners of ten thousand mouths, and a shout, which could be compared to nothing but the roaring of Niagara, resounded long, loudly and furiously, through all the city and through all the environs of Rotterdam.

The origin of this hubbub soon became sufficiently evident. From behind the huge bulk of one of those sharply defined masses of cloud already mentioned, was seen slowly to emerge into an open area of blue space, a queer, heterogeneous, but apparently solid substance, so oddly shaped, so whimsically put together, as not to be in any manner comprehended, and never to be sufficiently admired, by the host of sturdy burghers who stood open-mouthed below. What could

LA INIGUALABLE AVENTURA DE UN TAL HANS PFAALL

> Con el corazón lleno de furiosas fantasías,
> de las que soy el amo,
> con una lanza ardiente *y un caballo de aire*,
> hacia el páramo voy errando.
>
> La canción de Tom O'Bedlam

Según los informes más recientes de Rotterdam, parece que la ciudad está en un estado de alta conmoción filosófica. En efecto, se han producido fenómenos de una naturaleza tan completamente inesperada —totalmente novedosa y tan diferente de las concepciones ordinarias— que no queda duda de que se ha extendido un alboroto por toda Europa, una agitación dentro de la física, una contienda entre la razón y la astronomía.

Parece ser que en el día… de… (no sé con certeza la fecha), una gran multitud de personas se reunió, para fines no especificados, en la gran plaza de la Bolsa de la bien organizada ciudad de Rotterdam. El día era caluroso —inusualmente caluroso para la temporada— y no había ni una corriente de aire; el buen humor de la multitud se mantenía incluso cuando caía, de vez en cuando, de grandes cúmulos de nubes blancas distribuidas por la bóveda azul del firmamento, una amigable lluvia de corta duración. Sin embargo, cerca del mediodía, una leve pero notoria agitación entre los presentes se hizo evidente. Estalló el parloteo de diez mil lenguas y, un instante después, diez mil rostros voltearon hacia el cielo; diez mil pipas cayeron al mismo tiempo de las comisuras de diez mil labios; y un solo grito, tan fuerte que solo podría compararse con el estruendo del Niágara, resonó durante mucho tiempo, con fuerza y furia, en toda la ciudad de Rotterdam y sus alrededores.

Pronto se aclaró la razón detrás del tumulto. De espaldas de la gran masa de uno de esos cúmulos de nubes perfectamente delineados, emergió lentamente, hacia un área abierta de espacio azul, una extraña y heterogénea pero aparentemente sólida sustancia, de una forma tan singular, tan fantasiosamente construida, que no había manera de que los robustos burgueses, parados debajo con la boca abierta, la pudieran comprender ni terminar de admirar. ¿Qué podría ser? En el nombre de

it be? In the name of all the devils in Rotterdam, what could it possibly portend? No one knew; no one could imagine; no one—not even the burgomaster Mynheer Superbus Von Underduk—had the slightest clew by which to unravel the mystery; so, as nothing more reasonable could be done, every one to a man replaced his pipe carefully in the corner of his mouth, and maintaining an eye steadily upon the phenomenon, puffed, paused, waddled about, and grunted significantly-then waddled back, grunted, paused, and finally—puffed again.

In the meantime, however, lower and still lower towards the goodly city, came the object of so much curiosity, and the cause of so much smoke. In a very few minutes it arrived near enough to be accurately discerned. It appeared to be—yes! it *was* undoubtedly a species of balloon; but surely no *such* balloon had ever been seen in Rotterdam before. For who, let me ask, ever heard of a balloon manufactured entirely of dirty newspapers? No man in Holland certainly; yet here, under the very noses of the people, or rather at some distance *above* their noses, was the identical thing in question, and composed, I have it on the best authority, of the precise material which no one had ever before known to be used for a similar purpose.—It was an egregious insult to the good sense of the burghers of Rotterdam. As to the shape of the phenomenon, it was even still more reprehensible. Being little or nothing better than a huge fool's-cap turned upside down. And this similitude was regarded as by no means lessened, when upon nearer inspection, the crowd saw a large tassel depending from its apex, and, around the upper rim or base of the cone, a circle of little instruments, resembling sheep-bells, which kept up a continual tinkling to the tune of Betty Martin. But still worse.—Suspended by blue ribbons to the end of this fantastic machine, there hung, by way of car, an enormous drab beaver hat, with a brim superlatively broad, and a hemispherical crown with a black band and a silver buckle. It is, however, somewhat remarkable that many citizens of Rotterdam swore to having seen the same hat repeatedly before; and indeed the whole assembly seemed to regard it with eyes of familiarity; while the vrow Grettel Pfaall, upon sight of it, uttered an exclamation of joyful surprise, and declared it to be the identical hat of her good man himself. Now this was a circumstance the more to be observed, as Pfaall, with three companions, had actually disappeared from Rotterdam about five years before, in a very sudden and unaccountable manner,

todos los demonios de Rotterdam, ¿qué era lo que representaba? Nadie lo sabía; nadie lo podía imaginar; nadie —ni siquiera el burgomaestre Mynheer Superbus Von Underduk— tenía la menor idea de cómo descifrar el misterio. Así que, como no había nada razonable que se pudiera hacer, todos los hombres se volvieron a llevar su pipa a la cornisa de los labios y, con un ojo certero puesto sobre el fenómeno, fumaron, pausaron, se contonearon por el lugar y gruñeron significativamente... luego se contonearon de regreso, gruñeron, pausaron y, finalmente, volvieron a fumar.

Sin embargo, mientras tanto, el objeto de tanta curiosidad y la causa de tanto humo iba descendiendo cada vez más hacia la gran ciudad. En muy pocos minutos se acercó lo suficiente como para distinguirlo con precisión. Parecía ser... ¡Sí! *Era*, sin lugar a duda, una especie de globo, pero desde luego ningún globo como ese se había visto antes en Rotterdam. ¿Pues quién, permítame preguntar, había escuchado alguna vez de un globo fabricado completamente de periódicos sucios? Ciertamente a nadie en Holanda se le había ocurrido; y, sin embargo, aquí, bajo las narices de la gente, o más bien a cierta distancia *sobre* ellas, se encontraba el objeto en cuestión, que además estaba construido —y lo sé de buena fuente— justamente del material que nadie antes pensó que se podría usar para un propósito similar. Era un insulto atroz para el buen sentido de los burgueses de Rotterdam. En cuanto a la forma del fenómeno, esta era incluso más reprobable. Era nada mejor que el sombrero de un arlequín puesto al revés. Y no había manera de que disminuyera su parecido, pues, al llevar a cabo una inspección más cercana, la multitud pudo ver una gran borla que colgaba desde su punta. Además, alrededor de la orilla superior o base del cono, había un círculo de pequeños instrumentos, parecidos a cencerros, que tintineaban continuamente al ritmo de la tonada de *Betty Martin*. Pero lo peor era que, suspendido de listones azules de un extremo de esta fantástica máquina, colgaba, como navecilla, un enorme sombrero de castor color café, con un ala superlativamente ancha y una copa hemisférica con una banda negra y una hebilla plateada. Es relevante agregar que muchos de los ciudadanos de Rotterdam juraron haber visto ese sombrero muchas veces antes. Y en efecto toda la multitud parecía verlo con ojos de familiaridad, mientras que la señora Grettel Pfaall, al mirarlo, gritó con alegre sorpresa y declaró que ese sombrero era el mismísimo sombrero de su buen hombre. Ahora bien, esta era una circunstancia que debía tomarse en cuenta, pues Pfaall, junto con tres compañeros, había desaparecido de

and up to the date of this narrative all attempts at obtaining intelligence concerning them had failed. To be sure, some bones which were thought to be human, mixed up with a quantity of odd-looking rubbish, had been lately discovered in a retired situation to the east of the city; and some people went so far as to imagine that in this spot a foul murder had been committed, and that the sufferers were in all probability Hans Pfaall and his associates.—But to return.

The balloon (for such no doubt it was) had now descended to within a hundred feet of the earth, allowing the crowd below a sufficiently distinct view of the person of its occupant. This was in truth a very singular somebody. He could not have been more than two feet in height; but this altitude, little as it was, would have been sufficient to destroy his *equilibrium*, and tilt him over the edge of his tiny car, but for the intervention of a circular rim reaching as high as the breast, and rigged on to the cords of the balloon. The body of the little man was more than proportionally broad, giving to his entire figure a rotundity highly absurd. His feet, of course, could not be seen at all. His hands were enormously large. His hair was gray, and collected into a *queue* behind. His nose was prodigiously long, crooked and inflammatory; his eyes full, brilliant, and acute; his chin and cheeks, although wrinkled with age, were broad, puffy, and double: but of ears of any kind there was not semblance to be discovered upon any portion of his head. This odd little gentleman was dressed in a loose surtout of sky-blue satin, with tight breeches to match, fastened with silver buckles at the knees. His vest was of some bright yellow material; a white taffety cap was set jauntily on one side of his head; and, to complete his equipment, a blood-red silk handkerchief enveloped his throat, and fell down, in a dainty manner, upon his bosom, in a fantastic bow-knot of super-eminent dimensions.

Having descended, as I said before, to about one hundred feet from the surface of the earth, the little old gentleman was suddenly seized with a fit of trepidation, and appeared disinclined to make any nearer approach to *terra firma*, Throwing out therefore, a quantity of sand from a canvass bag, which he lifted with great difficulty, he became stationary in an instant. He then proceeded in a hurried and agitated manner, to extract from a side-pocket in his surtout a large morocco pocket-book. This he poised suspiciously in his hand; then eyed it

Rotterdam hacía cinco años, de una manera muy súbita e inexplicable, y hasta ese momento todos los intentos de comprender su desaparición habían fallado. Es verdad que se acababan de descubrir unos huesos que se creían humanos, entre una pila de basura muy extraña, en un lugar alejado, al este de la ciudad, y algunas personas habían llegado a imaginar que en ese sitio se había cometido un terrible homicidio, y que las víctimas eran, seguramente, Hans Pfaall y sus compañeros... Pero no hay que desviarnos del tema.

El globo (pues no había duda de que lo era) ya se encontraba a casi treinta metros del suelo, lo que permitía que la multitud que estaba debajo pudiera ver a la persona que lo ocupaba. En realidad, era *alguien* muy singular. No podía medir más de medio metro, pero incluso su altura, tan baja como era, hubiera sido suficiente para desequilibrarlo y tirarlo por la borda de su pequeño carruaje, si no fuera por la intervención de un aro que lo sujetaba a la altura del pecho y que estaba atado al cordaje del globo. El cuerpo del pequeño hombre era mucho más amplio de lo que era proporcional a su altura, lo que le daba a su figura una redondez muy absurda. Sus pies, desde luego, no se podían ver en absoluto. Sus manos eran enormemente grandes. Su cabello era gris y estaba recogido en una coleta. Su nariz era prodigiosamente larga, torcida e inflamada; sus ojos, llenos, brillantes y agudos; su mentón y sus mejillas, aunque arrugadas por la edad, eran anchas, gordas y dobles, pero en su cabeza no había ningún tipo de orejas que se pudieran observar. Este extraño y diminuto caballero vestía un capote suelto de satén azul cielo y pantalones ajustados a juego, sujetos a las rodillas por broches plateados. Llevaba un chaleco de un material de color amarillo brillante; una gorra de tafetán blanco se asentaba elegantemente en un lado de su cabeza; para completar su indumentaria, un pañuelo de seda, roja como la sangre, le envolvía la garganta y caía, de forma delicada, sobre su pecho, en un fantástico moño de súper extraordinarias dimensiones.

Habiendo descendido, como mencioné antes, a casi treinta metros sobre la superficie de la Tierra, al anciano y pequeño caballero le atrapó un temblor de miedo y se vio reacio a acercarse más hacia *terra firma*, de tal manera que, al aventar una cantidad de arena de una bolsa de lona, que levantó con gran dificultad, se quedó inmóvil durante un instante. Entonces procedió, de manera rápida y agitada, a extraer, de uno de los bolsillos laterales de su capote, una cartera de piel marroquí. La sopesó en su mano con desconfianza y después la miró con un aire de extrema

with an air of extreme surprise, and was evidently astonished at its weight. He at length opened it, and, drawing therefrom a huge letter sealed with red sealing-wax and tied carefully with red tape, let it fall precisely at the feet of the burgomaster Superbus Von Underduk. His Excellency stooped to take it up. But the æronaut, still greatly discomposed, and having apparently no further business to detain him in Rotterdam, began at this moment to make busy preparations for departure; and, it being necessary to discharge a portion of ballast to enable him to reascend, the half dozen bags which he threw out, one after another, without taking the trouble to empty their contents, tumbled, every one of them, most unfortunately, upon the back of the burgomaster, and rolled him over and over no less than half a dozen times, in the face of every individual in Rotterdam. It is not to be supposed, however, that the great Underduk suffered this impertinence on the part of the little old man to pass off with impunity. It is said, on the contrary, that during each of his half dozen circumvolutions, he emitted no less than half a dozen distinct and furious whiffs from his pipe, to which he held fast the whole time with all his might, and to which he intends holding fast, (God willing,) until the day of his decease.

In the meantime the balloon arose like a lark, and, soaring far away above the city, at length drifted quietly behind a cloud similar to that from which it had so oddly emerged, and was thus lost forever to the wondering eyes of the good citizens of Rotterdam. All attention was now directed to the letter, the descent of which, and the consequences attending thereupon, had proved so fatally subversive of both person and personal dignity to his Excellency, Von Underduk. That functionary, however, had not failed, during his circumgyratory movements, to bestow a thought upon the important object of securing the epistle, which was seen, upon inspection, to have fallen into the most proper hands, being actually addressed to himself and Professor Rubadub, in their official capacities of President and Vice-President of the Rotterdam College of Astronomy. It was accordingly opened by those dignitaries upon the spot, and found to contain the following extraordinary, and indeed very serious, communication:—

***

To their Excellencies Von Underduk and Rubadub, President and

sorpresa; mostró evidente asombro ante su peso. Después de un momento, la abrió y de ella extrajo una gran carta cerrada con un sello de cera roja y atada con cinta roja; la dejó caer con precisión a los pies del burgomaestre Superbus Von Underduk. Su Excelencia se agachó para recoger la carta. Pero el aeronauta, todavía en evidente incomodidad, y con ninguna razón aparente para quedarse en Rotterdam, empezó a hacer las preparaciones necesarias para su partida; la media docena de bolsas de lastre que aventó, una tras otra, para volver a ascender, sin preocuparse por vaciarlas antes de arrojarlas, cayeron, todas ellas, desgraciadamente, sobre la espalda del burgomaestre, lo que lo arrojó al suelo no menos de seis veces frente a todos los ciudadanos de Rotterdam. Empero, no se debe suponer que el gran Underduk dejó que esta impertinencia de parte del pequeño anciano pasara desapercibida. Por el contrario, se dice que, en cada una de sus seis rotaciones, emitió no menos de seis distintivas furiosas bocanadas de humo de su pipa, a la cual se aferró con fuerza durante todo el tiempo y a la cual pretende aferrarse con fuerza (si Dios quiere) hasta el día de su muerte.

Mientras tanto, el globo se elevó como una alondra y flotó muy lejos sobre la ciudad, hasta que, tranquilamente, la corriente lo escondió detrás de una nube similar a aquella de la que emergió tan extrañamente, y desapareció para siempre de la vista curiosa de los ciudadanos de Rotterdam. Toda la atención se dirigió entonces a la carta, cuyo arribo y cuyas consecuencias después de este habían resultado tan fatalmente subversivas tanto para la persona como para la dignidad de Su Excelencia, Von Underduk. Sin embargo, este funcionario no descuidó, durante sus movimientos giratorios, la importante tarea de apoderarse de la carta, la cual se demostró, después de una atenta inspección, que había caído en las manos más apropiadas, ya que estaba dirigida a él y al profesor Rubadub, en sus capacidades oficiales de presidente y vicepresidente del Colegio de Astronomía de Rotterdam. Ambos destinatarios acordaron abrir la carta en ese mismo sitio, y en ella encontraron el siguiente extraordinario, además de muy serio, mensaje:

***

A Sus Excelencias Von Underduk y Rubadub, Presidente y Vicepresidente del

Vice-President of the States' College of Astronomers, in the city of Rotterdam.

Your Excellencies may perhaps be able to remember an humble artizan, by name Hans Pfaall, and by occupation a mender of bellows, who, with three others, disappeared from Rotterdam, about five years ago, in a manner which must have been considered unaccountable. If, however, it so please your Excellencies, I, the writer of this communication, am the identical Hans Pfaall himself. It is well known to most of my fellow-citizens, that for the period of forty years I continued to occupy the little square brick building, at the head of the alley called Sauerkraut, in which I resided at the time of my disappearance. My ancestors have also resided therein time out of mind—they, as well as myself, steadily following the respectable and indeed lucrative profession of mending of bellows: for, to speak the truth, until of late years, that the heads of all the people have been set agog with politics, no better business than my own could an honest citizen of Rotterdam either desire or deserve. Credit was good, employment was never wanting, and there was no lack of either money or good will. But, as I was saying, we soon began to feel the effects of liberty, and long speeches, and radicalism, and all that sort of thing. People who were formerly the very best customers in the world, had now not a moment of time to think of us at all. They had as much as they could do to read about the revolutions, and keep up with the march of intellect and the spirit of the age. If a fire wanted fanning, it could readily be fanned with a newspaper; and as the government grew weaker, I have no doubt that leather and iron acquired durability in proportion—for, in a very short time, there was not a pair of bellows in all Rotterdam that ever stood in need of a stitch or required the assistance of a hammer. This was a state of things not to be endured. I soon grew as poor as a rat, and, having a wife and children to provide for, my burdens at length became intolerable, and I spent hour after hour in reflecting upon the most convenient method of putting an end to my life. Duns, in the meantime, left me little leisure for contemplation. My house was literally besieged from morning till night. There were three fellows in particular, who worried me beyond endurance, keeping watch continually about my door, and threatening me with the law. Upon these three I vowed the bitterest revenge, if ever I should be so happy as to get them within my clutches; and I believe nothing in the world but the pleasure of this anticipation prevented me from putting my plan of suicide into immediate execu-

Colegio Estatal de Astrónomos, en la ciudad de Rotterdam:

Puede que Sus Excelencias recuerden a un humilde artesano de nombre Hans Pfaall y de profesión remendador de fuelles, quien, junto con otros tres, desapareció de Rotterdam hace aproximadamente cinco años, de una manera que debe haberse considerado inexplicable. Empero, si les place a Sus Excelencias, yo, el escritor de esta comunicación, soy el aludido y mismísimo Hans Pfaall. Es bien sabido por la mayoría de mis conciudadanos que, por un periodo de cuarenta años, viví en el pequeño edificio cuadrado de ladrillo que está al principio del callejón llamado «Sauerkraut», en donde residí hasta el momento de mi desaparición. Mis ancestros también residieron ahí durante tiempos inmemorables. Ellos, como yo, siguieron la respetable y ciertamente lucrativa profesión del remiendo de fuelles: pues, a decir verdad, hasta hace poco, en vista de que la política ha vuelto loco a todo el mundo, un ciudadano honesto de Rotterdam no podía desear o merecer un mejor oficio que el mío. El crédito era bueno, el empleo nunca faltaba y no había carencia ni de dinero ni de buena voluntad. Pero, como decía, pronto empezamos a sentir los efectos de la libertad y los largos discursos y el radicalismo y demás cosas por el estilo. Las personas que antes habían sido los mejores clientes del mundo ya no tenían tiempo en absoluto para pensar en nosotros. Todo su tiempo se les iba en leer sobre las revoluciones y en mantenerse al día en las cuestiones intelectuales y el espíritu de la época. Si un fuego necesitaba airearse, fácilmente podía hacerse con un periódico, y mientras el gobierno se volvía cada vez más débil, la vida útil del hierro y la piel se volvía cada vez más extensa, sin duda, pues, en un corto tiempo, ya no había ni un par de fuelles en toda Rotterdam que necesitara una puntada o requiriera la asistencia de un martillo. Esta fue una situación que no pude soportar. Pronto me quedé tan pobre como una rata y, al tener una esposa e hijos para los cuales proveer, mis obligaciones se volvieron intolerables, y me pasé hora tras hora reflexionando sobre el método más conveniente de terminar con mi vida. Mientras tanto, los acreedores me dejaban poco tiempo para la contemplación. Mi casa fue literalmente asediada desde el amanecer hasta el anochecer. Había tres personas en particular que me molestaban más allá de lo aceptable, pues acechaban continuamente mi puerta y me amenazaban con la ley. Juré vengarme de la manera más terrible de esos tres personajes, si algún día tenía la suerte de tenerlos entre mis manos, y creo que el placer de esta anticipación fue la única cosa en el mundo que me detuvo de ejecutar de inmediato mi plan de suicidio y

tion, by blowing my brains out with a blunderbuss. I thought it best, however, to dissemble my wrath, and to treat them with promise and fair words, until, by some good turn of fate, an opportunity of vengeance should be afforded me.

One day, having given them the slip, and feeling more than usually dejected, I continued for a long time to wander about the most obscure streets without object, until at length I chanced to stumble against the corner of a bookseller's stall. Seeing a chair close at hand, for the use of customers, I threw myself doggedly into it, and, hardly knowing why, opened the pages of the first volume which came within my reach. It proved to be a small pamphlet treatise on Speculative Astronomy, written either by Professor Encke of Berlin, or by a Frenchman of somewhat similar name. I had some little tincture of information on matters of this nature, and soon became more and more absorbed in the contents of the book—reading it actually through twice before I awoke to a recollection of what was passing around me. By this time it began to grow dark, and I directed my steps toward home. But the treatise (in conjunction with a discovery in pneumatics, lately communicated to me as an important secret by a cousin from Nantz,) had made an indelible impression. on my mind, and, as I sauntered along the dusky streets, I revolved carefully over in my memory the wild and sometimes unintelligible reasonings of the writer. There are some particular passages which affected my imagination in an extraordinary manner. The longer I meditated upon these, the more intense grew the interest which had been excited within me. The limited nature of my education in general, and more especially my ignorance on subjects connected with natural philosophy, so far from rendering me diffident of my own ability to comprehend what I had read, or inducing me to mistrust the many vague notions which had arisen in consequence, merely served as a farther stimulus to imagination; and I was vain enough, or perhaps reasonable enough, to doubt whether those crude ideas which, arising in ill-regulated minds, have all the appearance, may not often in effect possess all the force, the reality, and other inherent properties of instinct or intuition.

It was late when I reached home, and I went immediately to bed. My mind, however, was too much occupied to sleep, and I lay the whole night buried in meditation. Arising early in the morning, I re-

volarme los sesos con un trabuco. Empero, decidí que lo mejor era disimular mi cólera y hablarles con promesas y buenas palabras, hasta que, por medio de un buen giro del destino, una oportunidad de venganza se me presentó.

Un día, después de haberme escapado de ellos, y sintiéndome más desalentado de lo usual, deambulé por un largo tiempo sin destino por las calles más oscuras, hasta que me topé con la esquina del puesto del vendedor de libros. Al ver una silla cercana, destinada al uso de los clientes, me senté en ella con determinación y, sin saber por qué, abrí las páginas del primer volumen que estaba a mi alcance. Resultó ser un pequeño panfleto que contenía un tratado sobre astronomía especulativa, escrito por el profesor Encke de Berlín, o por un francés de nombre similar. Ya tenía algunas nociones sobre los asuntos de esta naturaleza y pronto me fui quedando más y más absorto en los contenidos del libro; de hecho, lo leí dos veces antes de reconocer lo que pasaba alrededor de mí. Para entonces ya crecía la oscuridad, así que dirigí mis pasos hacia casa. Pero el tratado (junto con el descubrimiento de la neumática, que me acababa de transmitir un primo de Nantes a manera de secreto) había dejado una impresión indeleble en mi mente y, mientras caminaba por las calles sombrías, le daba vueltas en mi memoria a los atrevidos y a veces ininteligibles argumentos del autor. Unos pasajes en particular afectaron mi imaginación de manera extraordinaria. Entre más tiempo reflexionaba sobre ellos, más intenso se volvía el interés que había despertado dentro de mí. La naturaleza limitada de mi educación en general, y en especial mi ignorancia sobre temas relacionados con la filosofía natural, antes que hacerme dudar de mi habilidad para comprender lo que había leído o hacerme desconfiar de las vagas nociones que aparecían en mi consciencia, me sirvió meramente para estimular mucho más mi imaginación. Y fui lo suficientemente vano, o tal vez razonable, como para dudar de aquellas ideas en bruto que, propias de las mentes mal reguladas, a pesar de parecerlo, posiblemente no poseían toda la fuerza, la realidad y otras propiedades inherentes del instinto o la intuición.

Ya era tarde cuando llegué a mi hogar; me acosté de inmediato. Mi mente, sin embargo, estaba demasiado ocupada como para dormir, así que me pasé toda la noche hundido en meditación. En la mañana me

paired eagerly to the bookseller's stall, and laid out what little ready money I possessed, in the purchase of some volumes of Mechanics and Practical Astronomy. Having arrived at home safely with these, I devoted every spare moment to their perusal, and soon made such proficiency in studies of this nature as I thought sufficient for the execution of a certain design with which either the devil or my better genius had inspired me. In the intervals of this period, I made every endeavor to conciliate the three creditors who had given me so much annoyance. In this I finally succeeded—partly by selling enough of my household furniture to satisfy a moiety of their claim, and partly by a promise of paying the balance upon completion of a little project which I told them I had in view, and for assistance in which I solicited their services. By these means (for they were ignorant men) I found little difficulty in gaining them over to my purpose.

Matters being thus arranged, I contrived, by the aid of my wife, and with the greatest secrecy and caution, to dispose of what property I had remaining, and to borrow, in small sums, under various pretences, and without giving any attention (I am ashamed to say) to my future means of repayment, no inconsiderable quantity of ready money. With the means thus accruing I proceeded to procure at intervals, cambric muslin, very fine, in pieces of twelve yards each; twine; a lot of the varnish of caoutchouc; a large and deep basket of wicker-work, made to order; and several other articles necessary in the construction and equipment of a balloon of extraordinary dimensions. This I directed my wife to make up as soon as possible, and gave her all requisite information as to the particular method of proceeding, In the meantime I worked up the twine into net-work of sufficient dimensions; rigged it with a hoop and the necessary cords; and made purchase of numerous instruments and materials for experiment in the upper regions of the upper atmosphere. I then took opportunities of conveying by night, to a retired situation east of Rotterdam, five iron-bound casks, to contain about fifty gallons each, and one of a larger size; six tin tubes, three inches in diameter, properly shaped, and ten feet in length; a quanty of a *particular metallic substance, or semi-metal* which I shall not name, and a dozen demijohns of a *very common acid*. The gas to be formed from these latter materials is a gas never yet generated by any other person than myself or at least never applied to any similar purpose. I can only venture to say here, that

levanté temprano, me dirigí con impaciencia al puesto del vendedor de libros y le presenté el poco dinero que tenía para comprar algunos volúmenes de mecánica y astronomía práctica. Habiendo llegado a salvo a casa con los libros, dediqué cada momento libre a su lectura, y pronto me volví tan altamente competente en los estudios de esta naturaleza como pensé que era necesario para la ejecución de cierto designio que ya fuera el diablo o mi genio me había inspirado. Entre los intervalos de este periodo, hice mi mejor esfuerzo para apaciguar a los tres acreedores que me daban tanta molestia. Finalmente logré hacerlo, en parte porque vendí una cantidad suficiente de los muebles de mi hogar para satisfacer una porción de la deuda, y en parte porque prometí pagar lo restante al completar un pequeño proyecto que les dije que tenía en mente y para el cual solicité sus servicios. De esta manera (pues eran hombres ignorantes), fácilmente logré que se alinearan con mi propósito.

Una vez se arregló esta cuestión, urdí un plan, con la ayuda de mi esposa, y con el mayor secreto y precaución, para deshacerme de la propiedad que me quedaba y para pedir prestada, en pequeñas sumas, bajo varios pretextos y sin prestar ninguna atención (me avergüenza decirlo) a la manera en la que habría de pagar, una cantidad considerable de dinero. Con el capital ya acumulado, procedí a comprar, de poco a poco, piezas de diez metros cada una de una fina muselina batista, así como cuerda de yute, barniz de caucho, una canasta muy grande y profunda de mimbre, hecha a la medida, y muchos otros artículos necesarios para la construcción y equipamiento de un globo de dimensiones extraordinarias. Le indiqué a mi esposa que lo construyera tan pronto como fuera posible y le di toda la información necesaria sobre la particular manera en la que tenía que proceder. Mientras tanto, tejí una red lo suficientemente grande con la cuerda de yute, le agregué un aro y el cordaje necesario y compré numerosos instrumentos y materiales para el experimento que habría de realizar en las regiones de la atmósfera superior. Entonces me las arreglé para llevar, de noche, a un lugar retirado en el este de Rotterdam, cinco barriles forrados de hierro, con una capacidad de cinco galones cada uno, y uno aún más grande; seis tubos de estaño de siete centímetros de diámetro y tres metros de altura, de forma especial; una gran cantidad de una *sustancia metálica muy particular*, o tal vez *semimetálica*, que no mencionaré; y una docena de damajuanas llenas de un *ácido muy común*. El gas que se habría de formar a partir de estos materiales es un gas que nadie más que yo

it is a *constituent of azote*, so long considered irreducible, and that its density is about 37.4 times *less than that of hydrogen*. It is tasteless, but not odorless; burns, when pure, with a greenish flame, and is instantaneously fatal to animal life. Its full secret I would make no difficulty in disclosing, but that it of right belongs (as I have before hinted) to a citizen of Nantz, in France, by whom it was conditionally communicated to myself. The same individual submitted to me, without being at all aware of my intentions, a method of constructing balloons from the membrane of a certain animal, through which substance any escape of gas was nearly an impossibility. I found it, however, altogether too expensive, and was not sure, upon the whole, whether cambric muslin with a coating of gum caoutchouc, was not equally as good. I mention this circumstance, because I think it probable that hereafter the individual in question may attempt a balloon ascension with the novel gas and material I have spoken of, and I do not wish to deprive him of the honor of a very singular invention.

On the spot which I intended each of the smaller casks to occupy respectively during the inflation of the balloon, I privately dug a small hole; the holes forming in this manner a circle twenty-five feet in diameter. In the centre of this circle, being the station designed for the large cask, I also dug a hole of greater depth. In each of the five smaller holes, I deposited a canister containing fifty pounds, and in the larger one a keg holding one hundred and fifty pounds of cannon powder. These—the keg and the canisters—I connected in a proper manner with covered trains; and having let into one of the canisters the end of about four feet of slow-match, I covered up the hole, and placed the cask over it, leaving the other end of the match protruding about an inch, and barely visible beyond the cask. I then filled up the remaining hole, and placed the barrels over them in their destined situation!

Besides the articles above enumerated, I conveyed to the *dépot*, and there secreted, one of M. Grimm's improvements upon the apparatus for condensation of the atmospheric air. I found this machine, however, to require considerable alteration before it could be adapted to the purposes to which I intended making it applicable. But, with severe labor and unremitting perseverance, I at length met with entire success in all my preparations. My balloon was soon completed. It

ha generado, o por lo menos que nadie más ha aplicado a un propósito similar. Solo puedo aventurarme a decir que es un *componente del ázoe*, que desde hace tanto se ha considerado irreducible y que es aproximadamente 37.4 veces *menos denso que el hidrógeno*. Es insípido, pero no inodoro; en estado puro, produce una llama verduzca y es instantáneamente fatal para la vida animal. No tendría problema con revelar este secreto si no fuera porque le pertenece (como insinué anteriormente) a un ciudadano de Nantes, en Francia, quien me lo compartió condicionalmente. El mismo individuo me hizo llegar, sin estar enterado de mis intenciones, un método de construcción de globos a partir de la membrana de cierto animal, a través de la cual era imposible que escapara el gas. Sin embargo, su precio me pareció demasiado elevado, y supuse que la muselina batista, cubierta de una capa de caucho, sería igual de efectiva. Menciono estas circunstancias porque pienso que es probable que, en adelante, el individuo en cuestión intente un ascenso en globo con el novedoso gas y material del que he hablado, y no quisiera robarle el honor de una muy singular invención.

En secreto, cavé un hoyo en el lugar en donde cada barril iba a estar mientras inflaba el globo; de esta manera, los hoyos formaron un círculo de siete metros de diámetro. En el centro de este círculo, asimismo cavé un hoyo de mayor profundidad; ese lugar estaba destinado para el barril más grande. En cada uno de los hoyos más pequeños, dejé un frasco lleno de veintidós kilogramos de pólvora de cañón; y en el más grande, un contenedor de sesenta y ocho kilogramos. Conecté debidamente los frascos y el contenedor con contactos que dejé escondidos. Después de dejar en uno de los frascos el extremo de una mecha de un metro, cubrí el agujero y coloqué el barril sobre él, de manera que sobresaliera una mecha de aproximadamente dos centímetros, apenas visible bajo el barril. Entonces rellené el agujero restante y coloqué los barriles sobre él en su lugar destinado.

Además de los artículos antes mencionados, llevé al depósito, y ahí escondí, una de las mejoras del señor Grimm para el aparato de condensación del aire atmosférico. Sin embargo, me di cuenta de que esta máquina requería demasiada atención antes de poder ser usada para los propósitos para los que la quería utilizar. Sin embargo, después de un trabajo arduo y una perseverancia incesante, tuve éxito en todas mis preparaciones. Pronto, mi globo estuvo terminado. Contendría más de

would contain more than forty thousand cubic feet of gas; would take me up easily, I calculated, with all my implements, and, if I managed rightly, with one hundred and seventy-five pounds of ballast into the bargain. It had received three coats of varnish, and I found the cambric muslin to answer all the purposes of silk itself, being quite as strong and a good deal less expensive.

Everything being now ready, I exacted from my wife an oath of secrecy in relation to all my actions from the day of my first visit to the bookseller's stall; and promising, on my part, to return as soon as circumstance would permit, I gave her what little money I had left, and bade her farewell. Indeed I had no fear on her account. She was what people call a notable woman, and could manage matters in the world without my assistance. I believe, to tell the truth, she always looked upon me as an idle body—a mere make-weight—good for nothing but building castles in the air—and was rather glad to get rid of me. It was a dark night when I bade her good bye, and taking with me, as *aides-de-camp*, the three creditors who had given me so much trouble, we carried the balloon, with the car and accoutrements, by a roundabout way, to the station where the other articles were deposited. We there found them all unmolested, and I proceeded immediately to business.

It was the first of April. The night, as I said before, was dark; there was not a star to be seen; and a drizzling rain, falling at intervals, rendered us very uncomfortable. But my chief anxiety was concerning the balloon, which, in spite of the varnish with which it was defended, began to grow rather heavy with the moisture; the powder also was liable to damage. I therefore kept my three duns working with great diligence, pounding down ice around the central cask, and stirring the acid in the others. They did not cease, however, importuning me with questions as to what I intended to do with all this apparatus, and expressed much dissatisfaction at the terrible labor I made them undergo. They could not perceive (so they said) what good was likely to result from their getting wet to the skin, merely to take a part in such horrible incantations. I began to get uneasy, and worked away with all my might; for I verily believe the idiots supposed that I had entered into a compact with the devil, and that, in short, what I was now doing was nothing better than it should be. I was, therefore, in great fear of their leaving me altogether. I contrived, however, to paci-

doce mil metros cúbicos de gas; calculé que me elevaría fácilmente, gracias a todas mis mejoras, y, si lo manejaba bien, también podría llevar poco más de setenta y nueve kilogramos de lastre. Se le dieron tres capas de barniz y me di cuenta de que la muselina batista servía casi tan bien como la propia seda, pues tenía la misma fuerza y era mucho menos costosa.

Una vez que estuvo listo, hice que mi esposa jurara guardar el secreto respecto a todas mis acciones desde el día de mi primera visita al puesto del vendedor de libros, y, por mi parte, le prometí regresar tan pronto como las circunstancias me lo permitieran; le di el poco dinero que me quedaba y me despedí de ella. No me preocupaba cómo le iría, pues era lo que cualquiera llamaría una mujer excelente, y podía manejar todos los problemas del mundo en mi ausencia. A decir verdad, creo que siempre me consideró un impedimento —un simple peso que cargar; un bueno para nada que solo se la pasaba soñando despierto— y más bien se alegró de deshacerse de mí. Era una noche oscura cuando me despedí de ella; me llevé conmigo, como *aides-de-camp*, a los acreedores que me habían dado tantos problemas, y juntos cargamos el globo, así como la barquilla y los aditamentos, por un camino rebuscado hacia el sitio en donde estaban los demás artículos. Encontramos todo intacto y de inmediato me puse a trabajar.

Era el primer día de abril. La noche era, como dije, oscura; no había ni una estrella en el cielo; una llovizna, que caía de cuando en cuando, nos incomodaba. Pero mi mayor ansiedad tenía que ver con el globo, el cual, a pesar del barniz con el que estaba cubierto, empezó a volverse pesado con el agua; la pólvora también corría peligro. Así que mantuve a mis tres acreedores trabajando con gran diligencia, golpeando el hielo alrededor del barril central y removiendo el ácido de los demás. Sin embargo, no dejaron de importunarme con preguntas sobre lo que tenía planeado hacer con todos esos artefactos, y expresaron mucha insatisfacción respecto al terrible labor al que los estaba sometiendo. No alcanzaban a comprender (o eso dijeron) las ventajas que podían resultar de quedarse bajo la lluvia solamente para ser parte de tan horribles conjuros. Comencé a inquietarme y trabajé con toda mi energía, pues empezaba a percibir que los idiotas creían que había firmado un pacto con el diablo y que, en suma, lo que estaba haciendo ahora no tenía nada de bueno. Por lo tanto, tenía un gran miedo de que me dejaran por completo. Sin embargo, los apacigüé con promesas de pagar todas mis deu-

fy them by promises of payment of all scores in full, as soon as I could bring the present business to a termination. To these speeches they gave of course their own interpretation; fancying, no doubt, that at all events I should come into possession of vast quantities of ready money; and provided I paid them all I owed, and a trifle more, in consideration of their services, I dare say they cared very little what became of either my soul or my carcass.

In about four hours and a half I found the balloon sufficiently inflated. I attached the car, therefore, and put all my implements in it—a telescope; a barometer, with some important modifications; a thermometer; an electrometer; a compass; a magnetic needle; a seconds watch; a bell; a speaking trumpet, etc., etc.—also a globe of glass, exhausted of air, and carefully closed with a stopper—not forgetting the condensing apparatus, some unslacked lime, a stick of sealing wax, a copious supply of water, and a large quantity of provisions, such as pemmican, in which much nutriment is contained in comparatively little bulk. I also secured in the car a pair of pigeons and a cat.

It was now nearly daybreak, and I thought it high time to take my departure. Dropping a lighted cigar on the ground, as if by accident, I took the opportunity, in stooping to pick it up, of igniting privately the piece of slow match, the end of which, as I said before, protruded a little beyond the lower rim of one of the smaller casks. This manœuvre-was totally unperceived on the part of the three duns; and, jumping into the car, I immediately cut the single cord which held me to the earth, and was pleased to find that I shot upwards with inconceivable rapidity, carrying with all ease one hundred and seventy-five pounds of leaden ballast, and able to have carried up as many more. As I left the earth, the barometer stood at thirty inches, and the centigrade thermometer at 19°.

Scarcely, however, had I attained the height of fifty yards, when, roaring and rumbling up after me in the most tumultuous and terrible manner, came so dense a hurricane of fire, and gravel, and burning wood, and blazing metal, and mangled limbs, that my very heart sunk within me, and I fell down in the bottom of the car, trembling with terror. Indeed, I now perceived that I had entirely overdone the business, and that the main consequences of the shock were yet to be experienced. Accordingly, in less than a second, I felt all the blood in

das en cuanto el presente negocio llegara a su conclusión. A estas palabras ellos le dieron su propia interpretación, y decidieron, sin duda, que mientras llegara a mi posesión una gran cantidad de dinero y les pagara todo lo que les debía, además de algo como pago por sus servicios, lo que le pasara a mi alma o a mi cuerpo era de poco interés para ellos.

El globo se infló lo suficiente después de aproximadamente cuatro horas y media. Le incorporé la barquilla y agregué todos los instrumentos: un telescopio, un barómetro con algunas importantes modificaciones, un termómetro, un electrómetro, una brújula, una aguja magnética, un reloj segundero, una campana, un megáfono, etc., etc., además de un globo de cristal cerrado al vacío cuidadosamente con un tapón, un aparato condensador, cal, una barra de cera para sellos, una copiosa cantidad de agua y muchas provisiones como el *pemmican,* alimento concentrado de alto valor alimenticio y bajo volumen. También metí en la barquilla un par de palomas y una gata.

Se acercaba el amanecer y consideré que ya era mi momento de partir. Dejé caer un cigarro encendido en el suelo, como por accidente, y, al agacharme a recogerlo, aproveché la oportunidad para encender en secreto un pedazo de la mecha, cuyo final, como dije antes, sobresalía ligeramente del borde inferior de uno de los barriles pequeños. Esta maniobra pasó totalmente desapercibida por los tres acreedores, y, después de saltar dentro de la barquilla, inmediatamente corté la cuerda que ataba el globo al suelo. Me dio gusto ver que tanto yo como los setenta y nueve kilogramos de lastre nos disparamos hacia arriba con una rapidez inconcebible; incluso pude haber cargado mucho más. Al dejar el suelo, el barómetro marcaba setenta y seis centímetros y el termómetro, diecinueve grados centígrados.

Empero, apenas había alcanzado cuarenta y cinco metros de altura cuando, rugiendo y retumbando de una manera terrible y tumultuosa, me alcanzó un huracán de fuego, grava, madera ardiente, metal incandescente y miembros destrozados tan denso que hasta mi propio corazón se detuvo y me caí al suelo de la barquilla, temblando de miedo. Con esto me di cuenta de que había sobrestimado la cantidad de pólvora y que todavía quedaban por sufrir las consecuencias más graves de la explosión. En efecto, menos de un segundo después, sentí cómo

my body rushing to my temples, and, immediately thereupon, a concussion, which I shall never forget, burst abruptly through the night and seemed to rip the very firmament asunder. When I afterwards had time for reflection, I did not fail to attribute the extreme violence of the explosion, as regarded myself, to its proper cause—my situation directly above it, and in the line of its greatest power. But at the time, I thought only of preserving my life. The balloon at first collapsed, then furiously expanded, then whirled round and round with sickening velocity, and finally, reeling and staggering like a drunken man, hurled me over the rim of the car, and left me dangling, at a terrific height, with my head downward, and my face outward, by a piece of slender cord about three feet in length, which hung accidentally through a crevice near the bottom of the wicker-work, and in which, as I fell, my left foot became most providentially entangled. It is impossible—utterly impossible—to form any adequate idea of the horror of my situation. I gasped convulsively for breath—a shudder resembling a fit of the ague agitated every nerve and muscle in my frame—I felt my eyes starting from their sockets—a horrible nausea overwhelmed me—and at length I lost all consciousness in a swoon.

How long I remained in this state it is impossible to say. It must, however, have been no inconsiderable time, for when I partially recovered the sense of existence, I found the day breaking, the balloon at a prodigious height over a wilderness of ocean, and not a trace of land to be discovered far and wide within the limits of the vast horizon. My sensations, however, upon thus recovering, were by no means so replete with agony as might have been anticipated. Indeed, there was much of madness in the calm survey which I began to take of my situation. I drew up to my eyes each of my hands, one after the other, and wondered what occurrence could have given rise to the swelling of the veins, and the horrible blackness of the finger nails. I afterwards carefully examined my head, shaking it repeatedly, and feeling it with minute attention, until I succeeded in satisfying myself that it was not, as I had more than half suspected, larger than my balloon. Then, in a knowing manner, I felt in both my breeches pockets, and, missing therefrom a set of tablets and a tooth-pick case, endeavored to account for their disappearance, and, not being able to do so, felt inexpressibly chained. It now occurred to me that I suffered great uneasiness in the joint of my left ankle, and a dim consciousness of my situation began to glimmer through my mind.

la sangre se reunía en mis sienes y de inmediato una concusión que nunca olvidaré destrozó la noche y me hizo sentir que incluso el propio firmamento había quedado hecho pedazos. Cuando tuve tiempo para reflexionar, más tarde, sobre la extrema violencia de la explosión, me di cuenta de que, según mi opinión, mi posición sobre ella me había dejado directamente en el camino de la mayor parte de su poder. Pero, en su momento, solo pude pensar en preservar mi vida. En un principio, el globo colapsó, pero luego se expandió furiosamente, dio vueltas y vueltas con una velocidad nauseabunda, y, finalmente, tambaleándose y balanceándose como un ebrio, me aventó por la borda de la barquilla y me dejó colgado bocabajo, a una altura aterradora, mirando hacia el cielo, por medio de un pedazo de delgada cuerda que se había quedado por accidente cerca del fondo de la barquilla y en la que, al caer, mi pie izquierdo se había enredado casi por intervención divina. Es imposible —totalmente imposible— replicar adecuadamente el terror que sentí en ese momento. Traté de respirar, jadeando, en convulsiones; un temblor parecido a un ataque de fiebre agitó cada nervio y músculo de mi cuerpo; sentí cómo mis ojos se salían de sus cuencas; una horrible náusea me envolvió... hasta que perdí toda conciencia y me desmayé.

No hay manera de saber cuánto tiempo estuve en ese estado. Sin embargo, debió haber sido un tiempo considerable, pues cuando recobré parcialmente la conciencia, el día ya amanecía, el globo volaba a una altura prodigiosa sobre un océano desierto y no quedaba ni una mancha de tierra a la vista en ninguno de los límites del horizonte. Después de recuperarme, no me sentía tan adolorido como uno hubiera esperado. Hubo mucho de locura en la calmada inspección de mi situación que empecé a realizar. Pasé mi vista por mis manos, una después de la otra, y me pregunté qué pudo haber pasado para causar tal dilatación en las venas y horrible negritud de las uñas. Después examiné con cuidado mi cabeza, agitándola repetidamente y prestándole gran atención, hasta que quedé convencido de que no había quedado, como había temido, más grande que mi globo. Tanteé los bolsillos de mis calzoncillos esperando encontrar un par de tabletas y un palillero, pero, al notar que no estaban, intenté recordar cuándo desaparecieron; cuando fallé, me sentí inexplicablemente preocupado. Hasta entonces me di cuenta de que sentía una gran molestia en el tobillo izquierdo y una vaga conciencia de mi situación empezó a formarse en mi mente. Empero —¡es extraño decirlo!—, no me sentía ni sorprendido ni aterrado. Si sentí algo en absoluto, fue un tipo de traviesa satisfacción por la astucia que estaba

But, strange to say! I was neither astonished nor horror-stricken. If I felt any emotion at all, it was a kind of chuckling satisfaction at the cleverness I was about to display in extricating myself from this dilemma; and never, for a moment, did I look upon my ultimate safety as a question susceptible of doubt. For a few minutes I remained wrapped in the profoundest meditation. I have a distinct recollection of frequently compressing my lips, putting my fore-finger to the side of my nose, and making use of other gesticulations and grimaces common to men who, at ease in their arm-chairs, meditate upon matters of intricacy or importance. Having, as I thought, sufficiently collected my ideas, I now, with great caution and deliberation, put my hands behind my back, and unfastened the large iron buckle which belonged to the waistband of my pantaloons. This buckle had three teeth, which, being somewhat rusty, turned with great difficulty on their axis. I brought them, however, after some trouble, at right angles to the body of the buckle, and was glad to find them remain firm in that position. Holding within my teeth the instrument thus obtained, I now proceeded to untie the knot of my cravat. I had to rest several times before I could accomplish this manœuvre; but it was at length accomplished. To one end of the cravat I then made fast the buckle, and the other end I tied, for greater security, tightly around my wrist. Drawing now my body upwards, with a prodigious exertion of muscular force, I succeeded, at the very first trial, in throwing the buckle over the car, and entangling it, as I had anticipated, in the circular rim of the wicker-work.

My body was now inclined towards the side of the car, at aft angle of about forty-five degrees; but it must not be understood that I was therefore only forty-five degrees below the perpendicular. So far from it, I still lay nearly level with the plane of the horizon; for the change of situation which I had acquired, had forced the bottom of the car considerably outward from my position, which was accordingly one of the most imminent peril. It should be remembered, however, that when I fell, in the first instance, from the car, if I had fallen with my face turned toward the balloon, instead of turned outwardly from it as it actually was—or if, in the second place, the cord by which I was suspended had chanced to hang over the upper edge, instead of through a crevice near the bottom of the car—I say it may readily be conceived that, in either of these supposed eases, I should have been unable to accomplish even as much as I had now accomplished, and

a punto de desplegar para salvarme de aquel dilema; además, nunca, ni por un momento, mi seguridad fue puesta en entredicho. Me quedé envuelto en una profunda meditación por unos momentos. Recuerdo distintivamente haber presionado mis labios con frecuencia, haber apoyado un dedo en la nariz y haber realizado otras gesticulaciones y gestos comunes para los hombres que, sentados tranquilamente en sus sillones, meditan sobre asuntos de gran dificultad o importancia. Una vez que consideré que había recolectado mis ideas con suficiencia, coloqué las manos detrás de la espalda, con gran cuidado y deliberación, y desabroché la gran hebilla de metal del cinturón en mis pantalones. Esta hebilla tenía tres dientes que, al estar ya algo oxidados, giraban con dificultad sobre el eje. Sin embargo, después de algo de lucha, los moví de manera que formaran ángulos rectos contra la estructura de la hebilla y me alegró ver que no se movieron de esa posición. Con dicho instrumento agarrado entre mis dientes, procedí a desatar el nudo de mi corbata. Tuve que descansar varias veces antes de poder completar la maniobra, pero después de un momento lo logré. Até la hebilla a un extremo de la corbata, mientras el otro extremo lo até, para mayor seguridad, alrededor de mi cintura. Después erguí mi cuerpo por medio de una prodigiosa muestra de fuerza muscular y logré lanzar la hebilla, en mi primer intento, hacia la barquilla, de manera que se agarró, como esperaba, al borde redondeado del mimbre.

Mi cuerpo quedó inclinado hacia un lado de la barquilla, en un ángulo de unos cuarenta y cinco grados, pero no debe entenderse que por esto me encontrara solo cuarenta y cinco grados debajo de la perpendicular. Lejos de ello, todavía estaba casi a nivel del horizonte, ya que el cambio que había propiciado había hecho que la barquilla también se desplazara hacia afuera, momento en el que me encontré en el mayor peligro. Sin embargo, recordemos que cuando caí de la barquilla, en primera instancia, si hubiera sido con el rostro volteado hacia el globo, en lugar de hacia fuera como fue, o si, en segunda instancia, la cuerda de la que colgaba hubiera caído del borde superior, en lugar del fondo de la barquilla, en cualquiera de esos casos, estoy seguro, no hubiera sido capaz de lograr ni siquiera lo que había acabado de hacer, y todo lo que he escrito hasta ahora se hubiera perdido completamente para la posteridad. De manera que tenía muchas razones para estar agradecido, aunque,

the disclosures now made would have been utterly lost to posterity. I had therefore every reason to be grateful; although, in point of fact, I was still too stupid to be any thing at all, and hung for, perhaps, a quarter of an hour, in that extraordinary manner, without making the slightest farther exertion, and in a singularly tranquil state of idiotic enjoyment. But this feeling did not fail to die rapidly away, and thereunto succeeded horror, and dismay, and a sense of utter helplessness and ruin. In fact, the blood so long accumulating in the vessels of my head and throat, and which had hitherto buoyed up my spirits with delirium, had now begun to retire within their proper channels, and the distinctness which was thus added to my perception of the danger, merely served to deprive me of the self-possession and courage to encounter it. But this weakness was, luckily for me, of no very long duration. In good time came to my rescue the spirit of despair, and, with frantic cries and struggles, I jerked my way bodily upwards, till, at length, clutching with a vice-like grip the long-desired rim, I writhed my person over it, and fell headlong and shuddering within the car.

It was not until some time afterward that I recovered myself sufficiently to attend to the ordinary cares of the balloon. I then, however, examined it with attention, and found it, to my great relief, uninjured. My implements were all safe, and, fortunately, I had lost neither ballast nor provisions. Indeed, I had so well secured them in their places, that such an accident was entirely out of the question. Looking at my watch, I found it six o'clock. I was still rapidly-ascending, and the barometer gave a present altitude of three and three-quarter miles. Immediately beneath me in the ocean, lay a small black object, slightly oblong in shape, seemingly about the size of a domino, and in every respect bearing a great resemblance to one of those toys. Bringing my telescope to bear upon it, I plainly discerned it to be a British ninety-four gun ship, close-hauled, and pitching heavily in the sea with her head to the W. S. W. Besides this ship, I saw nothing but the ocean and the sky, and the sun, which had long arisen.

It is now high time that I should explain to your Excellencies the object of my voyage. Your Excellencies will bear in mind that distressed circumstances in Rotterdam had at length driven me to the resolution of committing suicide. It was not, however, that to life itself I had any positive disgust, but that I was harassed beyond endurance

en realidad, todavía estaba demasiado aturdido como para pensar en absoluto, así que me quedé colgando, durante un cuarto de hora, de esa manera extraordinaria, sin realizar el menor esfuerzo, en un tranquilo estado de estúpido goce. Pero este estado no tardó en desaparecer, y entonces le sucedió el horror, la preocupación y un sentimiento de total impotencia y miseria. En realidad, los ríos de sangre que ya llevaban tanto tiempo acumulándose en los vasos de mi cabeza y mi garganta, y que habían llevado a mi alma hasta el delirio, ya empezaban a retirarse a sus canales correspondientes, y la claridad del peligro que se le agregó a mi percepción solamente sirvió para robarme la entereza y la valentía necesaria para enfrentarlo. Pero esta debilidad, afortunadamente para mí, no duró demasiado. En buen tiempo llegó el espíritu de la desesperación a mi rescate y, con frenéticos gritos e intentos, empujé mi cuerpo hacia arriba, hasta que, agarrando el tan anhelado borde con todas mis fuerzas, me retorcí hasta que conseguí caer, de cabeza y temblando, dentro de la barquilla.

Me tomó algún tiempo recuperarme lo suficiente como para atender a los cuidados ordinarios del globo. Pero una vez examinado con atención, me dio alivio encontrarlo en perfecto estado. Todos mis aditamentos estaban a salvo y, afortunadamente, no había perdido ni lastre ni provisiones. Los había asegurado tan bien que un accidente como ese ni siquiera era posible. Al ver mi reloj, vi que eran las seis en punto. Todavía estaba ascendiendo con velocidad, y el barómetro marcaba una altitud de seis kilómetros. Inmediatamente debajo de mí, en el océano, había un pequeño objeto negro de forma oblonga, como del tamaño de una pieza de dominó, y en todo aspecto muy parecido a ella. Utilicé mi telescopio para mirarlo y descubrí que era un barco británico de noventa y cuatro cañones, ceñido y cabeceando pesadamente en el mar con su proa hacia el O. S. O. Además de este barco, no vi nada más que el océano, el cielo y el sol, que había salido hacía tiempo.

Ya es tiempo de explicar a Sus Excelencias el objetivo de mi viaje. Como Sus Excelencias recordarán, fueron las circunstancias desesperadas de Rotterdam las que me arrastraron a la resolución de cometer suicidio. Empero, no se trató de un disgusto hacia la vida misma, sino de una insoportable angustia derivada de la miseria de mi situación. En

by the adventitious miseries attending my situation. In this state of mind, wishing to live, yet wearied with life, the treatise at the stall of the bookseller, backed by the opportune discovery of my cousin of Nantz, opened a resource to my imagination. I then finally made up my mind. I determined to depart, yet live—to leave the world, yet continue to exist—in short, to drop enigmas, I resolved, let what would ensue, to force a passage, if I could, *to the moon*. Now, lest I should be supposed more of a madman than I actually am, I will detail, as well as I am able, the considerations which led me to believe that an achievement of this nature, although without doubt difficult, and full of danger, was not absolutely, to a bold spirit, beyond the confines of the possible.

The moon's actual distance from the earth was the first thing to be attended to. Now, the mean or average interval between the *centres* of the two planets is 59.9643 of the earth's equatorial *radii*, or only about 237,000 miles. I say the mean or average interval;—but it must be borne in mind, that the form of the moon's orbit being an ellipse of eccentricity amounting to no less than 0.05484 of the major semi-axis of the ellipse itself, and the earth's centre being situated in its focus, if I could, in any manner, contrive to meet the moon in its perigee, the above-mentioned distance would be materially diminished. But to say nothing, at present, of this possibility, it was very certain that, at all events, from the 237,000 miles I would have to deduct the *radius* of the earth, say 4000, and the radius of the moon, say 1080, in all 5080, leaving an actual interval to be traversed, under average circumstances, of 231,920 miles. Now this, I reflected, was no very extraordinary distance. Travelling on the land has been repeatedly accomplished at the rate of sixty miles per hour; and indeed a much greater speed may be anticipated. But even at this velocity, it would take me no more than 161 days to reach the surface of the moon. There were, however, many particulars inducing me to believe that my average rate of travelling might possibly very much exceed that of sixty miles per hour, and, as these considerations did not fail to make a deep impression upon my mind, I will mention them more fully hereafter.

The next point to be regarded was one of far greater importance. From indications afforded by the barometer, we find that, in ascensions from the surface of the earth we have, at the height of a 1000

este estado mental, con deseos de vivir, pero cansado de la vida, ese tratado del puesto del vendedor de libros, además del oportuno descubrimiento de mi primo de Nantes, abrió una ventana de mi imaginación. Así que finalmente me decidí. Estaba determinado a irme, pero vivir —a dejar el mundo, pero seguir existiendo—; en suma, para dejar de lado los enigmas, decidí, pasara lo que pasara, abrirme paso, si podía, *hasta la Luna*. Ahora bien, para que no se me suponga más loco de lo que realmente soy, detallaré, tan bien como pueda, las consideraciones que me llevaron a creer que un logro de esta naturaleza, aunque sin duda difícil y lleno de peligro, no estaba, para un espíritu atrevido, fuera de los confines de lo posible.

La verdadera distancia entre la Luna y la Tierra fue lo primero que consideré. El intervalo medio o promedio entre los *centros* de los dos planetas es 59,9643 veces el *radio* ecuatorial de la Tierra, o solo unos 381 414 kilómetros. Me refiero al intervalo medio o promedio, pero debe tenerse en cuenta que la órbita de la Luna tiene forma de elipse y tiene una excentricidad que no baja a menos de 0,05484 veces el semieje mayor de la propia elipse, además de que el centro de la Tierra está situado en su foco. Si pudiera, de alguna manera, lograr encontrarme con la Luna en su perigeo, la distancia antes mencionada se vería considerablemente disminuida. Pero para no hablar, por el momento, de esta posibilidad, era seguro que, en todo caso, de esos 381 414 kilómetros tendría que deducir el *radio* de la Tierra, digamos 6 437, y el radio de la Luna, digamos 1 738, en total 8 175, de manera que quedara un intervalo real a recorrer, en circunstancias medias, de 373 239 kilómetros. Y esto, pensé, no era una distancia demasiado extraordinaria. Se han realizado repetidamente viajes por tierra a una velocidad de noventa y seis kilómetros por hora y, de hecho, se podía anticipar una velocidad mucho mayor. Pero incluso a esta velocidad, me tomaría 161 días llegar a la superficie de la Luna. Sin embargo, hubo muchos detalles que me indujeron a creer que mi velocidad promedio de viaje posiblemente podría exceder por mucho la de noventa y seis kilómetros por hora y, como estas consideraciones no dejaron de causar una profunda impresión en mi mente, las mencionaré con más detalle más adelante.

El siguiente punto lo consideré con mucha más atención. Según las indicaciones proporcionadas por el barómetro, podemos ver que, en las ascensiones desde la superficie de la Tierra, a una altura de 304 metros,

feet, left below us about one-thirtieth of the entire mass of atmospheric air; that at 10,600, we have ascended through nearly one-third; and that at 18,000, which is not far from the elevation of Cotopaxi, we have surmounted one-half the material, or, at all events, one-half the *ponderable* body of air incumbent upon our globe. It is also calculated, that at an altitude not exceeding the hundredth part of the earth's diameter—that is, not exceeding eighty miles—the rarefaction would be so excessive that animal life could in no manner be sustained, and, moreover, that the most delicate means we possess of ascertaining the presence of the atmosphere, would be inadequate to assure us of its existence. But I did not fail to perceive that these latter calculations are founded altogether on our experimental knowledge of the properties of air, and the mechanical laws regulating its dilation and compression, in what may be called, comparatively speaking, *the immediate vicinity* of the earth itself; and, at the same time, it is taken for granted that animal life is and must be essentially *incapable of modification* at any given unattainable distance from the surface. Now, all such reasoning and from such *data*, must of course be simply analogical. The greatest height ever-reached by man was that of 25,000 feet, attained in the æronautic expedition of Messieurs Gay-Lussac and Biot. This is a moderate altitude, even when compared with the eighty miles in question; and I could not help thinking that the subject admitted room for doubt, and great latitude for speculation.

But, in point of fact, an ascension being made to any given altitude, the ponderable quantity of air surmounted in any *farther* ascension, is by no means in proportion to the additional height ascended, (as may be plainly seen from what has been stated before,) but in a *ratio* constantly decreasing. It is therefore evident that, ascend as high as we may, we cannot, literally speaking, arrive at a limit beyond which *no* atmosphere is to be found. It *must exist*, I argued; although it *may* exist in a state of infinite rarefaction.

On the other hand, I was aware that arguments have not been wanting to prove the existence of a real and definite limit to the atmosphere, beyond which there is absolutely no air whatsoever. But a circumstance which has been left out of view by those who contend for such a limit, seemed to me, although no positive refutation of their creed, still a point worthy very serious investigation. On com-

dejamos debajo de nosotros aproximadamente una trigésima parte de la masa total de aire atmosférico; que a 3 230, ascendemos a través de casi un tercio; y que a 5 486, que no está lejos de la elevación del Cotopaxi, superamos la mitad del cuerpo material, o en todo caso, la mitad del cuerpo *ponderable* de aire que recae sobre nuestro globo. Se calcula asimismo que a una altitud más allá de la centésima parte del diámetro de la Tierra —es decir, más allá de los 128 kilómetros— el enrarecimiento del aire sería tan excesivo que la vida animal no podría de ninguna manera sostenerse y, además, que los medios más delicados que poseemos para determinar la presencia de la atmósfera serían inadecuados para asegurarnos de su existencia. Pero no olvidé que estos últimos cálculos están fundados enteramente en nuestro conocimiento experimental de las propiedades del aire y de las leyes mecánicas que regulan su dilatación y compresión, en lo que podría llamarse, comparativamente hablando, la *vecindad inmediata* de la Tierra misma; y, al mismo tiempo, se da por sentado que la vida animal es y debe ser esencialmente *incapaz de modificarse* a cualquier distancia inalcanzable de la superficie. Ahora bien, todo este razonamiento y estos *datos* no pueden ser sino analógicos. La mayor altura alcanzada en la historia fue de 7 620 metros, obtenida en la expedición aeronáutica de los caballeros franceses Gay-Lussac y Biot. Esta es una altura moderada, incluso en comparación con los 128 kilómetros en cuestión, y no podía evitar preguntarme si el tema admitía espacio para la duda y latitud para la especulación.

Pero, en realidad, al realizar una ascensión a una altitud determinada, la cantidad ponderable de aire superada en cualquier ascensión *más lejana* no es de ninguna manera proporcional a la altura adicional ascendida (como puede verse claramente por lo que se ha dicho antes), sino en una *proporción* que disminuye constantemente. Es evidente, pues, que, por muy alto que ascendamos, no podemos, literalmente hablando, llegar a un límite más allá del cual *no* haya atmósfera. *Debe existir*, argumenté, aunque sea en un estado de enrarecimiento infinito.

Por otra parte, sabía que no faltaban argumentos para demostrar la existencia de un límite real y definido de la atmósfera, más allá del cual no hay aire en absoluto. Pero una circunstancia que ha sido pasada por alto por aquellos que defienden tal límite, me pareció, aunque no una refutación positiva de su credo, un punto que merece una investigación muy seria. Comparando los intervalos entre las llegadas sucesivas del

paring the intervals between the successive arrivals of Encke's comet at its perihelion, after giving credit, in the most exact manner, for all the disturbances due to the attractions of the planets, it appears that the periods are gradually diminishing; that is to say, the major axis of the comet's ellipse is growing shorter, in a low but perfectly regular decrease. Now, this is precisely what ought to be the case, if we suppose a resistance experienced from the comet from an extremely *rare ethereal medium* pervading the regions of its orbit. For it is evident that such a medium must, in retarding the comet's velocity, increase its centripetal, by weakening its centrifugal force. In other words, the sun's attraction would be constantly attaining greater power, and the comet would. be drawn nearer at every revolution. Indeed, there is no other way of accounting for the variation in question. But again:—The real diameter of the same comet's nebulosity, is observed to contract rapidly as it approaches the sun, and dilate with equal rapidity in its departure toward its aphelion. Was I not justifiable in supposing, with M. Valz, that this apparent condensation of volume has its origin in the compression of the same ethereal medium I have spoken of before, and which is dense in proportion to its vicinity to the sun? The lenticular-shaped phenomenon, also, called the zodiacal light, was a matter worthy of attention. This radiance, so apparent in the tropics, and which cannot be mistaken for any meteoric lustre, extends from the horizon obliquely upwards, and follows generally the direction of the sun's equator. It appeared to me evidently in the nature of a rare atmosphere extending from the sun outwards, beyond the orbit of Venus at least, and I believed indefinitely farther.[3] Indeed, this medium I could not suppose confined to the path of the comet's ellipse, or to the immediate neighborhood of the sun. It was easy, on the contrary, to imagine it pervading the entire regions of our planetary system, condensed into what we call atmosphere at the planets themselves, and perhaps at some of them modified by considerations purely geological; that is to say, modified, or varied in its proportions (or absolute nature) by matters volatilized from the respective orbs.

Having adopted this view of the subject, I had little farther hesitation. Granting that on my passage I should meet with atmosphere

---

3   The zodiacal light is probably what the ancients called *Trabes. Emicant Trabes quos docos vocant.*—Pliny lib. 2, p. 26.

cometa de Encke a su perihelio, después de haber atribuido, de la manera más exacta, todas las perturbaciones debidas a las atracciones de los planetas, parece que los períodos van disminuyendo poco a poco; es decir, el eje mayor de la elipse del cometa se va acortando, en un decrecimiento lento pero perfectamente regular. Ahora bien, esto es precisamente lo que debería suceder si suponemos que el cometa experimenta una resistencia debido a un *medio etéreo* extremadamente enrarecido que impregna las regiones de su órbita, pues es evidente que tal medio debe, al retardar la velocidad del cometa, aumentar su fuerza centrípeta a la vez que debilitar su fuerza centrífuga. En otras palabras, la atracción del sol adquiriría cada vez mayor fuerza y el cometa se vería más próximo a cada revolución. No hay otra manera de explicar la variación en cuestión. Pero, además, se observa que el diámetro real de la nebulosidad del mismo cometa se contrae rápidamente a medida que se aproxima al sol y se dilata con igual rapidez en su partida hacia su afelio. ¿No tenía razón al suponer, junto con el señor Valz, que esta aparente condensación de volumen tiene su origen en la compresión del mismo medio etéreo del que he hablado antes, medio cuya densidad se modifica en proporción a su proximidad al sol? El fenómeno de forma lenticular, también llamado luz zodiacal, era un asunto digno de atención. Este resplandor, tan evidente en los trópicos e inconfundible con el brillo meteórico, se extiende desde el horizonte oblicuamente hacia arriba y sigue generalmente la dirección del ecuador solar. Me pareció evidente que esta era la naturaleza de una atmósfera enrarecida que se extiende desde el sol hacia afuera, más allá de la órbita de Venus al menos, y creía que indefinidamente más lejos.[5] De hecho, no podía suponer que este medio estuviera confinado a la trayectoria de la elipse del cometa o a la vecindad inmediata del sol. Era fácil, por el contrario, imaginarla impregnando regiones enteras de nuestro sistema planetario, condensándose en lo que llamamos atmósfera en los propios planetas, y tal vez en algunos de ellos siendo modificada por consideraciones puramente geológicas; es decir, la atmósfera se vería modificada o cambiarían sus proporciones (o naturaleza absoluta) por materias que se hicieron volátiles desde los respectivos orbes.

Habiendo adoptado este punto de vista sobre el tema, no tuve más dudas. Tomando en cuenta que en mi trayecto me encontraría con una

---

5   La luz zodiacal es probablemente lo que los antiguos llamaban *Trabes, Emicant Trabes quos docos vocant.* Plinio, lib. 2, pág. 26.

essentially the same as at the surface of the earth, conceived that, by means of the very ingenious apparatus of M. Grimm, I should readily be enabled to condense it in sufficient quantity for the purposes of respiration. This would remove the chief obstacle in a journey to the moon. I had indeed spent some money and great labor in adapting the apparatus to the object intended, and confidently looked forward to its successful application, if I could manage to complete the voyage within any reasonable period.—This brings me back to the *rate* at which it would be possible to travel.

It is true that balloons, in the first stage of their ascensions from the earth, are known to rise with a velocity comparatively moderate. Now, the power of elevation lies altogether in the superior gravity of the atmospheric air compared with the gas in the balloon; and, at first sight, it does not appear probable that, as the balloon acquires altitude, and consequently arrives successively in atmospheric *strata* of densities rapidly diminishing—I say, it does not appear at all reasonable that, in this its progress upward, the original velocity should be accelerated. On the other hand, I was not aware that, in any recorded ascension, a *diminution* had been proved to be apparent in the absolute rate of ascent; although such should have been the case, if on account of nothing else, on account of the escape of gas through balloons ill-constructed, and varnished with no better material than the ordinary varnish. It seemed, therefore, that the effect of such escape was only sufficient to counterbalance the effect of the acceleration attained in the diminishing of the balloon's distance from the gravitating centre. I now considered that, provided in my passage I found the medium I had imagined, and provided it should prove to be essentially what we denominate atmospheric air, it could make comparatively little difference at what extreme state of rarefaction I should discover it—that is to say, in regard to my power of ascending—for the gas in the balloon would not only be itself subject to similar rarefaction, (in proportion to the occurrence of which, I could suffer an escape of so much as would be requisite to prevent explosion,) but, being what it was, would, at all events, continue specitically lighter than any compound whatever of mere nitrogen and oxygen. Thus there was a chance—in fact, there was a strong probability—that, *at no epoch of my ascent, I should reach a point where the united weights of my immense balloon, the inconceivably rare gas within it, the car, and its contents, should equal the weight of the mass of the surrounding atmosphere*

atmósfera *esencialmente* igual a la de la superficie de la Tierra, imaginé que, por medio del ingenioso aparato del señor Grimm, podría condensarla fácilmente y en cantidad suficiente para los fines de la respiración. Esto eliminaría el principal obstáculo de un viaje lunar. Ciertamente había gastado mucho dinero y trabajo para adaptar el aparato al objetivo previsto y esperaba con confianza su aplicación exitosa, si es que lograba completar el viaje en un período de tiempo razonable. Esto me lleva de nuevo a la *velocidad* a la que sería posible viajar.

Es cierto que se sabe que los globos, en la primera etapa de su ascenso desde el suelo, se elevan con una velocidad comparativamente moderada, pero el poder de elevación reside enteramente en la gravedad superior del aire atmosférico comparado con el gas en el globo. Y, a primera vista, no parece probable en absoluto que, a medida que el globo adquiere altitud y, en consecuencia, llega sucesivamente a estratos atmosféricos cuyas densidades disminuyen rápidamente, según pienso, en su progreso ascendente, la velocidad original se acelere. Por otra parte, yo no sabía de ninguna ascensión registrada en la que se hubiera demostrado una *disminución* aparente en la velocidad absoluta de ascenso, aunque tal debería haber sido el caso, si no por otra cosa, por el escape de gas a través de globos mal construidos y barnizados sin mejor material que el barniz ordinario. Parecía, pues, que el efecto de tal escape solo era suficiente para contrarrestar el efecto de la aceleración alcanzada al disminuir la distancia del globo respecto del centro gravitacional. Entonces consideré que, siempre que en mi paso encontrara el medio que había imaginado, y siempre que resultara ser esencialmente lo que denominamos aire atmosférico, podría haber comparativamente poca diferencia en qué estado extremo de rarefacción lo descubriera —es decir, con respecto a mi poder de ascenso—, ya que el gas en el globo no solo estaría sujeto a una rarefacción similar (en proporción a la ocurrencia de la cual podría permitir un escape de lo que fuera necesario para evitar la explosión), sino que, siendo lo que era, en todo caso, continuaría específicamente más ligero que cualquier compuesto de mero nitrógeno y oxígeno. Así pues, existía una posibilidad —de hecho, existía una fuerte probabilidad— de que, *en ningún momento de mi ascenso alcanzara un punto en que los pesos unidos de mi inmenso globo, el gas inconcebiblemente ligero que lo llenaba, la barquilla y su contenido, igualaran el peso de la masa de la atmósfera circundante desplazada,* y esto se comprenderá fácilmente como la única condición bajo la cual se detendría mi vuelo

displaced; and this will be readily understood as the sole condition upon which my upward flight would be arrested. But, if this point were even attained, I could dispense with ballast and other weight to the amount of nearly 300 pounds. In the meantime, the force of gravitation would be constantly diminishing, in proportion to the squares of the distances, and so, with a velocity prodigiously accelerating, I should at length arrive in those distant regions where the force of the earth's attraction would be superseded by that of the moon.

There was another difficulty however, which occasioned me some little disquietude. It has been observed, that, in balloon ascensions to any considerable height, besides the pain attending respiration, great uneasiness is experienced about the head and body, often accompanied with bleeding at the nose, and other symptoms of an alarming kind, and growing more and more inconvenient in proportion to the altitude attained.[4] This was a reflection of a nature somewhat startling. Was it not probable that these symptoms would increase until terminated by death itself. I finally thought not. Their origin was to be looked for in the progressive removal of the *customary* atmospheric pressure upon the surface of the body, and consequent distention of the superficial blood-vessels—not in any positive disorganization of the animal system, as in the case of difficulty in breathing, where the atmospheric density is *chemically insufficient* for the due renovation of blood in a ventricle of the heart. Unless for default of this renovation, I could see no reason, therefore, why life could not be sustained even in a vacuum; for the expansion and compression of chest, commonly called breathing, is action purely muscular, and the *cause*, not the *effect*, of respiration. In a word, I conceived that, as the body should become habituated to the want of atmospheric pressure, these sensations of pain would gradually diminish—and to endure them while they continued, I relied with confidence upon the iron hardihood of my constitution.

Thus, may it please your Excellencies, I have detailed some, though by no means all, the considerations which led me to form the project

4   Since the original publication of Hans Pfaall, I find that Mr. Green, of Nassau balloon notoriety, and other late æronauts, deny the assertions of Humboldt, in this respect, and speak of a *decreasing* inconvenience, —precisely in accordance with the theory here urged.

ascendente. Pero, si se llegase a tal punto, podría prescindir del lastre y demás pesos que juntos representaban poco más de 136 kilogramos. Mientras tanto, la fuerza de gravitación disminuiría constantemente, en proporción a los cuadrados de las distancias, y así, con una velocidad que se aceleraría prodigiosamente, llegaría finalmente a aquellas regiones distantes donde la fuerza de atracción de la Tierra sería superada por la de la Luna.

Empero, había otra dificultad que me causó cierta inquietud. Se ha observado que, en ascensos en globo a cualquier altura considerable, además del dolor que acompaña a la respiración, se experimenta un gran malestar en la cabeza y el cuerpo, a menudo acompañado de sangrado por la nariz y otros síntomas alarmantes que se vuelven cada vez más incómodos en proporción a la altitud alcanzada.[6] Esto era algo que me preocupaba. ¿No era probable que estos síntomas aumentaran hasta que solo la muerte misma los detuviera? Finalmente pensé que no. Su origen debía buscarse en la eliminación progresiva de la presión atmosférica *habitual* sobre la superficie del cuerpo y la consiguiente distensión de los vasos sanguíneos superficiales, no en una desorganización del sistema animal, como en el caso de la dificultad para respirar, cuando la densidad atmosférica es *químicamente insuficiente* para la debida renovación de la sangre en un ventrículo del corazón. A menos que fuera por falta de esta renovación, no encontraba ninguna razón, por lo tanto, por la cual la vida no pudiera mantenerse incluso en el vacío, pues la expansión y compresión del pecho, comúnmente llamada respiración, es una acción puramente muscular y la *causa*, no el *efecto*, de la respiración. En pocas palabras, pensé que, a medida que el cuerpo se acostumbrara a la falta de presión atmosférica, estas sensaciones de dolor disminuirían gradualmente y, para soportarlas mientras continuaran, confiaba en la férrea resistencia de mi constitución.

Así pues, esperando que a Sus Excelencias les plazca, he detallado

6   Posteriormente a la publicación de Hans Pfaall, me entero de que el señor Green, célebre aeronauta del Nassau, y otros aeronautas posteriores, contradicen las afirmaciones de Humboldt respecto a esto y hablan de la progresiva disminución de los trastornos, lo cual concuerda con la teoría que presentamos.

of a lunar voyage. I shall now proceed to lay before you the result of an attempt so apparently audacious in conception, and, at all events, so utterly unparalleled in the annals of mankind.

Having attained the altitude before mentioned—that is to say, three miles and three quarters—I threw out from the car a quantity of feathers, and found that I still ascended with sufficient rapidity; there was, therefore, no necessity for discharging any ballast. I was glad of this, for I wished to retain with me as much weight as I could carry, for the obvious reason that I could not be *positive* either about the gravitation or the atmospheric density of the moon. I as yet suffered no bodily inconvenience, breathing with great freedom, and feeling no pain whatever in the head. The cat was lying very demurely upon my coat, which I had taken off, and eyeing the pigeons with an air of *nonchalance*. These latter being tied by the leg, to prevent their escape, were busily employed in picking up some grains of rice scattered for them in the bottom of the car.

At twenty minutes past six o'clock, the barometer showed an elevation of 26,400 feet, or five miles to a fraction. The prospect seemed unbounded. Indeed, it is very easily calculated by means of spherical geometry, how great an extent of the earth's area I beheld. The convex surface of any segment of a sphere is, to the entire surface of the sphere itself, as the versed sine of the segment to the diameter of the sphere. Now, in my case, the versed sine—that is to say, the *thickness* of the segment beneath me—was about equal to my elevation, or the elevation of the point of eight above the surface. "As five miles, then, to eight thousand," would express the proportion of the earth's area seen by me. In other words, I beheld as much sixteen-hundredth part of the whole surface of the globe. the sea appeared unruffled part as a mirror, although, by means of the telescope, I could perceive it to be in a state of violent agitation. The ship was no longer visible, having drifted away, apparently, to the eastward. I now began to experience, at intervals, severe pain in the head, especially about the ears—still, however, breathing with tolerable freedom. The cat and pigeons seemed to suffer no inconvenience whatsoever.

At twenty minutes before seven, the balloon entered a long series

algunas, aunque no todas, de las consideraciones que me llevaron a formular el proyecto de un viaje lunar. Ahora procederé a exponerles el resultado de un intento aparentemente tan audaz en su concepción y, en todo caso, tan absolutamente inigualable en los anales de la humanidad.

Habiendo alcanzado la altitud antes mencionada —es decir, seis kilómetros—, arrojé desde el carro un puñado de plumas y descubrí que aún ascendía con suficiente rapidez; por lo tanto, no había necesidad de descargar ningún lastre. Esto me alegró, pues quería conservar conmigo todo el peso que pudiera soportar, por la razón obvia de que no podía estar *seguro* ni de la gravitación ni de la densidad atmosférica de la Luna. Por el momento no sufría ninguna molestia física, respiraba con gran libertad y no sentía ningún dolor de cabeza. La gata estaba recostada muy recatadamente sobre mi abrigo, que me había quitado, y miraba a las palomas con aire de *nonchalance*. Estas últimas, atadas por las patas para impedir que escaparan, se dedicaban a recoger algunos granos de arroz que había esparcido para ellas en el fondo de la barquilla.

A las seis y veinte, el barómetro marcaba una elevación de 8 046 metros. El panorama se veía ilimitado. De hecho, se puede calcular muy fácilmente, mediante geometría esférica, cuán grande era la extensión del área de la Tierra que contemplé. La superficie convexa de cualquier segmento de una esfera es, con respecto a toda la superficie de la esfera misma, igual al seno del segmento respecto al diámetro de la esfera. En mi caso, el seno versado, es decir, el *espesor* del segmento que estaba debajo de mí era aproximadamente igual a mi elevación, o a la elevación del punto ocho sobre la superficie. «Entre 8 000 y 12 000 kilómetros» expresaría la proporción del área de la Tierra que podía ver. En otras palabras, contemplé una parte en 1 600 de toda la superficie del globo. El mar parecía sereno, como un espejo, aunque por medio del telescopio pude percibir que estaba en un estado de violenta agitación. El barco ya no era visible porque aparentemente se había alejado hacia el este. Entonces comencé a sentir, a intervalos, fuertes dolores de cabeza, especialmente alrededor de los oídos, aunque seguía respirando con bastante libertad. La gata y las palomas no parecían sufrir ningún inconveniente.

Veinte minutos antes de las siete, el globo se introdujo en una larga

of dense cloud, which put me to great trouble, by damaging my condensing apparatus, and wetting me to the skin. This was, to be sure, a singular *rencontre*, for I had not believed it possible that a cloud of this nature could be sustained at so great an elevation. I thought it best, however, to throw out five-pound pieces of ballast, reserving still a weight of one hundred and sixty-five pounds. Upon so doing, I soon rose above the difficulty and perceived immediately, that I had obtained a great increase in my rate of ascent. In a few seconds after my leaving the cloud, a flash of vivid lightning shot from one end of it to the other, and caused it to kindle up, throughout its vast extent, like a man of ignited charcoal. This, it must be remembered, was in the broad light of day. No fancy may picture the sublimity which might have been exhibited by a similar phenomenon taking place amid the darkness of the night. Hell itself might then have found a fitting image. Even as it was, my hair stood on end, while I gazed afar down within the yawning abysses, letting imagination descend, and stalk about in the strange vaulted halls, and ruddy gulfs, and red ghastly chasm: of the hideous and unfathomable fire. I had indeed made a narrow escape. Had the balloon remained a very short while longer within the cloud—that is to say, had not the inconvenience of getting wet, determined me to discharge the ballast—my destruction might, and probably would, have been the consequence. Such perils, although little considered, are perhaps the greatest which must be encountered in balloons. I had by this time, however, attained too great an elevation to be any longer uneasy on this head.

I was now rising rapidly, and by seven o'clock the barometer indicated an altitude of no less than nine miles and a half. I began to find great difficulty in drawing my breath. My head, too, was excessively painful; and, having felt for some time a moisture about my cheeks, I at length discovered it to be blood, which was oozing quite fast from the drums of my ears. My eyes, also, gave me great uneasiness. Upon passing the hand over them they seemed to have protruded from their sockets in no inconsiderable degree; and all objects in the car, and even the balloon itself appeared distorted to my vision. These symptoms were more than I had expected, and occasioned me some alarm. At this juncture, very imprudently, and without consideration, I threw out from the car three five-pound pieces of ballast.

serie de densas nubes, lo que me causó grandes problemas; mi aparato condensador se dañó y yo quedé mojado hasta los huesos. Fue este, sin duda, un encuentro singular, pues no había creído posible que una nube de esta naturaleza pudiera mantenerse a tan gran altura. Pensé, sin embargo, que sería mejor tirar trozos de lastre de dos kilogramos, con lo que aún quedaba un peso de setenta y cinco kilogramos. Después de hacerlo, pronto superé la dificultad y percibí inmediatamente que había obtenido un gran aumento en mi velocidad de ascenso. A los pocos segundos de haberme alejado de la nube, un relámpago intenso se extendió de un extremo a otro dentro de ella, haciéndola encender, en toda su vasta extensión, como un hombre de carbón encendido. Hay que recordar que esto ocurrió a plena luz del día. Ninguna fantasía podría imaginar qué tan sublime pudo haber sido un fenómeno similar si este hubiera ocurrido en medio de la oscuridad de la noche. Quizás el mismo infierno hubiera encontrado entonces una imagen adecuada. Aunque no lo era, se me erizaron los cabellos mientras miraba a lo lejos, hacia los abismos extensos, y mi imaginación descendió y deambuló por los extraños salones abovedados, los golfos rojizos y el espanto del averno escarlata: por el fuego horrible e impenetrable. En realidad, había logrado escapar por muy poco. Si el globo hubiera permanecido un poco más de tiempo dentro de la nube —es decir, si el inconveniente de mojarse no me hubiera obligado a descargar el lastre—, mi destrucción podría haber sido, y probablemente habría sido, el resultado. Estos peligros, aunque poco considerados, son quizás los mayores que uno puede encontrar en los globos. Pero en ese momento ya había alcanzado una altura demasiado grande como para seguir sintiéndome incómodo por ese motivo.

El globo subía rápidamente y a las siete en punto el barómetro indicaba una altitud de no menos de quince kilómetros. Empecé a tener grandes dificultades para respirar. También me dolía muchísimo la cabeza y, habiendo sentido durante algún tiempo una humedad en mis mejillas, al final descubrí que era sangre que manaba con mucha rapidez de los tímpanos de mis oídos. También mis ojos me causaban gran inquietud. Al pasar la mano sobre ellos, parecían sobresalir de sus cuencas en un grado más bien alarmante, y todos los objetos en la barquilla, e incluso el globo mismo, se veían distorsionados. Estos síntomas fueron peores de lo que esperaba y me causaron cierta preocupación. En ese momento, muy imprudentemente y sin consideración alguna, arrojé del coche tres trozos de lastre de dos kilogramos. Así aceleró la

The accelerated rate of ascent thus obtained, carried me too rapidly, and without sufficient gradation, into a highly rarefied *stratum* of the atmosphere, and the result had nearly proved fatal to my expedition and to myself. I was suddenly seized with a spasm which lasted for more than five minutes, and even when this, in a measure, ceased, I could catch my breath only at long intervals, and in a gasping manner,—bleeding all the while copiously at the nose and ears, and even slightly at the eyes. The pigeons appeared distressed in the extreme, and struggled to escape; while the cat mewed piteously, and, with her tongue hanging out of her mouth, staggered to and fro in the car as if under the influence of poison. I now too late discovered the great rashness of which I had been guilty in discharging the ballast, and my agitation was excessive. I anticipated nothing less than death, and death in a few minutes. The physical suffering I underwent contributed also to render me nearly incapable of making any exertion for the preservation of my life. I had, indeed, little power of reflection left, and the violence of the pain in my head seemed to be greatly on the increase. Thus I found that my senses would shortly give way altogether, and I had already clutched one of the valve ropes with the view of attempting a descent, when the recollection of the trick I had played the three creditors, and the possible consequences to myself, should I return, operated to deter me for the moment. I lay down in the bottom of the car, and endeavored to collect my faculties. In this I so far succeeded as to determine upon the experiment of losing blood. Having no lancet, however, I was constrained to perform the operation in the best manner I was able, and finally succeeded in opening a vein in my left arm, with the blade of my penknife. The blood had hardly commenced flowing when I experienced a sensible relief, and by the time I had lost about half a moderate basin-full, most of the worst symptoms had abandoned me entirely. I nevertheless did not think it expedient to attempt getting on my feet immediately; but, having tied up my arm as well as I could, I lay still for about a quarter of an hour. At the end of this time I arose, and found myself freer from absolute *pain* of any kind than I had been during the last hour and a quarter of my ascension. The difficulty of breathing, however, was diminished in a very slight degree, and I found that it would soon be positively necessary to make use of my condenser. In the meantime, looking towards the cat, who was again snugly stowed away upon my coat, I discovered, to my infinite surprise, that she had taken the opportunity of my indisposition to bring into light

velocidad de ascenso y me llevó demasiado rápido, y sin suficiente gradación, a un estrato altamente enrarecido de la atmósfera, y el resultado fue casi fatal para mi expedición y para mí. De repente me sobrevino un espasmo que duró más de cinco minutos, y aun cuando este cesó en cierta medida, pude recuperar el aliento solo a largos intervalos y en medio de jadeos, sangrando todo el tiempo copiosamente por la nariz y las orejas, e incluso levemente por los ojos. Las palomas parecían extremadamente angustiadas y luchaban por escapar, mientras que la gata maullaba lastimeramente y, con la lengua de fuera, se tambaleaba de un lado a otro en la barquilla como si estuviera bajo la influencia de un veneno. Descubrí demasiado tarde la gran imprudencia de que había sido culpable al descargar el lastre y mi agitación era excesiva. No esperaba nada menos que la muerte en los minutos siguientes. El sufrimiento físico que padecí contribuyó también a dejarme casi incapaz de hacer cualquier esfuerzo para preservar mi vida. En verdad, me quedaba ya poca capacidad de reflexión y la violencia del dolor en mi cabeza parecía aumentar progresivamente. Por lo tanto, imaginé que mis sentidos pronto cederían por completo, y cuando ya tenía agarrada una de las cuerdas de la válvula con la intención de intentar descender, recordé la broma que les había gastado a los tres acreedores, así que las posibles consecuencias que encontraría a mi regreso lograron disuadirme por el momento. Me acosté en el fondo de la barquilla e intenté recuperar mis facultades. En esto tuve tanto éxito que me decidí a hacer el experimento de desangrarme. Pero como no tenía lanceta, me vi obligado a realizar la operación lo mejor que pude y finalmente logré abrir una vena en mi brazo izquierdo con la hoja de mi navaja. Apenas había comenzado a fluir la sangre cuando experimenté un alivio considerable y, cuando hube perdido aproximadamente la mitad de un recipiente mediano, la mayoría de los peores síntomas se habían ido por completo. Sin embargo, no pensé que fuera conveniente intentar ponerme de pie de inmediato, así que, después de atarme el brazo lo mejor que pude, me quedé quieto durante aproximadamente un cuarto de hora. Al final de este tiempo me levanté y me encontré más libre de cualquier tipo de *dolor* de lo que me había sentido durante la última hora y cuarto de mi ascensión. Empero, la dificultad para respirar disminuyó muy levemente y descubrí que pronto sería absolutamente necesario utilizar mi condensador. Mientras tanto, mirando hacia la gata, que estaba otra vez cómodamente acostada sobre mi abrigo, descubrí, para mi infinita sorpresa, que había aprovechado mi indisposición para dar a luz a una camada de tres pequeños gatitos. Este fue un aumento en el número de

a litter of three little kittens. This was an addition to the number of passengers on my part altogether unexpected; but I was pleased at the occurrence. It would afford me a chance of bringing to a kind of test the truth of a surmise, which, more than any thing else, had influenced me in attempting this ascension. I had imagined that the *habitual* endurance of the atmospheric pressure at the surface of the earth was the cause, or nearly so, of the pain attending animal existence at a distance above the surface. Should the kittens be found to suffer uneasiness *in an equal degree with their mother*, I must consider my theory in fault, but a failure to do so I should look upon as a strong confirmation of my idea.

By eight o'clock I had actually attained an elevation of seventeen miles above the surface of the earth. Thus it seemed to me evident that my rate of ascent was not only on the increase, but that the progression would have been apparent in a slight degree even had I not discharged the ballast which I did. The pains in my head and ears returned, at intervals, with violence, and I still continued to bleed occasionally at the nose: but, upon the whole, I suffered much less than might have been expected. I breathed, however, at every moment, with more and more difficulty, and each inhalation was attended with a troublesome spasmodic action of the chest. I now unpacked the condensing apparatus, and got it ready for immediate use.

The view of the earth, at this period of my ascension, was beautiful indeed. To the westward, the northward, and the southward, as far as I could see, lay a boundless sheet of apparently unruffled ocean, which every moment gained a deeper and deeper tint of blue. At a vast distance to the eastward, although perfectly discernible, extended the islands of Great Britain, the entire Atlantic coasts of France and Spain, with a small portion of the northern part of the continent of Africa. Of individual edifices not a trace could be discovered, and the proudest cities of mankind had utterly faded away from the face of the earth.

What mainly astonished me, in the appearance of things below, was the seeming concavity of the surface of the globe. I had, thoughtlessly enough, expected to see its real *convexity* become evident as I ascended; but a very little reflection sufficed to explain the discrepancy. A line, dropped from my position perpendicularly to the earth,

pasajeros que, por mi parte, fue totalmente inesperado, pero que me alegró que ocurriera. Me brindaría la oportunidad de poner a prueba, en cierto modo, la verdad de una conjetura que, más que cualquier otra cosa, me había influenciado a intentar esta ascensión. Había imaginado que la resistencia *habitual* a la presión atmosférica en la superficie de la Tierra era la causa, o casi, del dolor que acompaña a la existencia animal a distancia sobre la superficie. Si se descubriera que los gatitos sufrían malestar *en el mismo grado que su madre*, debía considerar que mi teoría era errónea, pero el hecho de que no sucediera así lo consideraría una fuerte confirmación de mi idea.

A las ocho en punto ya había alcanzado una altura de veintisiete kilómetros sobre la superficie de la Tierra. Así, me pareció evidente que mi velocidad de ascenso no solo iba en aumento, sino que la progresión habría sido ligeramente evidente incluso si no hubiera descargado el lastre, como hice. Los dolores de cabeza y de oído volvieron a aparecer a intervalos, con violencia, y seguí sangrando ocasionalmente por la nariz, pero, en general, sufrí mucho menos de lo que se hubiera podido esperar. Sin embargo, respiraba con cada vez más dificultad, y cada inhalación iba acompañada de una molesta acción espasmódica del pecho. Desempaqué el aparato condensador y lo preparé para su uso inmediato.

El panorama terrestre, en este período de mi ascensión, era realmente hermoso. Hacia el oeste, hacia el norte y hacia el sur, hasta donde alcanzaba la vista, se extendía un paisaje ilimitado de océano aparentemente tranquilo que a cada momento adquiría un tono de azul cada vez más profundo. A una gran distancia hacia el este, aunque perfectamente discernibles, se extendían las islas de Gran Bretaña, todas las costas atlánticas de Francia y España y una pequeña porción de la parte norte del continente africano. De los edificios individuales no se pudo descubrir ningún rastro y las ciudades más orgullosas de la humanidad ya habían desaparecido por completo de la faz de la Tierra.

Lo que más me sorprendió de cómo se veían las cosas allá abajo fue la aparente concavidad de la superficie del globo. Había esperado ver, sin pensarlo mucho, que su verdadera convexidad se hiciera evidente a medida que ascendía, pero una pequeña reflexión bastó para explicar la discrepancia. Una línea, trazada perpendicularmente desde mi po-

would have formed the perpendicular of a right-angled triangle, of which the base would have extended from the right-angle to the horizon, and the hypothenuse from the horizon to my position. But my height was little or nothing in comparison with my prospect. In other words, the base and hypothenuse of the supposed triangle would, in my case, have been so long, when compared to the perpendicular, that the two former might have been regarded as nearly parallel. In this manner the horizon of the æronaut appears always to be *upon a level* with the car. But as the point immediately beneath him seems, and is, at a great distance below him, it seems, of course, also at a great listance below the horizon. Hence the impression of concavity; and this impression must remain, until the elevation shall bear so great a proportion to, the prospect, that the apparent parallelism of the base and hypothenuse, disappears.

The pigeons about this time seeming to undergo much suffering, I determined upon giving them their liberty. I first untied one of them, a beautiful gray-mottled pigeon, and placed him upon the rim of the wicker-work. He appeared extremely uneasy, looking anxiously around him, fluttering his wings, and making a loud cooing noise, but could not be persuaded to trust himself from the car. I took him up at last, and threw him to about half-a-dozen yards from the balloon. He made, however, no attempt to descend as I had expected, but struggled with great vehemence to get back, uttering at the same time very shrill and piercing cries. He at length succeeded in regaining his former station on the rim, but had hardly done so when his head dropped upon his breast, and he fell dead within the car. The other one did not prove so unfortunate. To prevent his following the example of his companion, and accomplishing a return, I threw him downwards with all my force, and was pleased to find him continue his descent, with great velocity, making use of his wings with ease, and in a perfectly natural manner. In a very short time he was out of sight, and I have no doubt he reached home in safety. Puss, who seemed in a great measure recovered from her illness, now made a hearty meal of the dead bird, and then went to sleep with much apparent satisfaction. Her kittens were quite lively, and so far evinced not the slightest sign of any uneasiness.

At a quarter-past eight, being able no longer to draw breath without the most intolerable paint, I proceeded, forthwith, to adjust around

sición hacia la Tierra, habría formado la perpendicular de un triángulo rectángulo, cuya base se habría extendido desde el ángulo recto hasta el horizonte, y la hipotenusa desde el horizonte hasta mi posición. Pero mi altura era poca o nada en comparación con mi perspectiva. En otras palabras, la base y la hipotenusa del supuesto triángulo habrían sido, en mi caso, tan largas, comparadas con la perpendicular, que las dos primeras podrían haber sido consideradas como casi paralelas. De este modo, el horizonte del aeronauta parece estar siempre al *mismo nivel* que su vehículo. Pero como el punto inmediatamente debajo del aeronauta parece, y está, a una gran distancia debajo de él, parece, por supuesto, también a una gran inclinación debajo del horizonte. De ahí la impresión de concavidad; y esta impresión debe permanecer hasta que la elevación guarde una proporción tan grande con la perspectiva que el paralelismo aparente entre la base y la hipotenusa desaparezca.

En esos momentos las palomas parecían estar sufriendo mucho, así que decidí dejarlas en libertad. Primero desaté una de ellas, una hermosa paloma moteada de gris, y la coloqué sobre el borde del cesto de mimbre. Se veía extremadamente inquieta, miraba ansiosamente a su alrededor, agitaba sus alas y emitía un fuerte ruido de arrullo, pero no había manera de convencerla de que se bajara de la barquilla. Finalmente la levanté y la arrojé poco más de seis metros fuera del globo. Sin embargo, no intentó descender como yo esperaba, sino que luchó con gran vehemencia para regresar, profiriendo al mismo tiempo gritos muy agudos y penetrantes. Al final logró recuperar su antigua posición en el borde, pero, apenas lo hizo, su cabeza cayó sobre su pecho y cayó muerta dentro de la barquilla. La otra no resultó tan desafortunada. Para evitar que siguiera el ejemplo de su compañera y lograra regresar, la arrojé hacia abajo con todas mis fuerzas y me alegré de verla continuar su descenso con gran velocidad, haciendo uso de sus alas con facilidad y de una manera perfectamente natural. En muy poco tiempo desapareció de mi vista y no tengo ninguna duda de que llegó sana y salva a casa. La gata, que parecía recuperada en gran medida de su malestar, hizo del pájaro muerto una abundante comida y luego se fue a dormir con aparente satisfacción. Sus gatitos estaban bastante animados y hasta el momento no mostraban el más mínimo signo de inquietud.

A las ocho y cuarto, no pudiendo ya respirar sin el más intolerable dolor, procedí, inmediatamente, a ajustar alrededor de la barquilla el

the car the apparatus belonging to the condenser. This apparatus will require some little explanation, and your Excellencies will please to bear in mind that my object, in the first place, was to surround myself and car entirely with a barricade against the highly rarefied atmosphere in which I was existing, with the intention of introducing within this barricade, by means of my condenser, a quantity of this same atmosphere sufficiently condensed for the purposes of respiration. With this object in view I had prepared a very strong, perfectly air-tight, but flexible gum-elastic bag. In this bag, which was of sufficient dimensions, the entire car was in a manner placed. That is to say, it (the bag) was drawn over the whole bottom of the car, up its sides, and so on, along the outside of the ropes, to the upper rim or hoop where the net-work is attached. Having pulled the bag up in this way, and formed a complete enclosure on all sides, and at bottom, it was now necessary to fasten up its top or mouth, by passing its material over the hoop of the net-work,—in other words, between the net-work and the hoop. But if the net-work were separated from the hoop to admit this passage, what was to sustain the car in the meantime? Now the net-work was not permanently fastened to the hoop, but attached by a series of running loops or nooses. I therefore undid only a few of these loops at one time, leaving the car suspended by the remainder. Having thus inserted a portion of the cloth forming the upper part of the bag, I refastened the loops—not to the hoop, for that would have been impossible, since the cloth now intervened,—but to a series of large buttons, affixed to the cloth itself, about three feet below the mouth of the bag; the intervals between the buttons having been made to correspond to the intervals between the loops. This done, a few more of the loops were unfastened from the rim, a farther portion of the cloth introduced, and the disengaged loops then connected with their proper buttons. In this way it was possible to insert the whole upper part of the bag between the net-work and the hoop. It is evident that the hoop would now drop down within the car, while the whole weight of the car itself, with all its contents, would be held up merely by the strength of the buttons. This, at first sight, would seem an inadequate dependence; but it was by no means so, for the buttons were not only very strong in themselves, but so close together that a very slight portion of the whole weight was supported by any one of them. Indeed, had the car and contents been three times heavier than they were, I should not have been at all uneasy. I now raised up the hoop again within the covering of gum-elastic, and propped it

aparato perteneciente al condensador. Este aparato requerirá algunas pequeñas explicaciones, y Sus Excelencias tendrán a bien tener presente que mi objetivo, en primer lugar, era rodear por completo a mi barquilla y a mí mismo con una barricada contra la atmósfera altamente enrarecida en la que me encontraba, con la intención de introducir dentro de esta barricada, por medio de mi condensador, una cantidad de esta misma atmósfera suficientemente condensada para los fines de la respiración. Con esta meta en mente, había preparado una bolsa elástica muy fuerte, perfectamente hermética pero flexible. Dentro de esta bolsa, que era suficientemente grande, entraba de alguna manera toda la barquilla. Es decir, se iba tirando (la bolsa) por todo el fondo de la barquilla, por los costados, por el exterior de las cuerdas, y así sucesivamente, hasta el borde superior o aro donde se fijaba la red. Una vez colocada la bolsa de manera que formara un recinto completo por todos lados y por la parte inferior, era necesario cerrar su parte superior o boca, pasando su material sobre el aro de la red, es decir, entre la red y el aro. Pero si la red se separaba del aro para admitir este paso, ¿qué iba a sostener la barquilla mientras tanto? La red no estaba fijada de forma permanente al aro, sino que estaba sujetada mediante una serie de lazos o nudos corredizos. Por lo tanto, deshice solo algunos de estos bucles a la vez, mientras la barquilla quedaba suspendida por el resto. Habiendo insertado así una porción de la tela que formaba la parte superior de la bolsa, volví a sujetar los lazos —no al aro, porque eso habría sido imposible, ya que la tela ahora interfería— a una serie de botones grandes, fijados a la propia tela, aproximadamente noventa centímetros debajo de la boca de la bolsa; los espacios entre los botones correspondían a los espacios entre los lazos. Hecho esto, solté algunos bucles más del borde, introduje otra porción de tela y conecté los bucles sueltos con sus botones correspondientes. De esta manera fue posible introducir toda la parte superior de la bolsa entre la red y el aro. Es evidente que ahora el aro caería dentro de la barquilla, mientras que todo el peso de la propia barquilla, con todo su contenido, quedaría sostenido únicamente por la fuerza de los botones. Esto, a primera vista, parecería una dependencia inadecuada, pero no lo era de ninguna manera, porque los botones no solo eran muy fuertes en sí mismos, sino que estaban tan cerca unos de otros que cada uno de ellos soportaba una porción muy pequeña del peso total. De hecho, incluso si la barquilla y su contenido hubieran pesado tres veces más, no me habría sentido inseguro en absoluto. Luego levanté nuevamente el aro dentro de la cubierta de caucho y lo apoyé casi a su altura anterior por medio de tres postes de luz preparados para

at nearly its former height by means of three light poles prepared for the occasion. This was done, of course, to keep the bag distended at the top, and to preserve the lower part of the net-work in its proper situation. All that now remained was to fasten up the mouth of the enclosure; and this was readily accomplished by gathering the folds of the material together, and twisting them up very tightly on the inside by means of a kind of stationary *tourniquet*.

In the sides of the covering thus adjusted round the car, had been inserted three circular panes of thick but clear glass, through which I could see without difficulty around me in every horizontal direction. In that portion of the cloth forming the bottom, was likewise a fourth window, of the same kind, and corresponding with a small aperture in the floor of the car itself. This enabled me to see perpendicularly down, but having found it impossible to place any similar contrivance overhead, on account of the peculiar manner of closing up the opening there, and the consequent wrinkles in the cloth, I could expect to see no objects situated directly in my zenith. This, of course, was a matter of little consequence; for, had I even been able to place a window at top, the balloon itself would have prevented my making any use of it.

About a foot below one of the side windows was a circular opening, three inches in diameter, and fitted with a brass rim adapted in its inner edge to the winding of a screw. In this rim was screwed the large tube of the condenser, the body of the machine being, of course, within the chamber of gum-elastic. Through this tube a quantity of the rare atmosphere circumjacent being drawn by means of a *vacuum* created in the body of the machine, was thence discharged, in a state of condensation, to mingle with the thin air already in the chamber. This operation, being repeated several times, at length filled the chamber with atmosphere proper for all the purposes of respiration. But in so confined a space it would, in a short time, necessarily become foul, and unfit for use from frequent contact with the lungs. It was then ejected by a small valve at the bottom of the car;—the dense air readily sinking into the thinner atmosphere below. To avoid the inconvenience of making a total *vacuum* at any moment within the chamber, this purification was never accomplished all at one, but in a gradual manner,—the valve being opened only for a few seconds, then closed again, until one or two strokes from the pump of

la ocasión. Hice esto, por supuesto, para mantener la bolsa distendida en la parte superior y preservar la parte inferior de la red en su posición adecuada. Ya solo faltaba cerrar la abertura del saco, lo cual logré fácilmente al juntar los pliegues del material y retorcerlos muy fuertemente por dentro con una especie de *tourniquet* fijo.

A los lados de la cubierta así ajustada alrededor de la barquilla, había insertado tres paneles circulares de vidrio grueso pero transparente, a través de los cuales podía ver sin dificultad a mi alrededor en todas las direcciones horizontales. En esa parte de la tela que formaba el fondo había también una cuarta ventana, del mismo tipo, que correspondía con una pequeña abertura en el piso de la propia barquilla. Esto me permitió ver perpendicularmente hacia abajo, pero como me resultó imposible colocar un dispositivo similar en lo alto, debido a la peculiar manera en que había cerrado la abertura y las arrugas en la tela que habían aparecido, no había manera de ver ningún objeto situado directamente en mi cenit. Esto, por supuesto, era un asunto de poca importancia, ya que, si hubiera podido colocar una ventana en la parte superior, el propio globo me habría impedido utilizarla.

A unos treinta centímetros debajo de una de las ventanas laterales había una abertura circular, de siete centímetros de diámetro, equipada con un anillo de latón cuyo interior estaba adaptado para que se introdujera un tornillo. Dentro de este anillo se enroscaba el gran tubo del condensador, de manera que el cuerpo de la máquina quedaba, por supuesto, dentro de la cámara de caucho. A través de este tubo, una cantidad de la atmósfera enrarecida circundante, aspirada mediante un *vacío* creado dentro del cuerpo de la máquina, era descargada desde ahí, en estado de condensación, para mezclarse con el aire enrarecido que ya se encontraba en la cámara. Esta operación, repetida varias veces, finalmente llenó la cámara de una atmósfera adecuada para todos los propósitos de la respiración. Pero, en un espacio tan reducido, en poco tiempo se volvería necesariamente pestilente y no apto para su uso debido al contacto frecuente con los pulmones, así que después lo expulsaba por una pequeña válvula ubicada en la parte inferior de la barquilla; el aire denso se hundía fácilmente en la atmósfera más enrarecida que había debajo. Para evitar el inconveniente de provocar en cualquier momento un *vacío* total dentro de la cámara, esta purificación

the condenser had supplied the place of the atmosphere ejected. For the sake of experiment I had put the cat and kittens in a small basket, and suspended it outside the car to a Sutton at the bottom, close by the valve, through which I could feed them at any moment when necessary. I did this at some little risk, and before closing the mouth of the chamber, by reaching under the car with one of the poles before mentioned to which a hook had been attached. As soon as dense air was admitted in the chamber, the hoop and poles became unnecessary; the expansion of the enclosed atmosphere powerfully distending the gum-elastic.

By the time I had fully completed these arrangements and filled the chamber as explained, it wanted only ten minutes of nine o'clock. During the whole period of my being thus employed, I endured the most terrible distress from difficulty of respiration; and bitterly did I repent the negligence, or rather fool-hardiness, of which I had been guilty, of putting off to the last moment a matter of so much importance. But having at length accomplished it, I soon began to reap the benefit of my invention. Once again I breathed with perfect freedom and ease—and indeed why should I not? I was also agreeably surprised to find myself, in a great measure, relieved from the violent pains which had hitherto tormented me. A slight headache, accompanied with a sensation of fulness or distention about the wrists, the ankles, and the throat, was nearly all of which I had now to complain. Thus it seemed evident that a greater part of the uneasiness attending the removal of atmospheric pressure had actually *worn off*, as I had expected, and that much of the pain endured for the last two hours should have been attributed altogether to the effects of a deficient respiration.

At twenty minutes before nine o'clock—that is to say, a short time prior to my closing up the mouth of the chamber, the mercury attained its limit, or ran down, in the barometer, which, as I mentioned before, was one of an extended construction. It then indicated an altitude on my part of 132,000 feet, or five-and-twenty miles, and I consequently surveyed at that time an extent of the earth's area amounting to no less than the three-hundred-and-twentieth part of its entire superficies. At nine o'clock I had again lost sight of land

no se efectuaba nunca de una vez, sino de manera gradual, así que abría la válvula solo por unos segundos, para luego volver a cerrarla, hasta que uno o dos golpes de la bomba del condensador hubieran suplido la atmósfera expulsada. Para experimentar, puse a la gata y a sus gatitos en una pequeña cesta y la suspendí fuera de la barquilla, por medio de un sostén que había en la parte inferior, cerca de la válvula, a través del cual podía alimentarlos en cualquier momento, de ser necesario. Antes de cerrar la boca de la cámara, a pesar del pequeño riesgo, metí debajo de la barquilla uno de los postes antes mencionados, al cual le até un gancho. Tan pronto como el aire denso entró a la cámara, el aro y los postes dejaron de ser necesarios; la expansión de la atmósfera encerrada distendió poderosamente las paredes de caucho.

Cuando hube completado todos estos arreglos y llenado la cámara como expliqué, faltaban solo diez minutos para que fueran las nueve. Durante todo el tiempo que estuve trabajando en esto, sufrí la más terrible angustia por la dificultad para respirar y me arrepentí amargamente de la negligencia, o más bien de la temeridad, de la que había sido culpable al dejar para el último momento un asunto de tanta importancia. Pero una vez que finalmente lo logré, pronto comencé a cosechar los beneficios de mi invención. Una vez más respiré con perfecta libertad y facilidad. ¿Y por qué no debería hacerlo? También me sorprendió gratamente encontrarme, en gran medida, libre de los violentos dolores que hasta entonces me habían atormentado. Un ligero dolor de cabeza, acompañado de una sensación de demasía o distensión en las muñecas, los tobillos y la garganta, era casi todo lo que me quedaba para quejarme. Así pues, parecía evidente que gran parte del malestar provocado por la eliminación de la presión atmosférica había *desaparecido*, como esperaba, y que gran parte del dolor sufrido durante las dos últimas horas debía atribuirse enteramente a los efectos de una respiración deficiente.

Veinte minutos antes de las nueve —es decir, poco tiempo antes de que cerrara la boca de la cámara— el mercurio llegó a su límite y el barómetro, que, como mencioné antes, era especialmente largo, dejó de funcionar. Entonces indicó que mi altitud era de 40 233 metros, o poco más de cuarenta kilómetros, y en consecuencia contemplé en ese momento una extensión del área de la Tierra que ascendía a no menos de una parte en trescientos veinte de toda su superficie. A las nueve en punto volví a perder de vista la Tierra hacia el este, pero no antes de darme cuenta

to the eastward, but not before I became aware that the balloon was drifting rapidly to the N. N. W. The ocean beneath me still retained its apparent concavity, although my view was often interrupted by the masses of cloud which floated to and fro.

At half past nine I tried the experiment of throwing out a handful of feathers through the valve. They did not float as I had expected; but dropped down perpendicularly, like a bullet, *en massse*, and with the greatest velocity,—being out of sight in a very few seconds. I did not at first know what to make of this extraordinary phenomenon; not being able to believe that my rate of ascent had, of a sudden, met with so prodigious an acceleration. But it soon occurred to me that the atmosphere was now far too rare to sustain even the feathers; that they actually fell, as they appeared to do, with great rapidity; and that I had been surprised by the united velocities of their descent and my own elevation.

By ten o'clock I found that I had very little to occupy my immediate attention. Affairs went on swimmingly, and I believed the balloon to be going upwards with a speed increasing momently, although I had no longer any means of ascertaining the progression of the increase. I suffered no pain or uneasiness of any kind, and enjoyed better spirits than I had at any period since my departure from Rotterdam; busying myself now in examining the state of my various apparatus, and now in regenerating the atmosphere within the chamber. This latter point I determined to attend to at regular interval of forty minutes, more on account of the preservation of my health, than from so frequent a renovation being absolutely necessary. In the meanwhile I could not help making anticipations. Fancy revelled in the wild and dreamy regions of the moon. Imagination, feeling herself for once unshack-led, roamed at will among the ever-changing wonders of a shadowy and unstable land. Now there were hoary and time-honored forests, and craggy precipices, and waterfalls tumbling with a loud noise into abysses without a bottom. Then I came suddenly into still noonday solitudes, where no wind of heaven ever intruded, and where vast meadows of poppies, and slender, lily-looking flowers spread them-selves out a weary distance, all silent and motionless for ever. Then again I journeyed far down away into another country where it was all one dim and vague lake, with a boundary-line of clouds. But fan-cies such as these were not the sole possessors of my brain. Horrors

de que el globo se desplazaba rápidamente hacia el N.N.O. El océano debajo de mí todavía conservaba su aparente concavidad, aunque mi vista a menudo era interrumpida por las masas de nubes que flotaban de un lado a otro.

A las nueve y media hice el experimento de lanzar un puñado de plumas a través de la válvula. No flotaron como yo esperaba, sino que cayeron perpendicularmente, como una bala, *en masse,* y con la mayor velocidad, y se perdieron de vista en muy pocos segundos. Al principio no supe qué hacer ante este fenómeno extraordinario; no podía creer que mi velocidad de ascenso hubiera, de repente, alcanzado una aceleración tan prodigiosa. Pero pronto me di cuenta de que la atmósfera era ya demasiado enrarecida como para sostener siquiera las plumas; que, en realidad, caían, como parecía ocurrir, con gran rapidez, y que lo que me había sorprendido eran las velocidades combinadas de su descenso y mi propia elevación.

A las diez de la mañana me di cuenta de que tenía muy poco en qué ocupar mi atención inmediata. Todo seguía viento en popa y yo creía que el globo ascendía a una velocidad que aumentaba a cada momento, aunque ya no tenía forma de determinar la progresión de ese aumento. No sufrí ningún dolor ni malestar de ningún tipo y gozaba de mejor ánimo que en cualquier otro punto desde mi partida de Rotterdam; me encargaba ya de examinar el estado de mis diversos aparatos, ya de regenerar la atmósfera dentro de la cámara. Decidí realizar este último punto a intervalos regulares de cuarenta minutos, más por la conservación de mi salud que porque una renovación tan frecuente fuese absolutamente necesaria. Mientras tanto, no pude evitar imaginar lo que pasaría. La fantasía se deleitaba con las regiones desconocidas y oníricas de la Luna. La imaginación, sintiéndose libre por primera vez, vagaba a su antojo entre las maravillas siempre cambiantes de una tierra sombría e inestable. Ahora había bosques áridos y ancestrales, precipicios escarpados y cascadas que se precipitaban con estruendo hacia abismos sin fondo. Y de repente, me encontraba con la quietud del mediodía, donde jamás se inmiscuía el viento del cielo y donde vastas praderas de amapolas y esbeltas flores, parecidas a lirios, se extendían en una distancia cansada, silenciosas e inmóviles para siempre. Luego, de nuevo, viajaba lejos, a otro lugar, donde todo era un lago oscuro y vago limitado por una frontera de nubes. Pero fantasías como estas no eran las únicas dueñas de mi cerebro. Horrores de una naturaleza de lo más severa y aterrado-

of a nature most stern and most appalling would too frequently obtrude themselves upon my mind, and shake the innermost depths of my soul with the bare supposition of their possibility. Yet I would not suffer my thoughts for any length of time to dwell upon these latter speculations, rightly judging the real and palpable dangers of the voyage sufficient for my undivided attention.

At five o'clock, p. m., being engaged in regenerating the atmosphere within the chamber, I took that opportunity of observing the cat and kittens through the valve. The cat herself appeared to suffer again very much, and I had no hesitation in attributing her uneasiness chiefly to a difficulty in breathing; but my experiment with the kittens had resulted very strangely. I had expected, of course, to see them betray a sense of pain, although in a less degree than their mother; and this would have been sufficient to confirm my opinion concerning the habitual endurance of atmospheric pressure. But I was not prepared to find them, upon close examination, evidently enjoying a high degree of health, breathing with the greatest ease and perfect regularity, and evincing not the slightest sign of any uneasiness. I could only account for all this by extending my theory, and supposing that the highly rarefied atmosphere around, might perhaps not be, as I had taken for granted, chemically insufficient for the purposes of life, and that a person born in such a *medium* might, possibly, be unaware of any inconvenience attending its inhalation, while, upon removal to the denser *strata* near the earth, he might endure tortures of a similar nature to those I had so lately experienced. It has since been to me a matter of deep regret that an awkward accident, at this time, occasioned me the loss of my little family of cats, and deprived me of the insight into this matter which a continued experiment might have afforded. In passing my hand through the valve, with a cup of water for the old puss, the sleeve of my shirt became entangled in the loop which sustained the basket, and thus, in a moment, loosened it from the button. Had the whole actually vanished into air, it could not have shot from my sight in a more abrupt and instantaneous manner. Positively, there could not have intervened the tenth part of a second between the disengagement of the basket and its absolute disappearance with all that it contained. My good wishes followed it to the earth, but, of course, I had no hope that either cat or kittens would ever live to tell the tale of their misfortune.

ra se abrían paso con demasiada frecuencia en mi mente y sacudían lo más profundo de mi alma con la mera suposición de su posibilidad. Sin embargo, no permití que mis pensamientos consideraran por mucho tiempo estas últimas especulaciones, pues consideraba que los peligros reales y palpables del viaje eran suficientes para concentrar toda mi atención.

A las cinco de la tarde, mientras regeneraba la atmósfera de la cámara, aproveché la oportunidad para observar a la gata y los mininos a través de la válvula. La gata parecía sufrir mucho, hecho que atribuí a una dificultad de respirar; pero mi experimento con los gatitos había rendido un resultado muy extraño. Por supuesto, había esperado que mostraran signos de dolor, aunque en menor grado que su madre —y esto hubiera sido suficiente para confirmar mi hipótesis respecto a la resistencia habitual a la presión atmosférica—, pero no había esperado encontrarlos, luego de un examen cercano, disfrutando de un alto grado de salud y respirando con gran facilidad y perfecta regularidad, sin evidenciar ni el más mínimo signo de alteración. Solo pude explicar todo esto ampliando mi teoría y suponiendo que la atmósfera altamente enrarecida que me rodeaba tal vez no fuera, como daba por sentado, químicamente insuficiente para la vida, y que una persona *nacida* en un *medio* así podría, posiblemente, ignorar los inconvenientes de su inhalación, mientras que, al ser trasladada a los estratos más densos cerca de la Tierra, podría sufrir torturas similares a las que yo había experimentado hacía poco. Desde entonces, lamento profundamente que un accidente inesperado, ocurrido en ese momento, causara la pérdida de mi pequeña familia gatuna y me privara de la comprensión de este asunto que un experimento continuo podría haberme proporcionado. Al pasar la mano por la válvula, con un vaso de agua para la vieja gatita, la manga de mi camisa se enredó en el lazo que sostenía la cesta, y así, en un instante, la soltó del botón. Ni siquiera si los gatitos se hubieran esfumado en el aire habrían desaparecido de mi vista de forma más abrupta e instantánea. Ciertamente, no pudo haber transcurrido ni una décima de segundo entre el desprendimiento de la cesta y su desaparición total con todo lo que contenía. Mis buenos deseos la siguieron hasta el fin, pero, por supuesto, no tenía ninguna esperanza de que ni la gata ni los gatitos vivieran para contar su desgracia.

At six o'clock, I perceived a great portion of the earth's visible area to the eastward involved in thick shadow, which continued to advance with great rapidity, until, at five minutes before seven, the whole surface in view was enveloped in the darkness of night. It was not, however, until long after this time that the rays of the setting sun ceased to illumine the balloon; and this circumstance, although of course fully anticipated, did not fail to give me an infinite deal of pleasure. It was evident that, in the morning, I should behold the rising luminary many hours at least before the citizens of Rotterdam, in spite of their situation so much farther to the eastward, and thus; day after day, in proportion to the height ascended, would I enjoy the light of the sun for a longer and a longer period. I now determined to keep a journal of my passage, reckoning the days from one to twenty-four hours continuously, without taking into consideration the intervals of darkness.

At ten o'clock, feeling sleepy, I determined to lie down for the rest of the night but here a difficulty presented itself, which, obvious as it may appear, had escaped my attention up to the very moment of which I am now speaking. If I went to sleep as I proposed, how could the atmosphere in the chamber be regenerated in the *interim?* To breathe it for more than an hour, at the farthest, would be a matter of impossibility; or, if even this term could be extended to an hour and a quarter, the most ruinous consequences might ensue. The consideration of this dilemma gave me no little disquietude; and it will hardly be believed, that, after the dangers I had undergone, I should look upon this business in so serious a light, as to give up all hope of accomplishing my ultimate design, and finally make up my mind to the necessity of a descent. But this hesitation was only momentary. I reflected that man is the veriest slave of custom, and that many points in the routine of his existence are deemed *essentially* important, which are only so *at all* by his having rendered them habitual. It was very certain that I could not do without sleep; but I might easily bring myself to feel no inconvenience from being awakened at intervals of an hour during the whole period of my repose. It would require but five minutes at most, to regenerate the atmosphere in the fullest manner—and the only real difficulty was, to contrive a method of arousing myself at the proper moment for so doing. But this was a question which, I am willing to confess, occasioned me no little trouble in its solution. To be sure, I had heard of the student who, to

A las seis en punto, contemplé que una gran porción del área visible de la Tierra hacia el este estaba envuelta en una densa sombra que continuó avanzando con gran rapidez, hasta que, cinco minutos antes de las siete, toda la superficie visible quedó envuelta en la oscuridad de la noche. Sin embargo, no fue hasta mucho después de esa hora que los rayos del sol poniente dejaron de iluminar el globo, y esta circunstancia, aunque, por supuesto, totalmente prevista, no dejó de proporcionarme un placer infinito. Era evidente que, por la mañana, contemplaría el astro naciente muchas horas antes que los ciudadanos de Rotterdam, a pesar de su ubicación mucho más al este, y así, día tras día, proporcionalmente a la altura que ascendiera, disfrutaría de la luz del sol durante un período cada vez más largo. Decidí entonces llevar un diario de mi travesía, contando los días de una a veinticuatro horas seguidas, sin tener en cuenta los intervalos de oscuridad.

A las diez, con sueño, decidí pasar el resto de la noche en la cama, pero entonces se presentó una dificultad que, por obvia que parezca, había escapado a mi atención hasta el momento del que hablo. Si dormía como me proponía, ¿cómo podría regenerarse la atmósfera de la cámara mientras tanto? Respirarla durante más de una hora, como máximo, sería imposible y, si este plazo se extendiera a una hora y cuarto, las consecuencias podrían ser catastróficas. Considerar este dilema me causó una gran inquietud; por más difícil que resulte creerlo, después de los peligros que había corrido, consideré este asunto tan seriamente como para renunciar a toda esperanza de lograr mi propósito final y casi había decidido que era necesario efectuar un descenso. Pero esta duda fue solo momentánea. Pensé que el hombre es un verdadero esclavo de la costumbre y que muchas partes de su rutina se piensan como *absolutamente* necesarias, pero en realidad *solo lo son* porque él mismo las ha vuelto habituales. Era verdad que no podía seguir sin dormir, pero fácilmente podía despertarme cada hora durante el periodo de mi reposo. Me tomaría cinco minutos como máximo regenerar la atmósfera por completo, y la única dificultad real era encontrar la manera de despertarme al momento indicado para hacerlo. Pero esta fue una cuestión que, confieso, no me tomó mucho tiempo resolver. Ya había escuchado de un estudiante que, para evitar quedarse dormido encima de sus libros, cargaba en una mano una esfera de cobre, cuyo ruido, al caer en el recipiente del mismo material que estaba junto a su silla, lo despertaba con gran éxito cuando, en cualquier momento, se

prevent his falling asleep over his books, held in one hand a ball of copper, the din of whose descent into a basin of the same metal on the floor beside his chair, served effectually to startle him up, if, at any moment, he should be overcome with drowsiness. My own case, however, was very different indeed, and left me no room for any similar idea; for I did not wish to keep awake, but to be aroused from slumber at regular intervals of time. I at length hit upon the following expedient, which, simple as it may seem, was hailed by me, at the moment of discovery, as an invention fully equal to that of the telescope, the steam-engine, or the art of printing itself.

It is necessary to premise, that the balloon, at the elevation now attained, continued its course upwards with an even and undeviating ascent, and the car consequently followed with a steadiness so perfect that it would have been impossible to detect in it the slightest vacillation. This circumstance favored me greatly in the project I now determined to adopt. My supply of water had been put on board in kegs containing five gallons each, and ranged very securely around the interior of the car. I unfastened one of these, and taking two ropes, tied them tightly across the rim of the wicker-work from one side to the other; placing them about a foot apart and parallel, so as to form a kind of shelf, upon which I placed the keg, and steadied it in a horizontal position. About eight inches immediately below these ropes, and four feet from the bottom of the car, I fastened another shelf—but made of thin plank, being the only similar piece of wood I had. Upon this latter shelf, and exactly beneath one of the rims of the keg, a small earthen pitcher was deposited. I now bored a hole in the end of the keg over the pitcher, and fitted in a plug of soft wood, cut in a tapering or conical shape. This plug I pushed in or pulled out, as might happen, until, after a few experiments, It arrived at that exact degree of tightness, at which the water, oozing from the hole, and falling into the pitcher below, would fill the latter to the brim in the period of sixty minutes. This, of course, was a matter briefly and easily ascertained, by noticing the proportion of the pitcher filled in any given time. Having arranged all this, the rest of the plan is obvious. My bed was so contrived upon the floor of the car, as to bring my head, in lying down, immediately below the mouth of the pitcher. It was evident, that, at the expiration of an hour, the pitcher, getting full, would be forced to run over, and to run over at the mouth which was somewhat lower than the rim. It was also evident, that the water, thus

empezaba a dejar dominar por el sueño. Mi caso, sin embargo, era muy diferente, y no tenía manera de hacer algo similar, pues no quería seguir despierto, sino ser despertado a intervalos fijos. Al final di con un medio que, simple como era, consideré, mientras lo pensaba, un invento del mismo nivel que el telescopio, la máquina de vapor o incluso el arte de la imprenta.

Es necesario partir de la premisa de que el globo, a la altura que ya había alcanzado, continuaba su ascenso de forma uniforme y sin desviaciones, y la barquilla, en consecuencia, lo seguía con una firmeza tan perfecta que habría sido imposible detectar la más mínima vacilación. Esta circunstancia favoreció enormemente el proyecto que decidí adoptar. Mi suministro de agua estaba a bordo del globo dentro de barriles de cinco galones cada uno, colocados de forma muy segura alrededor del interior de la barquilla. Solté uno de ellos y até dos cuerdas firmemente a través del borde de la estructura de mimbre de un lado a otro, colocándolas a unos treinta centímetros de distancia, en paralelo, de manera que formaran una especie de plataforma sobre la cual coloqué el barril y lo mantuve en posición horizontal. A unos veinte centímetros debajo de estas cuerdas, y a un metro y medio del fondo de la barquilla, fijé otra plataforma, pero hecha de tablón fino, que era la única pieza similar a la madera que tenía. Sobre este último estante, y justo debajo de uno de los bordes del barril, deposité una pequeña jarra de barro. Perforé el extremo del barril, sobre la jarra, y coloqué un tapón de madera blanda, cortado en forma cónica. Moví este tapón hacia dentro y hacia fuera, según fuera necesario, hasta que, tras algunos intentos, llegó exactamente al grado necesario para que el agua, al salir por el agujero y caer en la jarra de abajo, la llenara hasta el borde en sesenta minutos. Por supuesto, esto lo determiné rápida y fácilmente al observar qué proporción de la jarra se llenaba en un tiempo determinado. Una vez dispuesto todo esto, el resto del plan es obvio. Mi cama estaba colocada sobre la base de la barquilla, de modo que mi cabeza, al acostarme, quedaba justo debajo de la boca de la jarra. Al transcurrir una hora, la jarra, al llenarse, se desbordaría, y lo haría por la boca que estaba un poco más abajo que el borde; el agua, al caer desde una altura de más de un metro, no podía hacer otra cosa que caer sobre mi rostro, y la consecuencia segura

falling from a height of more than four feet, could not do otherwise than fall upon my face, and that the sure consequence would be, to waken me up instantaneously, even from the soundest slumber in the world.

It was fully eleven by the time I had completed these arrangements, and I immediately betook myself to bed, with full confidence in the efficiency of my invention. Nor in this matter was I disappointed. Punctually every sixty minutes was I aroused by my trusty chronometer, when, having emptied the pitcher into the bung-hole of the keg, and performed the duties of the condenser, I retired again to bed. These regular interruptions to my slumber caused me even less discomfort than I had anticipated; and when I finally arose for the day, it was seven o'clock, and the sun had attained many degrees above the line of my horizon.

April 3d. I found the balloon at an immense height indeed, and the earth's convexity had now become strikingly manifest. Below me in the ocean lay a cluster of black specks, which undoubtedly were islands. Overhead, the sky was of a jetty black, and the stars were brilliantly visible; indeed they had been so constantly since the first day of ascent. Far away to the northward I perceived a thin, white, and exceedingly brilliant line, or streak, on the edge of the horizon, and I had no hesitation in supposing it to be the southern disc of the ices of the Polar sea. My curiosity was greatly excited, for I had hopes of passing on much farther to the north, and might possibly, at some period, find myself placed directly above the Pole itself. I now lamented that my great elevation would, in this case, prevent my taking accurate a survey as I could wish. Much, however, might be ascertained.

Nothing else of an extraordinary nature occurred during the day. My apparatus all continued in good order, and the balloon still ascended without any perceptible vacillation. The cold was intense, and obliged me to wrap up closely in an overcoat. When darkness came over the earth, I betook myself to bed, although it was for many hour afterwards broad daylight all around my immediate situation. The water-clock was punctual in its duty, and I slept until next morning soundly, with the exception of the periodical interruption.

April 4th. Arose in good health and spirits, and was astonished at

sería despertarme instantáneamente, incluso del sueño más profundo del mundo.

Eran las once en punto cuando terminé estos preparativos y me acosté inmediatamente, con plena confianza en la eficacia de mi invento. Y no fui decepcionado. Puntualmente, cada sesenta minutos, me despertaba mi fiel cronómetro y, tras vaciar la jarra de vuelta en el barril y renovar el aire con el condensador, me retiraba de nuevo a la cama. Estas interrupciones regulares de mi sueño me causaron aún menos molestias de las que había previsto. Cuando finalmente me levanté, eran las siete y el sol se había alzado muchos grados sobre la línea del horizonte.

3 de abril. Me di cuenta de que el globo había alcanzado una altura inmensa y la convexidad de la Tierra ya era muy evidente. Debajo de mí, en el océano, se extendía un grupo de puntos negros que, sin duda, eran islas. Arriba, el cielo era de un negro intenso y las estrellas eran brillantemente visibles; de hecho, lo habían sido constantemente desde el primer día de ascenso. A lo lejos, hacia el norte, percibí una delgada línea, o franja, blanca y extremadamente brillante, en el borde del horizonte, y no dudé en suponer que se trataba del disco sur de los hielos del mar polar. Mi curiosidad se despertó con entusiasmo, pues albergaba la esperanza de ir mucho más al norte y, posiblemente, en algún momento, encontrarme directamente sobre el polo. Lamentaba que mi gran altura, en este caso, me impidiera realizar una inspección tan precisa como desearía. Sin embargo, mucho podía averiguarse.

No pasó nada extraordinario durante el día. Mis instrumentos seguían en buen estado y el globo seguía ascendiendo sin vacilación perceptible. El frío era intenso y me obligaba a mantenerme envuelto en un abrigo. Cuando la oscuridad llegó a la Tierra, me acosté, aunque durante mucho tiempo después la luz solar siguió brillando en mi vecindad inmediata. El reloj de agua realizó su trabajo con puntualidad y dormí sin ningún problema hasta la siguiente mañana, salvo por la interrupción periódica.

4 de abril. Me desperté de buen humor y en un estado saludable, y me

the singular change which had taken place in the appearance of the sea. It had lost, in a great measure, the deep tint of blue it had hitherto worn, being now of a grayish-white, and of a lustre dazzling to the eye. The convexity of the ocean had become so evident, that the entire mass of the distant water seemed to be tumbling headlong over the abyss of the horizon, and I found myself listening on tiptoe for the echoes of the mighty cataract. The islands were no longer visible; whether they had passed down the horizon to the south-east, or whether my increasing elevation had left them out of sight, it is impossible to say. I was inclined, however, to the latter opinion. The rim of ice to the northward was growing more and more apparent. Cold by no means so intense. Nothing of importance occurred, and I passed the day in reading, having taken care to supply myself with books.

April 5th. Beheld the singular phenomenon of the sun rising while nearly the whole visible surface of the earth continued to be involved in darkness. In time, however, the light spread itself over all, and I again saw the line of ice to the northward. It was now very distinct, and appeared of a much darker hue than the waters of the ocean. I was evidently approaching it, and with great rapidity. Fancied I could again distinguish a strip of land to the eastward, and one also to-the westward, but could not be certain. Weather moderate. Nothing of any consequence happened during the day. Went early to bed.

Apri 6th. Was surprised at finding the rim of ice at a very moderate distance, and an immense field of the same material stretching away off to the horizon in the north. It was evident that if the balloon held its present course, it would soon arrive above the Frozen Ocean, and I had now little doubt of ultimately seeing the Pole. During the whole of the day I continued to near the ice. Towards night the limits of my horizon very suddenly and materially increased, owing undoubtedly to the earth's form being that of an oblate spheroid, and my arriving above the flattened regions in the vicinity of the Arctic circle. When darkness at length overtook me, I went to bed in great anxiety, fearing to pass over the object of so much curiosity when I should have no opportunity of observing it.

April 7th. Arose early, and, to my great joy, at length beheld what there could be no hesitation in supposing the northern Pole itself. It

sorprendió el singular cambio que la apariencia del mar había experimentado. Había perdido, en gran medida, el tono profundo de azul que hasta ese momento había vestido, ahora reemplazado por un blanco grisáceo y un brillo que deslumbraba ante los ojos. La convexidad del océano ya era tan visible que toda la masa del agua distante parecía caerse hacia el abismo del horizonte, e incluso esperaba escuchar los ecos de aquella gran catarata. Ya no se podían ver las islas; era imposible saber si habían pasado bajo el horizonte hacia el sureste o si mi elevación cada vez más lejana las había dejado fuera de vista. Sin embargo, me convencía más la segunda opción. La pared de hielo hacia el norte se volvía cada vez más visible. De todas formas, el frío no era tan intenso. No ocurrió nada de importancia y pasé el día leyendo, pues había tomado la precaución de llevar libros conmigo.

5 de abril. Contemplé el singular fenómeno del sol saliente mientras el resto de la superficie visible de la Tierra seguía envuelta en oscuridad. Sin embargo, más tarde, la luz se extendió sobre todo, y volví a ver la pared de hielo en el norte. Era obvio que me estaba acercando a ella, y con gran rapidez. Me pareció haber visto de nuevo una franja de tierra al este y una al oeste, pero no estoy seguro de que lo fueran. El clima, templado. No sucedió nada importante durante el día. Dormí temprano.

6 de abril. Me sorprendió ver que la pared de hielo se encontraba a una distancia moderada y un inmenso campo del mismo material se extendía por todo el horizonte al norte. Si el globo mantenía su rumbo actual, eventualmente sobrevolaría el océano congelado, y ya no quedaba duda de que llegaría a ver el polo. Durante todo el día me estuve acercando al hielo. Hacia la noche los límites de mi horizonte aumentaron, de manera muy súbita y material, sin duda debido a la forma de esfera abollada de la Tierra y a mi llegada sobre las regiones planas en la vecindad del círculo ártico. Cuando la oscuridad me cubrió, me fui a acostar con gran ansiedad, con el miedo de que el objeto de tanta curiosidad pasara y no tuviera la oportunidad de observarlo.

7 de abril. Me levanté temprano y, para mi gran gusto, ya no quedaba duda de que se trataba del Polo Norte. Estaba ahí, con certeza, jus-

was there, beyond a doubt, and immediately beneath my feet; but, alas! I had now ascended to so vast a distance, that nothing could with accuracy be discerned. Indeed, to judge from the progression of the numbers indicating my various altitudes, respectively, at different periods, between six, a. m., on the second of April, and twenty minutes before nine, a. m., of the same day, (at which time the barometer ran down,) it might be fairly inferred that the balloon had now, at four o'clock in the morning of April the seventh, reached a height of *not less*, certainly, than 7254 miles above the surface of the sea. This elevation may appear immense, but the estimate upon which it is calculated gave a result in probability far inferior to the truth. At all events I undoubtedly beheld the whole of the earth's major diameter; the entire northern hemisphere lay beneath me like a chart orthographically projected; and the great circle of the equator itself formed the boundary line of my horizon. Your Excellencies may, however, readily imagine that the confined regions hitherto unexplored within the limits of the Arctic circle, although situated directly beneath me, and therefore seen without any appearance of being foreshortened, were still, in themselves, comparatively too diminutive, and at too great a distance from the point of sight, to admit of any very accurate examination. Nevertheless, what could be seen was of a nature singular and exciting. Northwardly from that huge rim before mentioned, and which, with slight qualification, may be called the limit of human discovery in these regions, one unbroken, or nearly unbroken sheet of ice continues to extend. In the first few degrees of this it progress, its surface is very sensibly flattened, farther on depressed into a plane, and finally, becoming *not a little concave*, it terminates, at the Pole itself, in a circular centre, sharply defined, whose apparent diameter subtended at the balloon an angle of about sixty-five seconds, and whose dusky hue, varying in intensity, was, at all times darker than any other spot upon the visible hemisphere, and occasionally deepened into the most absolute blackness. Farther than this, little could be ascertained. By twelve o'clock the circular centre had materially decreased in circumference, and by seven, p. m., I lost sight of it entirely; the balloon passing over the western limb of the ice, and floating away rapidly in the direction of the equator.

April 8th. Found a sensible diminution in the earth's apparent diameter, besides a material alteration in its general color and appearance. The whole visible area partook in different degrees of a

to debajo de mis pies. Pero —¡qué desgracia!— ya estaba tan arriba que no podía ver nada con claridad. Tomando en cuenta los números que indicaron mis varias altitudes a diferentes periodos, respectivamente, entre las seis de la mañana del 2 de abril y las ocho horas, cuarenta minutos de la mañana del mismo día (momento en que el barómetro dejó de funcionar), se podía inferir que el globo, a las cuatro de la mañana del 7 de abril, había alcanzo una altura de no menos, sin duda, de 11 674 kilómetros sobre el nivel del mar. Puede que esta elevación parezca inmensa, pero el cálculo sobre el cual basé este resultado probablemente estaba muy por debajo de la verdad. En todo caso, indudablemente contemplé la totalidad del diámetro mayor de la Tierra; todo el hemisferio norte se extendía debajo de mí como una proyección ortográfica, y el propio gran círculo del Ecuador era el límite de mi horizonte. Empero, como Sus Excelencias podrán imaginar con facilidad, las regiones confinadas del círculo ártico, hasta hoy inexploradas, a pesar de que me encontraba directamente sobre ellas y, por ello, podía verlas sin que parecieran menos extensas, se mostraban diminutas y estaban a una distancia demasiado grande desde el punto de vista como para poder ser sometidas a una examinación precisa. Sin embargo, lo que podía verse era singular y fascinante. Hacia el norte, desde el enorme límite antes mencionado que, con ligeras reservas, podría considerarse el límite del descubrimiento humano en estas regiones, se extiende una capa de hielo intacta, o casi intacta. En los primeros grados de su progresión, su superficie se aplanaba visiblemente y más adelante se hundía hasta quedar plana; finalmente, volviéndose *bastante cóncava*, culminaba, en el polo mismo, en un centro circular, nítidamente definido, cuyo diámetro aparente subtendía en el globo un ángulo de unos sesenta y cinco segundos, y cuyo tono oscuro, de intensidad variable, era en todo momento más oscuro que cualquier otro punto del hemisferio visible, y en ocasiones se hacía más profundo hasta llegar a la más absoluta negrura. Más allá de esto, poco pude determinar. A las doce, la circunferencia del centro circular había disminuido considerablemente, y a las siete de la tarde lo perdí de vista por completo; el globo pasó sobre el borde occidental del hielo y se alejó rápidamente en dirección al ecuador.

8 de abril. Noté una disminución considerable en el diámetro aparente de la Tierra, además de una alteración sustancial en su color y apariencia general. Toda el área visible presentaba diferentes grados de un tono

tint of pale yellow, and in some portions had acquired a brilliancy even painful to the eye. My view downwards was also considerably impeded by the dense atmosphere in the vicinity of the surface being loaded with clouds, between whose masses I could only now and then obtain a glimpse of the earth itself. This difficulty of direct vision had troubled me more or less for the last forty-eight hours; but my present enormous elevation brought closer together, as it were, the floating bodies of vapor, and the inconvenience became, of course, more and more palpable in proportion to my ascent. Nevertheless, I could easily perceive that the balloon now hovered above the range of great lakes in the continent of North America, and was holding a course, due south, which would soon bring me to the tropics. This circumstance did not fail to give me the most heartfelt satisfaction, and I hailed it as a happy omen of ultimate success. Indeed, the direction I had hitherto taken, had filled me with uneasiness; for it was evident that had I continued it much longer, there would have been no possibility of my arriving at the moon at all, whose orbit is inclined to the ecliptic at only the small angle of 5° 8' 48". Strange as it may seem, it was only at this late period that I began to understand the great error I had committed, in not taking my departure from earth at some point *in the plane of the lunar ellipse.*

April 9*th.* To-day, the earth's diameter was greatly diminished, and the color of the surface assumed hourly a deeper tint of yellow. The balloon kept steadily on her course to the southward, and arrived, at nine, p. m., over the northern edge of the Mexican Gulf.

April 10*th.* I was suddenly aroused from slumber, about five o'clock this morning, by a loud, crackling, and terrific sound, for which I could in no manner account. It was of very brief duration, but, while it lasted, resembled nothing in the world of which I had any previous experience. It is needless to say that I became excessively alarmed, having, in the first instance, attributed the noise to the bursting of the balloon. I examined all my apparatus, however, with great attention, and could discover nothing out of order. Spent a great part of the day in meditating upon an occurrence so extraordinary, but could find no means whatever of accounting for it. Went to bed dissatisfied, and in a state of great anxiety and agitation.

April 11*th.* Found a startling diminution in the apparent diameter

amarillo pálido, y en algunas zonas había adquirido un brillo incluso doloroso a la vista. Mi visión hacia abajo también fue considerablemente obstaculizada por la densa atmósfera cercana a la superficie, cargada de nubes, entre cuyas masas solo podía vislumbrar la tierra de vez en cuando. Esta falta de visión directa me había preocupado durante las últimas cuarenta y ocho horas, pero mi enorme altitud actual atraía, por así decirlo, las masas de vapor flotantes, y la incomodidad se hizo, por supuesto, cada vez más palpable a medida que ascendía. Sin embargo, podía percibir fácilmente que el globo flotaba sobre la cordillera de los grandes lagos del continente norteamericano y mantenía un rumbo hacia el sur que pronto me llevaría a los trópicos. Esta circunstancia me produjo una profunda satisfacción y la consideré un feliz presagio del éxito venidero. De hecho, la dirección que había tomado hasta entonces me había llenado de inquietud, pues era evidente que, de haberla continuado durante mucho más tiempo, no habría tenido ninguna posibilidad de llegar a la Luna, cuya órbita está inclinada con respecto a la eclíptica solo un pequeño ángulo de 5° 8' 48". Por extraño que parezca, fue hasta este último momento que comencé a comprender el gran error que había cometido al no partir de la Tierra en algún punto *del plano de la elipse lunar.*

9 de abril. El diámetro de la Tierra disminuyó notoriamente y el color de la superficie se volvió de un amarillo que se tornaba más profundo cada hora. El globo mantuvo su camino hacia el sur y llegó, a las nueve de la noche, a la frontera norte del Golfo de México.

10 de abril. Me despertó repentinamente, alrededor de las cinco de esta mañana, un sonido fuerte, crepitante y aterrador que no pude explicar. Fue de muy corta duración, pero mientras duró, no se parecía a nada en el mundo que hubiera experimentado antes. Sobra decir que me alarmé muchísimo, pues, en un principio, atribuí el ruido al estallido del globo. Sin embargo, examiné todos mis aparatos con gran atención y no encontré nada en malas condiciones. Pasé gran parte del día meditando sobre el suceso tan extraordinario, pero no pude encontrar ninguna explicación. Me acosté insatisfecho, en un estado de gran ansiedad y agitación.

11 de abril. Noté una disminución en el diámetro aparente de la Tierra

of the earth, and a considerable increase, now observable for the first time, in that of the moon itself, which wanted only a few days of being full. It now required long and excessive labor to condense within the chamber sufficient atmospheric air for the sustenance of life.

April 12*th*. A singular alteration took place in regard to the direction of the balloon, and although fully anticipated, afforded me the most unequivocal delight. Having reached, in its former course, about the twentieth parallel of southern latitude, it turned off suddenly, at an acute angle, to the eastward, and thus proceeded throughout the day, keeping nearly, if not altogether, *in the exact plane of the lunar ellipse*. What was worthy of remark, a very perceptible vacillation in the car was a consequence of this change of route,—a vacillation which prevailed, in a more or less degree, for a period of many hours.

April 13*th*. Was again very much alarmed by a repetition of the loud crackling noise which terrified me on the tenth. Thought long upon the subject, but was unable to form any satisfactory conclusion. Great decrease in the earth's apparent diameter, which now subtended from the balloon an angle of very little more than twenty-five degrees. The moon could not be seen at all, being nearly in my zenith. I still continued in the plane of the ellipse, but made little progress to the eastward.

April 14*th*. Extremely rapid decrease in the diameter of the earth. To-day I became strongly impressed with the idea, that the balloon was now actually running up the line of apsides to the point of perigee,—in other words, holding the direct course which would bring it immediately to the moon in that part of its orbit the nearest to the earth. The moon. itself was directly overhead, and consequently hidden from my view. Great and long continued labor necessary for the condensation of the atmosphere.

April 15*th*. Not even the outlines of continents and seas could now be traced upon the earth with distinctness. About twelve o'clock I became aware, for the third time, of that appalling sound which had so astonished me before. It now, however, continued for some moments, and gathered intensity as it continued. At length, while, stupified and terror-stricken, I stood in expectation of I knew not what hideous destruction, the car vibrated with excessive violence, and a gigantic and

y un incremento considerable, por primera vez a la vista, de la Luna, a quien solo le faltaban unos días para verse llena. Ya requería un gran trabajo y labor excesiva condensar suficiente aire atmosférico dentro de la cámara para permitir la vida.

12 de abril. Se produjo un cambio singular en la dirección del globo, y aunque ya lo había previsto, me causó un gran deleite. Tras alcanzar, en su trayectoria anterior, aproximadamente el paralelo vigésimo de latitud sur, giró repentinamente, en un ángulo agudo, hacia el este, y así continuó durante todo el día, manteniéndose casi, si no totalmente, en el plano exacto de la elipse lunar. Cabe destacar que había una oscilación muy perceptible en la barquilla como consecuencia de este cambio de ruta; oscilación que persistió, en mayor o menor medida, durante varias horas.

13 de abril. De nuevo me alarmó mucho la repetición del fuerte crujido que me aterrorizó el 10 de abril. Reflexioné mucho sobre el tema, pero no pude llegar a una conclusión satisfactoria. El diámetro aparente de la Tierra disminuyó considerablemente y formaba un ángulo de poco más de veinticinco grados desde el globo. La Luna no se veía en absoluto, pues estaba casi en mi cenit. Seguí en el plano de la elipse, pero avancé poco hacia el este.

14 de abril. Disminución extremadamente rápida del diámetro de la Tierra. Me impresionó mucho la idea de que el globo estaba ascendiendo por la línea de ábsides hasta el punto de perigeo; en otras palabras, mantenía la trayectoria directa que lo llevaría inmediatamente a la Luna, en la parte de su órbita más cercana a la Tierra. La Luna misma estaba justo encima, y por consiguiente fuera de mi vista. Se requirió un trabajo enorme y prolongado para la condensación de la atmósfera.

15 de abril. Ya ni siquiera los contornos de los continentes y los mares podían trazarse con claridad sobre la Tierra. Alrededor de las doce, escuché, por tercera vez, ese espantoso sonido que tanto me había espantado antes. Sin embargo, esta vez continuó durante unos instantes y cobró intensidad a medida que continuaba. Finalmente, mientras, estupefacto y aterrorizado, esperaba una destrucción que desconocía, el globo vibró con extrema violencia y una gigantesca masa flameante de

flaming mass of some material which I could not distinguish, came with a voice of a thousand thunders, roaring and booming by the balloon. When my fears and astonishment had in some degree subsided, I had little difficulty in supposing it to be some mighty volcanic fragment ejected from that world to which I was so rapidly approaching, and, in all probability, one of that singular class of substances occasionally picked up on the earth, and termed meteoric stones for want of a better appellation.

April 16*th.* To-day, looking upwards as well as I could, through each of the side windows alternately, I beheld, to my great delight, a very small portion of the moon's disk protruding, as it were, on all sides beyond the huge circumference of the balloon. My agitation was extreme; for I had now little doubt of soon reaching the end of my perilous voyage. Indeed, the labor now required by the condenser, had increased to a most oppressive degree, and allowed me scarcely any respite from exertion. Sleep was a matter nearly out of the question. I became quite ill, and my frame trembled with exhaustion. It was impossible that human nature could endure this state of intense suffering much longer. During the now brief interval of darkness a meteoric stone again passed in my vicinity, and the frequency of these phenomena began to occasion me much apprehension.

April 17*th.* This morning proved an epoch in my voyage. It will be remembered, that, on the thirteenth, the earth subtended an angular breadth of twenty-five degrees. On the fourteenth, this had greatly diminished; on the fifteenth, a still more rapid decrease was observable; and, on retiring for the night of the sixteenth, I had noticed an angle of no more than about seven degrees and fifteen minutes. What, therefore, must have been my amazement, on awakening from a brief and disturbed slumber, on the morning of this day, the seventeenth, at finding the surface beneath me so suddenly and wonderfully *augmented* in volume, as to subtend no less than thirty-nine degrees in apparent angular diameter! I was thunderstruck! No words can give any adequate idea of the extreme, the absolute horror and astonishment, with which I was seized, possessed, and altogether overwhelmed. My knees tottered beneath me—my teeth chattered—my hair started up on end. "The balloon, then, had actually burst!" These were the first tumultuous ideas which hurried through my mind: "The balloon had positively burst!—I was failing—falling with

algún material que no pude distinguir llegó con una voz de mil truenos, rugiendo y retumbando junto al globo. Cuando mis temores y mi asombro se disiparon parcialmente, no me costó suponer que se trataba de algún poderoso fragmento volcánico expulsado de ese mundo al que me acercaba tan rápidamente y, con toda probabilidad, de una de esas singulares sustancias que ocasionalmente se recogen en la Tierra y que se denominan meteoritos a falta de un nombre mejor.

16 de abril. Mirando hacia arriba lo mejor que pude, alternando para echar un vistazo a través de cada ventana lateral, contemplé, para mi gran deleite, una pequeña porción del disco lunar que sobresalía, por así decirlo, por todos lados más allá de la enorme circunferencia del globo. Mi agitación era extrema; ya no me cabía duda de que pronto llegaría al final de mi peligroso viaje. De hecho, el trabajo que requería el condensador había aumentado hasta un grado opresivo y apenas me permitía descansar del esfuerzo. Dormir era casi imposible. Me sentía muy mal y mi cuerpo temblaba de agotamiento. Era imposible que la constitución humana soportara ese estado de intenso sufrimiento por mucho más tiempo. Durante el breve intervalo de oscuridad, un meteorito pasó de nuevo cerca de mí, y la frecuencia de estos fenómenos comenzó a causarme mucha aprensión.

17 de abril. Esta mañana marcó un hito en mi viaje. Recordarán que el 13 de abril la Tierra subtendía un ángulo de veinticinco grados. El 14 de abril, este había disminuido considerablemente; el 15 de abril, se observó una disminución aún más rápida; y, al retirarme para la noche del 16 de abril, noté un ángulo de no más de siete grados y quince minutos. Tan grande fue, pues, mi asombro al despertar de un breve y perturbado sueño, en la mañana de este día 17 de abril, al encontrar que ¡la superficie bajo mis pies había aumentado de volumen de forma tan repentina y asombrosa, hasta alcanzar no menos de treinta y nueve grados de diámetro angular aparente! ¡Quedé atónito! No hay palabras que puedan expresar con precisión el horror y el asombro extremos y absolutos que me invadieron, poseyeron y abrumaron por completo. Mis rodillas se tambaleaban debajo de mí; mis dientes temblaban; mi cabello se me erizó hasta las puntas. «¡El globo de verdad había explotado!». Estas fueron los primeros tumultuosos pensamientos que corrieron por mi mente: «¡El globo, definitivamente, había explotado! ¡Estaba cayendo, cayendo con ímpetu y a la más inigualable velocidad! A juzgar

the most impetuous, the most unparalleled velocity! To judge from the immense distance already so quickly passed over, it could not be more than ten minutes, at the farthest, before I should meet the surface of the earth, and be hurled into annihilation!" But at length reflection came to my relief. I paused; I considered; and I began to doubt. The matter was impossible. I could not in any reason have so rapidly come down. Besides, although I was evidently approaching the surface below me, it was with a speed by no means commensurate with the velocity I had at first conceived. This consideration served to calm the perturbation of my mind, and I finally succeeded in regarding the phenomenon in its proper point of view. In fact, amazement must have fairly deprived me of my senses, when I could not see the vast difference, in appearance, between the surface below me, and the surface of my mother earth. The latter was indeed over my head, and completely hidden by the balloon, while the moon—the moon itself in all its glory—lay beneath me, and at my feet.

The stupor and surprise produced in my mind by this extraordinary change in the posture of affairs, was perhaps, after all, that part of the adventure least susceptible of explanation. For the *bouleversement* in itself was not only natural and inevitable, but had been long actually anticipated, as a circumstance to be expected whenever I should arrive at that exact point of my voyage where the attraction of the planet should be superseded by the attraction of the satellite—or, more precisely, where the gravitation of the balloon towards the earth should be less powerful than its gravitation towards the moon. To be sure I arose from a sound slumber, with all my senses in confusion, to the contemplation of a very startling phenomenon, and one which, although expected, was not expected at the moment. The revolution itself must, of course, have taken place in an easy and gradual manner, and it is by no means clear that, had I even been awake at the time of the occurrence, I should have been made aware of it by any *internal* evidence of an inversion—that is to say, by any inconvenience or disarrangement, either about my person or about my apparatus.

It is almost needless to say, that, upon coming to a due sense of my situation, and emerging from the terror which had absorbed every faculty of my soul, my attention was, in the first place, wholly directed to the contemplation of the general physical appearance of the moon. It lay beneath me like a chart—and although I judged it to be

por la inmensa distancia que ya había recorrido, ¡no podían faltar más de diez minutos, como máximo, para que chocara contra la superficie de la Tierra y fuera aniquilado!». Pero eventualmente la razón alivió mis miedos. Me detuve; consideré; comencé a dudar. El asunto era imposible. De ninguna manera podía haber descendido tan rápido. Además, aunque evidentemente me acercaba a la superficie debajo de mí, lo hacía a una velocidad que de ninguna manera era proporcional a la que había imaginado inicialmente. Gracias a esta consideración se pudo calmar mi agitación y finalmente logré considerar el fenómeno desde su perspectiva correcta. De hecho, el asombro debió de privarme de mis sentidos al no poder apreciar la enorme diferencia, en apariencia, entre la superficie debajo mío y la superficie de mi Madre Tierra. Esta última estaba, en efecto, sobre mi cabeza, completamente oculta por el globo, mientras que la Luna —la Luna en toda su gloria— yacía debajo de mí, a mis pies.

El estupor y la sorpresa que me produjeron este extraordinario cambio de rumbo fue quizás, después de todo, la parte de la aventura menos explicable. Pues la *inversión* en sí no solo era natural e inevitable, sino que se había previsto desde hacía tiempo como una circunstancia esperable siempre que llegara al punto exacto de mi viaje en donde la atracción del planeta fuera superada por la del satélite; o, más precisamente, en donde la gravitación del globo hacia la Tierra fuera menos poderosa que hacia la Luna. En efecto, me desperté de un sueño profundo, con todos los sentidos confundidos, para contemplar un fenómeno sorprendente, uno que, aunque esperado, no lo era en ese momento. La revolución misma debe, por supuesto, haber tenido lugar de una manera fácil y gradual, y no está claro de ninguna manera que, si yo hubiera estado despierto en el momento en que ocurrió, me hubiera dado cuenta de ello por alguna evidencia *interna* de una inversión; es decir, por algún inconveniente o desorden, ya sea en mi persona o entre mis instrumentos.

Casi está por demás decir que, al llegar a entender la situación en la que me encontraba, y al salir del terror que había absorbido cada facultad de mi alma, mi atención se dirigió totalmente, en primer lugar, hacia la contemplación de la apariencia física de la Luna. Se extendía debajo de mí como un mapa, y aunque supuse que seguía a una distancia con-

still at no inconsiderable distance, the indentures of its surface were defined to my vision with a most striking and altogether unaccountable distinctness. The entire absence of ocean or sea, and indeed of any lake or river, or body of water whatsoever, struck me, at the first glance, as the most extraordinary feature in its geological condition. Yet, strange to say, I beheld vast level regions of a character decidedly alluvial, although by far the greater portion of the hemisphere in sight was covered with innumerable volcanic mountains, conical in shape, and having more the appearance of artificial than of natural protuberances. The highest among them does not exceed three and three-quarter miles in perpendicular elevation; but a map of the volcanic districts of the Campi Phlegræi would afford to your Excellencies a better idea of their general surface than any unworthy description I might think proper to attempt. The greater part of them were in a state of evident eruption, and gave me fearfully to understand their fury and their power, by the repeated thunders of the mis-called meteoric stones, which now rushed upwards by the balloon with a frequency more and more appalling.

April 18*th.* To-day I found an enormous increase in the moon's apparent bulk—and the evidently accelerated velocity of my descent, began to fill me with alarm. It will be remembered, that, in the earliest stage of my speculations upon the possibility of a passage to the moon, the existence, in its vicinity, of an atmosphere dense in proportion to the bulk of the planet, had entered largely into my calculations; this too in spite of many theories to the contrary, and, it may added, in spite of a general disbelief in the existence of any lunar atmosphere at all. But, in addition to what I have already urged in regard to Encke's comet and the zodiacal light, I had been strengthened in my opinion by certain observations of Mr. Schroeter, of Lilienthal. He observed the moon, when two days and a half old, in the evening soon after sunset, before the dark part was visible, and continued to watch it until it became visible. The two cusps appeared tapering in a very sharp faint prolongation, each exhibiting its farthest extremity faintly illuminated by the solar rays, before any part of the dark hemisphere was visible. Soon afterwards, the whole dark limb became illuminated. This prolongation of the cusps beyond the semicircle, I thought, must have arisen from the refraction of the sun's rays by the moon's atmosphere. I computed, also, the height of the atmosphere (which could refract light enough into its dark hemisphere, to

siderable, los detalles de su superficie eran visibles para mis ojos y tenían una claridad tan asombrosa como inexplicable. La ausencia entera de océano o mar, de lago o río, y en realidad de cualquier tipo de cuerpo de agua, me sorprendió, a primera vista, y fue la característica más extraordinaria de su condición geológica. Sin embargo, es extraño decirlo, pero contemplé grandes regiones llanas de un carácter definitivamente aluvial, aunque la mayor proporción del hemisferio que podía observar estaba cubierta de montañas volcánicas, de forma cónica, que parecían ser protuberancias más bien artificiales que naturales. La más alta de ellas no excedía los seis kilómetros de elevación perpendicular; un mapa de los distritos volcánicos de los Campos Flégreos podría darles a Sus Excelencias una mejor idea de su superficie común que cualquier descripción vulgar que yo pueda dar. La mayor parte de los volcanes estaban en un estado de evidente erupción, por lo que me dieron un entendimiento temeroso de su furia y poder por medio de los repetidos truenos de los mal llamados meteoritos que eran arrojados hacia el globo con una frecuencia cada vez más preocupante.

18 de abril. Noté un enorme aumento en el volumen aparente de la Luna y la evidente aceleración de mi descenso empezó a alarmarme. Recordaré que, en la etapa inicial de mis especulaciones sobre la posibilidad de un pasaje a la Luna, la existencia, en sus proximidades, de una atmósfera densa en proporción al volumen del planeta había influido considerablemente en mis cálculos, a pesar de muchas teorías en contra y, cabe añadir, a pesar de la incredulidad general de que existiera una atmósfera lunar en absoluto. Pero, además de lo que ya he sugerido respecto al cometa Encke y la luz zodiacal, ciertas observaciones del señor Schroeter, de Lilienthal, reforzaron mi opinión. Él observó la Luna, a los dos días y medio de edad, al anochecer, poco después del ocaso, antes de que la parte oscura fuera visible, y continuó observándola hasta que se hizo visible. Las dos cúspides parecían estrecharse en una prolongación tenue y muy pronunciada, cada una con su extremo más alejado apenas iluminado por los rayos solares, antes de que se pudiera ver el resto del hemisferio oscuro. Poco después, todo el extremo oscuro se iluminó. Pensé que esta prolongación de las cúspides más allá del semicírculo debía deberse a la refracción de los rayos solares por la atmósfera lunar. Calculé, además, que la altura de la atmósfera (que podía refractar la luz lo suficiente en su hemisferio oscuro como para producir un crepúsculo más luminoso que la luz reflejada desde la Tie-

produce a twilight more luminous than the light reflected from the earth when the moon is about 32° from the new,) to be 1356 Paris feet; in this view, I supposed the greatest height capable of refracting the solar ray, to be 5376 feet. My ideas upon this topic had also received confirmation by a passage in the eighty-second volume of the *Philosophical Transactions,* in which it is stated, that, at an occultation of Jupiter's satellites, the third disappeared after having been about 1" or 2" of time indistinct, and the fourth became indiscernible near the limb.[5] Upon the resistance, or more properly, upon the support of an atmosphere, existing in the state of density imagined, I had, of course, entirely depended for the safety of my ultimate descent. Should I then, after all, prove to have been mistaken, I had in consequence nothing better to expect, as a *finale* to my adventure, than being dashed into atoms against the rugged surface of the satellite. And, indeed, I had now every reason to be terrified. My distance from the moon was comparatively trifling, while the labor required by the condenser was diminished not at all, and I could discover no indication whatever of a decreasing rarity in the air.

April 19*th*. This morning, to my great joy, about nine o'clock, the surface of the moon being frightfully near, and my apprehensions excited to the utmost, the pump of my condenser at length gave evident tokens of an alteration in the atmosphere. By ten, I had reason to believe its density considerably increased. By eleven, very little labor was necessary at the apparatus; and at twelve o'clock, with

5   Hevelius writes that he has several times found, in skies perfectly clear, when even stars of the sixth and seventh magnitude were conspicuous, that, at the same altitude of the moon, at the same elongation from the earth, and with one and the same excellent telescope, the moon and its maculæ did not appear equally lucid at all times. From the circumstances of the observation, it is evident that the cause of this phenomenon is not either in our air, in the tube, in the moon, or in the eye of the spectator, but must be looked for in something (an atmosphere?) existing about the moon. Cassini frequently observed Saturn, Jupiter, and the fixed stars, when approaching the moon to occultation, to have their circular figure changed into an oval one; and, in other occultations, he found no alteration of figure at all. Hence it might be supposed, that *at some times*, and not at others, there is a dense matter encompassing the moon wherein the rays of the stars are refracted.

rra cuando la Luna está a unos treinta y dos grados de la luna nueva) era de 4 404 metros; desde esta perspectiva, supuse que la máxima altura capaz de refractar los rayos solares era de 1 638 metros. Mis ideas sobre este tema también se vieron confirmadas por un pasaje del octogésimo segundo volumen de las *Transacciones Filosóficas*, el cual afirma que, durante una ocultación de los satélites de Júpiter, el tercero desapareció tras haber permanecido indistinto durante aproximadamente dos y medio o cinco centímetros, y el cuarto se volvió indiscernible cerca del limbo.[7] Por supuesto, la seguridad de mi descenso final dependía completamente de la resistencia, o más propiamente, del apoyo de una atmósfera que existía en un estado de densidad imaginada. Si, después de todo, resultaba estar equivocado, no me quedaba, como desenlace de mi aventura, nada mejor que estrellarme contra la rugosa superficie del satélite. Y, de hecho, en ese momento tenía motivos de sobra para estar aterrorizado. La distancia que había entre mí y la Luna era comparativamente insignificante, mientras que el trabajo requerido por el condensador no disminuyó en absoluto y no noté signo alguno de una disminución del enrarecimiento del aire.

19 de abril. Esa mañana, para mi gran alegría, alrededor de las nueve, con la superficie lunar terriblemente cerca y mis aprensiones al máximo, la bomba de mi condensador finalmente dio señales evidentes de una alteración en la atmósfera. A las diez, tenía razones para creer que su densidad había aumentado considerablemente. A las once, el aparato requirió muy poco esfuerzo. Y a las doce, con cierta vacilación, me

---

7   Hevelius escribe que ha encontrado varias veces, en cielos perfectamente despejados, cuando las estrellas de sexta y séptima magnitud eran visibles, que, a la misma altura que la Luna, a la misma elongación de la Tierra, y con el mismo excelente telescopio, la Luna y sus máculas no se veían igualmente lúcidas todo el tiempo. A partir de las circunstancias de la observación, es evidente que la causa de este fenómeno no está ni en nuestro aire ni en el tubo ni en la Luna ni en el ojo del espectador, sino que debe ser parte de algo que ya existe (¿una atmósfera?) en la Luna. Cassini observó con frecuencia que Saturno, Júpiter y las estrellas fijas, al acercarse la ocultación lunar, cambiaban de su forma circular a una forma ovalada; y, en otras ocultaciones, esta alteración de la forma no sucedió. De ahí que se pueda suponer que, *algunas veces,* y no siempre, hay una densa materia que envuelve la Luna y en donde los rayos de las estrellas se refractan.

some hesitation, I ventured to unscrew the tourniquet, when, finding no inconvenience from having done so, I finally threw open the gum-elastic chamber, and unrigged it from around the car. As might have been expected, spasms and violent headache were the immediate consequences of, an experiment so precipitate and full of danger. But these and other difficulties attending respiration, as they were by no means so great as to put me in peril of my life, I determined to endure as I best could, in consideration of my leaving them behind me momently in my approach to the denser *strata* near the moon. This approach, however, was still impetuous in the extreme; and it soon became alarmingly certain that, although I had probably not been deceived in the expectation of an atmosphere dense in proportion to the mass of the satellite, still I had been wrong in supposing this density, even at the surface, at all adequate to the support of the great weight contained in the car of my balloon. Yet this *should* have been the case, and in an equal degree as at the surface of the earth, the actual gravity of bodies at either planet supposed in the ratio of the atmospheric condensation. That it *was not* the case, however, my precipitous downfall gave testimony enough; *why* it was not so, can only be explained by a reference to those possible geological disturbances to which I have formerly alluded. At all events I was now close upon the planet, and coming down with the most terrible impetuosity. I lost not a moment, accordingly, in throwing overboard first my ballast, then my water-kegs, then my condensing apparatus and gum-elastic chamber, and finally every article within the car. But it was all to no purpose. I still fell with horrible rapidity, and was now not more than half a mile from the surface. As a last resource, therefore, having got rid of my coat, hat, and boots, I cut loose from the balloon *the car itself*, which was of no inconsiderable weight, and thus, clinging with both hands to the net-work, I had barely time to observe that the whole country, as far as the eye could reach, was thickly interspersed with diminutive habitations, ere I tumbled headlong into the very heart of a fantastical-looking city, and into the middle of a vast crowd of ugly little people, who none of them uttered a single syllable, or gave themselves the least trouble to render me assistance, but stood, like a parcel of idiots, grinning in a ludicrous manner, and eyeing me and my balloon askant, with their arms set a-kimbo. I turned from them in contempt, and, gazing upwards at the earth so lately left, and left perhaps for ever, beheld it like a huge, dull, copper shield, about two degrees in diameter, fixed immovably in the heavens overhead, and

atreví a desenroscar el *tourniquet*, cuando, al no encontrar inconveniente alguno, finalmente abrí la cámara de caucho y la desenganché de la barquilla. Como era de esperar, espasmos y un fuerte dolor de cabeza fueron las consecuencias inmediatas de un experimento tan precipitado y peligroso. Pero estas y otras dificultades respiratorias, como no eran tan graves como para poner en peligro mi vida, decidí soportarlas lo mejor que pudiera, considerando que las dejaría atrás momentáneamente al acercarme a los estratos más densos cerca de la Luna. Esta aproximación, sin embargo, seguía siendo extremadamente impetuosa, y pronto se hizo alarmantemente cierto que, aunque probablemente no me había engañado al esperar una atmósfera densa en proporción a la masa del satélite, me había equivocado al suponer que esta densidad, incluso en la superficie, era suficiente para soportar el gran peso contenido en la cápsula de mi globo. Sin embargo, este *debería* haber sido el caso, y en igual grado que en la superficie terrestre, suponiéndose que la gravedad real de los cuerpos en ambos planetas era proporcional a la condensación atmosférica. Sin embargo, mi precipitada caída demostró que *no* fue así; *la razón* solo puede explicarse por las posibles perturbaciones geológicas a las que he aludido anteriormente. En cualquier caso, ya me encontraba cerca del planeta y descendía con la más terrible impetuosidad. De inmediato, pues, arrojé por la borda primero mi lastre, luego mis barriles de agua, después mi aparato condensador y mi cámara de caucho, y, finalmente, todos los artículos que había dentro de la barquilla. Pero todo fue en vano. Seguía cayendo con una rapidez terrible, y ya estaba a apenas 800 metros de la superficie. Como último recurso, tras deshacerme del abrigo, el sombrero y las botas, solté del globo *la propia barquilla*, que pesaba bastante, y así, aferrándome con ambas manos a la red, apenas tuve tiempo de ver que toda la superficie, hasta donde alcanzaba la vista, estaba densamente poblada de diminutas viviendas; caí de cabeza en el corazón de una ciudad de aspecto fantástico, en medio de una inmensa multitud de personitas feas, y ninguna de ellas pronunció una sola sílaba ni se molestó en ayudarme, sino que permanecieron de pie, como un grupo de idiotas, con una sonrisa ridícula y mirándonos a mí y a mi globo de reojo, de brazos cruzados. Me aparté de ellos con desprecio y, alzando la vista hacia la Tierra, abandonada hacía tan poco, y quizá para siempre, la contemplé como un enorme escudo de cobre opaco, de unos dos grados de diámetro, fijada de manera inamovible en el cielo y rematada en uno de sus bordes con una media luna de oro reluciente. No había rastros de tierra ni de agua y todo estaba nublado con manchas variables y ceñido por zonas

tipped on one of its edges with a crescent border of the most brilliant gold. No traces of land or water could be discovered, and the whole was clouded with variable spots, and belted with tropical and equatorial zones.

Thus, may it please your Excellencies, after a series of great anxieties, unheard-of dangers, and unparalleled escapes, I had, at length, on the nineteenth day of my departure from Rotterdam, arrived in safety at the conclusion of a voyage undoubtedly the most extraordinary, and the most momentous, ever accomplished, undertaken, or conceived by any denizen of earth. But my adventures yet remain to be related. And indeed your Excellencies may well imagine that, after a residence of five years upon planet not only deeply interesting in its own peculiar character, but rendered doubly so by its intimate connection, in capacity of satellite, with the world inhabited by man, I may have intelligence for the private ear of the States' College of Astronomers of far more importance than the details, however wonderful, of the mere *voyage* which so happily concluded. This is, in fact, the case. I have much—very much which it would give me the greatest pleasure to communicate. I have much to say of the climate of the planet; of its wonderful alternations of heat and cold; of unmitigated and burning sunshine for one fortnight, and more than polar frigidity for the next; of a constant transfer of moisture, by distillation like that in *vacuo*, from the point beneath the sun to the point the farthest from it; of a variable zone of running water; of the people themselves; of their manners, customs, and political institutions; of their peculiar physical construction; of their ugliness; of their want of ears, those useless appendages in an atmosphere so peculiarly modified; of their consequent ignorance of the use and properties of speech; of their substitute for speech in a singular method of inter-communication; of the incomprehensible connection between each particular individual in the moon, with some particular individual on the earth—a connection analogous with, and depending upon that of the orbs of the planet and the satellite, and by means of which the lives and destines of the inhabitants of the one are interwoven with the lives and destinies of the inhabitants of the other; and above all, if it so please your Excellencies—above all of those dark and hideous mysteries which lie in the outer regions of the moon,—regions which, owing to the almost miraculous accordance of the satellite's rotation on its own axis with its sidereal revolution about the earth, have nev-

tropicales y ecuatoriales.

Así, ojalá les plazca a Sus Excelencias, después de una serie de grandes ansiedades, peligros desconocidos y escapes sin igual, había, por fin, a los diecinueve días desde mi partida de Rotterdam, concluido a salvo el viaje, sin duda, más extraordinario y colosal que cualquier ciudadano terrestre ha logrado, asumido o siquiera concebido. Pero mis aventuras todavía no han sido contadas. Y Sus Excelencias pueden muy bien imaginar que, después de una residencia de cinco años en un planeta no solo profundamente interesante por su carácter peculiar, sino doblemente interesante por su conexión íntima, en calidad de satélite, con el mundo habitado por el humano, puede que tenga información para el oído privado del Colegio Estatal de Astrónomos de mucha más importancia que los detalles, por maravillosos que sean, del mero viaje que concluyó tan felizmente. Este es, de hecho, el caso. Hay muchas cosas, muchísimas, que me darían un gran placer comunicar. Tengo mucho que decir sobre el clima del planeta; sobre sus asombrosas oscilaciones entre el frío y el calor; sobre la luz solar que alumbra sin tregua y abrasa durante una quincena y la polar frialdad que le sigue; sobre el constante intercambio de humedad, por medio de una destilación como la que sucede en el vacío, desde el punto justo debajo del sol al punto más lejano de él; sobre las zonas variables de agua corriente; sobre las propias personas; sobre sus maneras, costumbres e instituciones políticas; sobre su aspecto físico peculiar; sobre su fealdad; sobre su deseo de tener orejas, esos apéndices inútiles en una atmósfera tan diferente; sobre su consecuente ignorancia del uso y las propiedades del habla; sobre cómo sustituyen el habla con un método particular de comunicación; sobre la conexión incomprensible entre cada individuo particular de la Luna con cada individuo particular de la Tierra, una conexión análoga por medio de la cual, dependiendo de las orbes del planeta y el satélite, las vidas y los destinos de los habitantes de uno están entretejidos con las vidas y los destinos de los habitantes del otro; y sobre todo, si a Sus Excelencias les place, sobre todos esos oscuros y terribles misterios que yacen en las regiones exteriores de la Luna, regiones que, gracias a la casi milagrosa concordancia entre la rotación del satélite sobre su propio eje y su revolución sideral alrededor de la Tierra, nunca se han visto y, por misericordia divina, nunca serán vistos bajo el escrutinio de

er yet been turned, and, by God's mercy, never shall be turned, to the scrutiny of the telescopes of man. All this, and more—much more—would I most willingly detail. But, to be brief, I must have my reward. I am pining for a return to my family and to my home: and as the price of any farther communications on my part—in consideration of the light which I have it in my power to throw upon many very important branches of physical and metaphysical science—I must solicit, through the influence of your honorable body, a pardon for the crime of which I have been guilty in the death of the creditors upon my departure from Rotterdam. This, then, is the object the present paper. Its bearer, an inhabitant of the moon, whom I have prevailed upon, and properly instructed, to be my messenger to the earth, will await your Excellencies' pleasure, and return to me with the pardon in question, if it can, in any manner, be obtained.

I have the honor to be, &c., your Excellencies' very humble servant,

Hans Pfall.

***

Upon finishing the perusal of this very extraordinary document, Professor Rubadub, it is said, dropped his pipe upon the ground in the extremity of his surprise, and Mynheer Superbus Von Underduk having taken off his spectacles, wiped them, and deposited them in his pocket, so far forgot both himself and his dignity, as to turn round three times upon his heel in the quintessence of astonishment and admiration. There was no doubt about the matter—the pardon should be obtained. So at least swore, with a round oath, Professor Rubadub, and so finally thought the illustrious Von Underduk, as he took the arm of his brother in science, and without saying a word, began to make the best of his way home to deliberate upon the measures to be adopted. Having reached the door, however, of the burgomaster's dwelling, the professor ventured to suggest that as the messenger had thought proper to disappear—no doubt frightened to death by the savage appearance of the burghers of Rotterdam—the pardon would be of little use, as no one but a man of the moon would undertake a voyage to so vast a distance. To the truth of this observation the burgomaster assented, and the matter was therefore at an end. Not so, however, rumors and speculations. The letter, having been

los telescopios del hombre. Todo esto y más —mucho más— estoy dispuesto a comunicar en gran detalle. Pero, para ser breve, debo recolectar mi recompensa. Anhelo regresar a mi familia y a mi hogar, y como precio a cualquier comunicación posterior de mi parte —considerando la luz que puedo arrojar sobre importantes ramas de la ciencia física y metafísica—, debo solicitar, por la influencia de su honorable organismo, el indulto por el delito del que soy culpable respecto a la muerte de mis acreedores tras mi partida de Rotterdam. Este es, pues, el objeto del presente documento. Su portador, un habitante de la Luna, a quien he persuadido y debidamente instruido para que sea mi mensajero a la Tierra, esperará la voluntad de Sus Excelencias y regresará a mí con el indulto en cuestión, si es posible obtenerlo de alguna manera.

Tengo el honor de ser el muy humilde servidor de Sus Excelencias,

Hans Pfaall.

***

Al terminar de leer este documento tan extraordinario, se dice que el profesor Rubadub, en la cúspide de su sorpresa, dejó caer su pipa al suelo, y Mynheer Superbus Von Underduk, tras quitarse las gafas, limpiarlas y guardarlas en su bolsillo, se olvidó tanto de sí mismo y de su dignidad que dio tres vueltas sobre sus talones en la quintaesencia del asombro y la admiración. No cabía duda: el indulto debía obtenerse. Así lo prometió, al menos, con un juramento rotundo, el profesor Rubadub, y así lo pensó finalmente el ilustre Von Underduk, al tomar el brazo de su colega en ciencias y, sin decir palabra, se dirigió a casa a toda prisa para deliberar sobre las medidas a adoptar. Sin embargo, al llegar a la puerta de la vivienda del burgomaestre, el profesor se aventuró a sugerir que, dado que el mensajero había considerado oportuno desaparecer —sin duda aterrado por el aspecto salvaje de los burgueses de Rotterdam—, el indulto sería de poca utilidad, ya que solo un hombre de la Luna podría emprender un viaje a tan vasta distancia. El burgomaestre asintió ante la veracidad de esta observación y el asunto terminó así. No así, sin embargo, los rumores y especulaciones. La carta, una vez publicada, dio lugar a diversos chismes y opiniones. Algunos de los más sabios incluso se pusieron en ridículo al calificar todo el asunto

published, gave rise to a variety of gossip and opinion. Some of the over-wise even made themselves ridiculous by decrying the whole business as nothing better than a hoax. But hoax, with these sort of people, is, I believe, a general term for all matters above their comprehension. For my part, I cannot conceive upon what data they have founded such an accusation. Let us see what they say:

Imprimis. That certain wags in Rotterdam have certain especial antipathies to certain' burgomasters and astronomers.

Secondly. That an odd little dwarf and bottle conjurer, both of whose ears, for some misdemeanor, have been cut off close to his head, has been missing for several days from the neighboring city of Bruges.

Thirdly. That the newspapers which were stuck all over the little balloon, were newspapers of Holland, and therefore could not have been made in the moon. They were dirty papers—very dirty—and Gluck, the printer, would take his bible oath to their having been printed in Rotterdam.

Fourthly. That Hans Pfall himself, the drunken villain, and the three very idle gentlemen styled his creditors, were all seen, no longer than two or three days ago, in a tippling house in the suburbs, having just returned, with money in their pockets, from a trip beyond the sea.

Lastly. That it is an opinion very generally received, or which ought to be generally received, that the College of Astronomers in the city of Rotterdam, as well as all other colleges in all other parts of the world,—not to mention colleges and astronomers in general,—are, to say the least of the matter, not a whit better, nor greater, nor wiser than they ought to be.

Note.—Strictly speaking, there is but little similarity between the above sketchy trifle, and the celebrated "Moon-Story" of Mr. Locke; but as both have the character of *hoaxes*, (although the one is in a tone of banter, the other of downright earnest,) and as both hoaxes are on the same subject, the moon—moreover, as both attempt to give plausibility by scientific detail—the author of "Hans Pfaall" thinks it necessary to say, *in self-defence*, that his own *jeu d'esprit* was published, in the "Southern Literary Messenger," about three weeks before the

de simple engaño. Pero engaño, para esta clase de gente, es, me parece, un término general para todo asunto que escapa a su comprensión. Por mi parte, no logro comprender en qué datos han fundado tal acusación. Veamos qué dicen:

Primero: Que ciertos bromistas de Rotterdam sienten especial antipatía por ciertos burgomaestres y astrónomos.

Segundo: Que un peculiar enanito y conjurador de botellas cuyas orejas, por alguna fechoría, le fueron cortadas a ras de la cabeza, lleva varios días desaparecido de la vecina ciudad de Brujas.

Tercero: Que los periódicos pegados por todo el globo eran periódicos holandeses y, por lo tanto, no pudieron haberse impreso en la Luna. Eran periódicos sucios —muy sucios— y Gluck, el impresor, podría jurar por la Biblia que se imprimieron en Rotterdam.

Cuarto: Que el propio Hans Pfaall, el villano borracho, y los tres caballeros holgazanes a los que se les nombra sus acreedores, fueron vistos hace no más de dos o tres días en una taberna de las afueras, recién regresados, con dinero en los bolsillos, de un viaje al otro lado del mar.

Por último: Es una opinión muy generalizada, o debería serlo, que el Colegio de Astrónomos de la ciudad de Rotterdam, así como todos los demás colegios del mundo —sin mencionar los colegios y los astrónomos en general— no son, como mínimo, ni mejores ni más grandes ni más sabios de lo que deberían ser.

Nota: Estrictamente hablando, hay poca similitud entre la anterior y la célebre «Historia de la Luna» del señor Locke, pero, como ambas parecen ser falsas (aunque una se presenta en tono de broma, la otra con total seriedad), y como ambas tratan el mismo tema, la Luna —y, además, como ambas intentan dar credibilidad mediante detalles científicos—, el autor de «Hans Pfaall» considera necesario decir, en defensa propia, que su propio *jeu d'esprit* se publicó en el *Southern Literary Messenger* unas tres semanas antes del comienzo de la del señor L. en el *New*

commencement of Mr. L's in the "New York Sun." Fancying a likeness which, perhaps, does not exist, some of the New York papers copied "Hans Pfaall," and collated it with the "Moon-Hoax," by way of detecting the writer of the one in the writer of the other.

As many more persons were actually galled by the "Moon-Hoax" than would be willing to acknowledge the fact, it may here afford some little amusement to show why no one should have been deceived—to point out those particulars of the story which should have been sufficient to establish its real character. Indeed, however rich the imagination displayed in this ingenious fiction, it wanted much of the force which might have been given it by a more scrupulous attention to facts and to general analogy. That the public were misled, even for an instant, merely proves the gross ignorance which is so generally prevalent upon subjects of an astronomical nature.

The moon's distance from the earth is, in round numbers, 240,000 miles. If we desire to ascertain how near, apparently, a lens would bring the satellite, (or any distant object,) we, of course, have but to divide the distance by the magnifying, or more strictly, by the space-penetrating power of the glass. Mr. L. makes his lens have a power of 42,000 times. By this divide 240,000 (the moon's real distance,) and we have five miles and five-sevenths, as the apparent distance. No animal at all could be seen so far; much less the minute points particularized in the story. Mr. L. speaks about Sir John Herschel's perceiving flowers (the Papaver rheas, &c.) and even detecting the color and the shape of the eyes of small birds. Shortly before, too, he has himself observed that the lens would not render perceptible objects of less than eighteen inches in diameter; but even this, as I have said, is giving the glass by far too great power. It may be observed, in passing, that this prodigious glass is said to have been moulded at the glass-house of Messrs. Hartley and Grant, in Dumbarton; but Messrs. H. and G's establishment had ceased operations for many years previous to the publication of the hoax.

On page 13, pamphlet edition, speaking of "a hairy veil" over the eyes of a species of bison, the author says—"It immediately occurred to the acute mind of Dr. Herschel that this was a providential contrivance to protect the eyes of the animal from the great extremes of light and darkness to which all the inhabitants of our side of the

York Sun. Imaginando una semejanza que, tal vez, no existe, algunos periódicos neoyorquinos copiaron «Hans Pfaall» y la colocaron bajo el título «Engaño de la Luna», de manera que confundieron el autor de una con el autor de otra.

Dado que muchas más personas de las que están dispuestas a reconocerlo se sintieron realmente irritadas por el «Engaño de la Luna», puede resultar algo entretenido mostrar por qué nadie debería haber sido engañado y señalar aquellos detalles de la historia que deberían haber sido suficientes para establecer su verdadera naturaleza. De hecho, por muy rica que fuera la imaginación desplegada en esta ingeniosa ficción, carecía de la fuerza que podría haberle dado una atención más escrupulosa a los hechos y a la analogía general. Que el público fuera engañado, aunque fuera por un instante, simplemente demuestra la gran ignorancia que prevalece sobre temas de naturaleza astronómica.

La distancia entre la Luna y la Tierra es, en números redondos, de 386 000 kilómetros. Si deseamos determinar cuánto acercaría, aparentemente, una lente al satélite (o a cualquier objeto distante), por supuesto, solo tenemos que dividir la distancia por el aumento, o más estrictamente, por el poder de penetración espacial del cristal. El señor L. hace que su lente tenga una potencia de 42 000 veces; solo divida esto entre 386 000 (la distancia real de la Luna), y obtendrá ocho kilómetros como distancia aparente. Ningún animal en absoluto podría ver tan lejos; mucho menos los pequeños puntos particularizados en la historia. El señor L. habla de cómo sir John Herschel percibe flores (como *Papaver rheas*, etc.) e incluso detecta el color y la forma de los ojos de pequeños pájaros. Poco antes, asimismo, él mismo observó que la lente no haría perceptibles objetos de menos de cuarenta y cinco centímetros de diámetro, pero incluso esto, como ya he dicho, le confiere al vidrio un poder demasiado grande. Cabe mencionar, de paso, que se dice que este prodigioso cristal fue moldeado en la cristalería de los franceses Hartley y Grant, en Dumbarton, pero el establecimiento de los señores H. y G. cesó sus operaciones muchos años antes de la publicación del engaño.

En la página 13, en la edición del panfleto, hablando de un «velo peludo» sobre los ojos de una especie de bisonte, el autor dice: «Inmediatamente salta a la mente aguda del doctor Herschel que esta era una mecánica de la Providencia hecha para proteger los ojos del animal de los grandes extremos de la luz y la oscuridad a la que todos los habitan-

moon are periodically subjected." But this cannot be thought a very "acute" observation of the Doctor's. The inhabitants of our side of the moon have, evidently, no darkness at all; so there can be nothing of the "extremes" mentioned. In the absence of the sun they have a light from the earth equal to that of thirteen full unclouded moons.

The topography throughout, even when professing to accord with Blunt's Lunar Chart, is entirely at variance with that or any other lunar chart, and even grossly at variance with itself. The points of the compass, too, are in inextricable confusion; the writer appearing to be ignorant that, on a lunar map, these are not in accordance with terrestrial points; the east being to the left, &c.

Deceived, perhaps, by the vague titles, if *Mare Nubium, Mare Tranquilliatis, Mare Fæcunditatis,* &c., given to the dark spats by former astronomers, Mr. L. has entered into details regarding oceans and other large bodies of water in the moon; whereas there is no astronomical point more positively ascertained than that no such bodies exist there. In examining the boundary between light and darkness (in the crescent or gibbous moon) where this boundary crosses any of the dark places, the line of division is found to be rough and jagged; but were these dark places liquid, it would evidently be even.

The description of the wings of the man-bat, on page 21, is but a literal copy of Peter Wilkins' account of the wings of his flying islanders. This simple fact should have induced suspicion, at least, it might be thought.

On page 23, we have the following: "What a prodigious influence must our thirteen times larger globe have exercised upon this satellite when an embryo in the womb of time, the passive subject of chemical affinity!" This is very fine; but it should be observed that no astronomer would have made such remark, especially to any Journal of Science; for the earth, in the sense intended, is not only thirteen, but forty-nine times *larger* than the moon. A similar objection applies to the whole of the concluding pages, where, by way of introduction to some discoveries in Saturn, the philosophical correspondent enters into a minute schoolboy account of that planet:—this to the Edinburgh Journal of Science!

tes de nuestro lado de la Luna son sujetos periódicamente». Pero esta no puede ser pensada con una muy «aguda» observación de parte del doctor. Los habitantes de nuestro lado de la Luna no tienen, evidentemente, oscuridad, así que nada se puede decir sobre «extremos». En la ausencia del sol, reciben una luz de la Tierra equivalente a trece lunas llenas.

La topografía utilizada en el relato, si bien declara que concuerda con la *Carta Lunar* de Blunt, discrepa totalmente de esta o de cualquier otra carta lunar, e incluso discrepa groseramente consigo misma. Los puntos cardinales también se encuentran en una confusión inextricable; el autor parece ignorar que, en un mapa lunar, estos no concuerdan con los puntos terrestres; el este está a la izquierda, etc.

Engañado, quizás, por los vagos títulos —*Mare Nubium, Mare Tranquilliatis, Mare Fæcunditatis*, etc.— dados a las zonas oscuras por antiguos astrónomos, el señor L. entró en detalles sobre los océanos y otras grandes masas de agua en la Luna, mientras que no hay hecho astronómico más seguro que la inexistencia de tales cuerpos ahí. Al examinar el límite entre la luz y la oscuridad (en la luna creciente o gibosa), donde este límite cruza cualquiera de los lugares oscuros, la línea divisoria resulta ser tosca e irregular, pero si estos lugares oscuros fueran líquidos, evidentemente sería uniforme.

Las descripciones del hombre-murciélago, en la página 21, no es nada más que una copia de los isleños alados de Peter Wilkins. Uno pensaría que este simple hecho habría inducido algo de duda, por lo menos.

En la página 23, se lee lo siguiente: «¡Qué influencia tan prodigiosa debió ejercer nuestro globo, trece veces más grande, sobre este satélite cuando era un embrión en el seno del tiempo, sujeto pasivo de afinidad química!». Esto es muy bello, pero cabe señalar que ningún astrónomo habría hecho semejante observación, especialmente en una revista científica, pues la Tierra, en el sentido que se le da, no solo es trece, sino cuarenta y nueve veces *más grande* que la Luna. Una objeción similar se aplica a todas las páginas finales, donde, a modo de introducción a algunos descubrimientos en Saturno, el corresponsal filosófico ofrece una minuciosa descripción escolar de dicho planeta. ¡Y esto en la *Revista Científica de Edimburgo!*

But there is one point, in particular, which should have betrayed the fiction. Let us imagine the power actually possessed of seeing animals upon the moon's surface;—what would *first* arrest the attention of an observer from the earth. Certainly neither their shape, size, nor any other such peculiarity, so soon as their remarkable *situation*. They would appear to be walking, with heels up and head down, in the manner of flies on a ceiling. The *real* observer would have uttered an instant ejaculation of surprise (however prepared by previous knowledge) at the singularity of their position; the *fictitious* observer has not even mentioned the subject, but speaks of seeing the entire bodies of such creatures, when it is demonstrable that he could have seen only the diameter of their heads!

It might as well be remarked, in conclusion, that the size, and particularly, the powers of the man-bats (for example, their ability to fly in so rare an atmosphere—if, indeed, the moon have any)—with most of the other fancies in regard to animal and vegetable existence, are at variance, generally, with all analogical reasoning on these themes; and that analogy here will often amount to conclusive demonstration. It is, perhaps, scarcely necessary to add, that all the suggestions attributed to Brewster and Herschel, in the beginning of the article, about "a transfusion of artificial light through the focal object of vision," &c., &c., belong to that Species of figurative writing which come, most properly, under the denomination of rigmarole.

There is a real and very definite limit to optical discovery among the stars—a limit whose nature need only be stated to be understood. If indeed, the casting of large lenses were all that is required, man's ingenuity would ultimately prove equal to the task, and we might have them of any size demanded. But, unhappily, in proportion to the increase of size in lens, and, consequently, of space-penetrating power, is the diminution of light, from the object, by diffusion of is rays. And for this evil there is no remedy within human ability; for an object is seen by means of that light alone which proceeds from itself, whether direct or reflected. Thus the only "*artificial*" light which could avail Mr. Locke, would be some artificial light which he should be able to throw—not upon the "focal object of vision," but upon the real object to be viewed—to wit: *upon the moon*. It has been easily calculated that, when the light proceeding from a star becomes so diffused as to be as weak as the natural light proceeding from the whole

Pero hay un punto en particular que debería haber delatado la ficción. Imaginemos el poder real de ver animales en la superficie lunar: ¿Qué *llamaría* la atención de un observador terrestre? Ciertamente, ni su forma, tamaño ni ninguna otra peculiaridad similar, sino su notable *ubicación*. Parecerían caminar con los talones en alto y la cabeza agachada, como moscas en el techo. El observador *real* habría lanzado una exclamación de sorpresa instantánea (aunque preparada por su conocimiento previo) ante la singularidad de su posición; el observador *ficticio* ni siquiera menciona el tema, sino que habla de ver los cuerpos enteros de tales criaturas, ¡cuando es demostrable que solo pudo haber visto el diámetro de sus cabezas!

Cabe señalar, en conclusión, que el tamaño, y en particular las capacidades de los hombres-murciélago (por ejemplo, su capacidad para volar en una atmósfera tan enrarecida, si es que la Luna la tiene), con la mayoría de las demás fantasías sobre la existencia animal y vegetal, discrepan, en general, de todo razonamiento analógico sobre estos temas, y esa analogía en este caso a menudo equivaldrá a una demostración concluyente. Quizás no sea necesario añadir que todas las sugerencias atribuidas a Brewster y Herschel, al principio del artículo, sobre «una transfusión de luz artificial a través del objeto focal de la visión», etc., pertenecen a ese tipo de escritura figurativa que, con toda propiedad, se califica de jerga.

Existe un límite real y muy definido para el descubrimiento óptico entre las estrellas, un límite cuya naturaleza basta con mencionar para comprenderlo. Si, de hecho, la fabricación de lentes grandes fuera todo lo indispensable, el ingenio humano estaría a la altura de la tarea y podríamos tenerlas de cualquier tamaño que se necesitara. Pero, desgraciadamente, proporcional al aumento del tamaño de la lente y, en consecuencia, de su capacidad de penetración espacial, se produce una disminución de la luz proveniente del objeto por la difusión de sus rayos. Y para este mal no hay remedio dentro de la capacidad humana, pues un objeto se ve únicamente mediante la luz que procede de sí mismo, ya sea directa o reflejada. Por lo tanto, la única luz «artificial» que podría beneficiar al señor Locke sería aquella que pudiera proyectar no sobre el «objeto focal de visión», sino sobre el objeto real a observar, es decir, sobre la Luna. Se ha calculado fácilmente que, cuando la luz que procede de una estrella se vuelve tan difusa que resulta tan débil como

of the stars, in a clear and moonless night, then the star is no longer visible for any practical purpose.

The Earl of Ross telescope, lately constructed in England, has a *speculum* with a reflecting surface of 4071 square inches; the Herschel telescope having one of only 1811. The metal of the Earl of Ross' is 6 feet diameter; it is 5½ inches thick at the edges, and 5 at the centre. The weight is 3 tons. The focal length is 50 feet.

I have lately read a singular and somewhat ingenious little book, whose title page runs thus:—"L'Homme dans la lvne, ou le Voyage Chimerique fait au Monde de la Lvne, nouuellement decouuert par Dominique Gonzales, Aduanturier Espagnol, autremèt dit le Courier volant. Mis en notre langve par J. B. D. A. Paris, chez Francois Piot, pres la Fontaine de Saint Benoist. Et chez J. Goignard, au premier pilier de la grand' salle du Palais, proche les Consultations, MD-CXLVIII." pp. 176.

The writer professes to have translated his work from the English of one Mr. D'Avisson (Davidson?) although there is a terrible ambiguity in the statement. "l'en ai eu," says he, "l'original de Monsieur D'Avisson, medecin des mieux versez qul solent aujourdhuy dans la cònoissance des Belles Lettres, et sur tout de la Philosophie Naturelle. Je lui ai cette obligation entre les autres, de m'auoir non seulement mis en main ce Livre en anglois, mais encore le Manuscrit du Sieur Thomas D'Anan, gentilhomme Eccossois, recommendable pour sa vertu, sur la version duquel j'advoue que j'ay tiré la plan de la mienne."

After some irrelevant adventures, much in the manner of Gil Bias, and which occupy the first thirty pages, the author relates that, being ill during a sea voyage, the crew abandoned him, together with a negro servant, on the island of St. Helena. To increase the chances of obtaining food, the two separate, and live as far apart as possible. This brings about a training of birds, to serve the purpose of carrier-pigeons between them. By and by these are taught to carry parcels of some weight—and this weight is gradually increased. At length the idea is entertained of uniting the force of a great number of the birds,

la luz natural que procede del conjunto de las estrellas, en una noche clara y sin luna, la estrella ya no es visible para ningún propósito práctico.

El Leviatán de Parsonstown, telescopio construido recientemente en Inglaterra, tiene un espéculo con una superficie reflectante de 35 740 centímetros cuadrados; el telescopio Herschel solo tiene uno de 4 599. El metal del Leviatán tiene 1,8 metros de diámetro, 14,75 centímetros de grosor en los bordes y 12,75 centímetros en el centro; pesa tres toneladas y la distancia focal es de 15,24 metros.

Últimamente he estado leyendo un librito singular y algo ingenioso cuya portada dice así: «*L'Homme dans la lvne, ou le Voyage Chimerique fait au Monde de la Lvne, nouuellement decouuert par Dominique Gonzales, Aduanturier Espagnol, autremèt dit le Courier volant. Mis en notre langve par J. B. D. A. Paris, chez Francois Piot, pres la Fontaine de Saint Benoist, et chez J. Goignard, au premier pilier de la grand' salle du Palais, proche les Consultations, MDCXLVIII*», de 176 páginas.

El escritor afirma haber traducido su obra del inglés de un tal señor D'Avisson (¿Davidson?), aunque hay una terrible ambigüedad en la afirmación. «*l'en ai eu*», dice: «*l'original de Monsieur D'Avisson, medecin des mieux versez qul solent aujourdhuy dans la cònoissance des Belles Lettres, et sur tout de la Philosophie Naturelle. Je lui ai cette obligation entre les autres, de m'auoir non seulement mis en main ce Livre en anglois, mais encore le Manuscrit du Sieur Thomas D'Anan, gentilhomme Eccossois, recomendable pour sa vertu, sur la version duquel j'advoue que j'ay tiré la plan de la mienne*».

Tras algunas aventuras irrelevantes, muy al estilo de Gil Bias, que ocupan las primeras treinta páginas, el autor relata que, tras enfermarse durante un viaje marítimo, la tripulación lo abandonó, junto con un sirviente negro, en la isla de Santa Elena. Para aumentar las posibilidades de obtener alimento, ambos se separan y viven lo más lejos posible. En vista de esto, entrenan aves para que sirvan de palomas mensajeras. Poco a poco, se les enseña a transportar paquetes de cierto peso, que se va incrementando gradualmente. Finalmente, se baraja la idea de unir la fuerza de un gran número de aves para que carguen por el aire al

with a view to raising the author himself. A machine is contrived for the purpose, and we have a minute description of it, which is materially helped out by a steel engraving. Here we perceive the Signor Gonzales, with point ruffles and a huge periwig, seated astride something which resembles very closely a broomstick, and borne aloft by a multitude of wild swans (*ganzas*) who had strings reaching from their tails to the machine.

The main event detailed in the Signor's narrative depends upon a very important fact, of which the reader is kept in ignorance until near the end of the book. The *ganzas*, with whom he had become so familiar, were not really denizens of St. Helena, but of the moon. Thence it had been their custom, time out of mind, to migrate annually to some portion of the earth. In proper season, of course they would return home; and the author, happening, one day, to require their services for a short voyage, is unexpectedly carried straight up, and in a very brief period arrives at the satellite. Here he finds, among other odd things, that the people enjoy extreme happiness; that they have no *law*; that they die without pain; that they are from ten to thirty feet in height; that they live five thousand years; that they have an emperor called Irdonozur; and that they can jump sixty feet high, when, being out of the gravitating influence, they fly about with fans.

I cannot forbear giving a specimen of the general *philosophy* of the volume.

"I must now declare to you," says the Signor Gonzales, "the nature of the place in which I found myself. All the clouds were beneath my feet, or, if you please, spread between me and the earth. As to the stars, *since there was no night where I was, they always had the same appearance; not brilliant, as usual, but pale, and very nearly like the moon of a morning.* But few of them were visible, and these ten times larger (as well as I could judge,) than they seem to the inhabitants of the earth. The moon which wanted two days of being full, was of a terrible bigness.

"I must not forget here, that the stars appeared only on that side of the globe turned towards the moon, and that the closer they were to it the larger they seemed. I have also to inform you that, whether it was

propio autor. Se diseña una máquina para tal fin de la que disponemos una descripción detallada, complementada con un grabado en acero. En él vemos al señor Gonzales, con sus volantes de punta y una enorme peluca, sentado a horcajadas sobre algo que se parece mucho a un palo de escoba, y llevado en alto por una multitud de cisnes salvajes *(«ganzas»)* que tenían cuerdas que llegaban desde sus colas hasta la máquina.

El acontecimiento principal detallado en la narración del señor depende de un hecho muy importante que el lector desconoce hasta casi el final del libro. Las *«ganzas»*, con las que se había familiarizado tanto, no eran en realidad habitantes de Santa Elena, sino de la Luna. Desde tiempos inmemoriales habían tenido la costumbre de emigrar anualmente a algún lugar de la Tierra. En la época adecuada, por supuesto, regresaban a casa; y el autor, al requerir un día sus servicios para un viaje corto, es inesperadamente transportado directamente hacia el cielo y en un breve período de tiempo llega al satélite. Ahí descubre, entre otras curiosidades, que su gente goza de una felicidad extrema; que no tienen *ley;* que mueren sin dolor; que miden entre tres y nueve metros de altura; que viven cinco mil años; que tienen un emperador llamado Irdonozur; y que pueden saltar dieciocho metros de altura donde, al estar fuera de la influencia gravitacional, vuelan con abanicos.

No puedo dejar de dar una muestra de la *filosofía* general del volumen.

«Debo ahora declararles —dice el señor Gonzales— la naturaleza del lugar en el que me encontraba. Todas las nubes estaban bajo mis pies, o, si me permiten, extendidas entre la Tierra y yo. En cuanto a las estrellas, *como no había noche donde estaba, siempre tenían la misma apariencia: no brillantes, como de costumbre, sino pálidas, y casi como la luna de una mañana.* Pero pocas eran visibles, y estas eran diez veces más grandes (tanto como pude ver) de lo que parecen a los habitantes de la Tierra. La Luna, a la que le faltaban dos días para estar llena, era de un tamaño terrible.

«No debo olvidar decir que las estrellas solo aparecían en el lado del globo que miraba hacia la Luna, y que cuanto más cerca estaban de ella, más grandes se veían. También debo informarles que, sin importar

calm weather or stormy, I found myself *always immediately between the moon and the earth*. I was convinced of this for two reasons—because my birds always flew in a straight line; and because whenever we attempted to rest, *we were carried insensibly around the globe of the earth*. For I admit the opinion of Copernicus, who maintains that it never ceases to revolve *from the east to the vest*, not upon the poles of the Equinoctial, commonly called the poles of the world, but upon those of the Zodiac, a question of which I propose to speak more at length hereafter, when I shall have leisure to refresh my memory in regard to the astrology which I learned at Salamanca when young, and have since forgotten."

Notwithstanding the blunders italicised, the book is not without some claim to attention, as affording a näïve specimen of the current astronomical notions of the time. One of these assumed, that the "gravitating power" extended but a short distance from the earth's surface, and, accordingly, we find our voyager "carried insensibly around the globe," &c.

There have been other "voyages to the moon," but none of higher merit than the one just mentioned. That of Bergerac is utterly meaningless. In the third volume of the "American Quarterly Review" will be found quite an elaborate criticism upon a certain "Journey" of the kind in question; a criticism in which it is difficult to say whether the critic most exposes the stupidity of the book, or his own absurd ignorance of astronomy. I forget the title of the work; but the means of the voyage are more deplorably ill conceived than are even the *ganzas* of our friend the Signor Gonzales. The adventurer, in digging the earth, happens to discover a peculiar metal for which the moon has a strong attraction, and straightway constructs of it a box, which, when cast loose from its terrestrial fastenings, flies with him, forthwith, to the satellite. The "Flight of Thomas O'Rourke," is a *jeu d'esperit* not altogether contemptible, and has been translated into German. Thomas, the hero, was, in fact, the game-keeper of an Irish peer, whose eccentricities gave rise to the tale. The "flight" is made on an eagle's back, from Hungry Hill, a lofty mountain at the end of Bantry Bay.

In these various *brochures* the aim is always satirical; the theme being a description of Lunarian customs as compared with ours. In none, is there any effort at *plausibility* in the details of the voyage it-

que hubiera un clima tranquilo o tormentoso, *siempre me encontré entre la Luna y la Tierra.* Estaba convencido de ello por dos razones: porque mis pájaros siempre volaban en línea recta y porque, siempre que intentábamos descansar, *éramos transportados insensiblemente alrededor del globo terrestre,* pues concuerdo con la opinión de Copérnico, quien sostiene que el planeta nunca deja de girar *de este a oeste,* no sobre los polos equinocciales, comúnmente llamados polos del mundo, sino sobre los del Zodíaco, cuestión sobre la que me propongo hablar con más detalle más adelante, cuando tenga tiempo para refrescar mi memoria sobre la astrología que aprendí en Salamanca de joven y que he olvidado desde entonces».

A pesar de los errores marcados en itálicas, el libro no deja de llamar la atención, ya que ofrece un ejemplo ingenuo de las nociones astronómicas vigentes en la época. Una de ellas suponía que la «fuerza gravitacional» se extendía a poca distancia de la superficie terrestre y, en consecuencia, encontramos a nuestro viajero «transportado insensiblemente alrededor del globo», etc.

Ha habido otros «viajes a la Luna», pero ninguno de mayor mérito que el recién mencionado. El de Bergerac carece por completo de sentido. En el tercer volumen de la *American Quarterly Review* se encuentra una crítica bastante elaborada sobre cierto «Viaje» del tipo en cuestión, una crítica en la que es difícil decir si el crítico expone más la estupidez del libro o su propia absurda ignorancia astronómica. Olvidé el título de la obra, pero los medios del viaje están peor concebidos que incluso las *«ganzas»* de nuestro amigo el señor Gonzales. El aventurero, al excavar la tierra, descubre por casualidad un metal peculiar por el cual la Luna siente una fuerte atracción, y de inmediato construye con él una caja que, al soltarse de sus ataduras terrestres, vuela con él, sin demora, hasta el satélite. El «Vuelo de Thomas O'Rourke» es un *jeu d'esprit* no del todo despreciable y ha sido traducido al alemán. Thomas, el héroe, era, de hecho, el guardabosques de un noble irlandés, cuyas excentricidades dieron origen a la historia. El «vuelo» se realiza a bordo de un águila, desde Hungry Hill, una imponente montaña al final de la bahía de Bantry.

En estos diversos folletos, el objetivo es siempre satírico; el tema es una descripción de las costumbres lunares en comparación con las nuestras. En ninguno se intenta dar verosimilitud a los detalles del via-

self. The writers seem, in each instance, to be utterly uninformed in respect to astronomy. In "Hans Pfaall" the design is original, inasmuch as regards an attempt at *verisimilitude*, in the application of scientific principles (so far as the whimsical nature of the subject would permit,) to the actual passage between the earth and the moon.

je. Los escritores parecen, en cada caso, estar completamente desinformados en astronomía. En «Hans Pfaall», el designio es original, en cuanto a un intento de verosimilitud, al aplicar principios científicos (en la medida en que lo permite la naturaleza caprichosa del tema) al viaje real desde la Tierra a la Luna.

CLÁSICOS EN ESPAÑOL

Esperamos que haya disfrutado esta lectura. ¿Quiere leer otra obra de nuestra colección de *Clásicos en español*?

En nuestro Club del Libro encontrarás artículos relacionados con los libros que publicamos y la literatura en general. ¡Suscríbete en nuestra página web y te ofrecemos un ebook gratis por mes!

Recibe tu copia totalmente gratuita de nuestro *Club del libro* en rosettaedu.com/pages/club-del-libro

CLÁSICOS EN ESPAÑOL

Una habitación propia se estableció desde su publicación como uno de los libros fundamentales del feminismo. Basado en dos conferencias pronunciadas por Virginia Woolf en colleges para mujeres y ampliado luego por la autora, el texto es un testamento visionario, donde tópicos característicos del feminismo por casi un siglo son expuestos con claridad tal vez por primera vez.

Oscar Wilde escribe una sola novela, *El retrato de Dorian Gray*, ésta fue el objeto de una crítica moralizante mordaz por parte de sus contemporáneos que no pudieron ver que dentro de una trama perfectamente compuesta se escondía toda la tragedia del romanticismo. Cien años después no ha perdido su impacto original y sigue siendo un texto fundamental para los debates sobre la estética y la moral.

Otra vuelta de tuerca es una de las novelas de terror más difundidas en la literatura universal y cuenta una historia absorbente, siguiendo a una institutriz a cargo de dos niños en una gran mansión en la campiña inglesa que parece estar embrujada. Los detalles de la descripción y la narración en primera persona van conformando un mundo que puede inspirar genuino terror.

rosettaedu.com

ROSETTA EDU

EDICIONES BILINGÜES

En una atmósfera constante de misterio y amenaza, *El corazón de las tinieblas* narra el peligroso viaje de Marlow por un río (sin duda el Congo aunque no es nombrado en el relato) africano. Lo que el marino puede observar en su viaje le horroriza, le deja perplejo, y pone en tela de juicio las bases mismas de la civilización y la naturaleza humana.

Durante décadas, y acercándose a su centenario, *El gran Gatsby* ha sido considerada una obra maestra de la literatura y candidata al título de «Gran novela americana» por su dominio al mostrar la pura identidad americana junto a un estilo distinto y maduro. La edición bilingüe permite apreciar los detalles del texto original y constituye un paso obligado para aprender el inglés en profundidad.

En *La señora Dalloway* Virginia Woolf relata un día en la vida de Clarissa Dalloway, una señora de la clase alta casada con un miembro del parlamento inglés, y de un ex-combatiente que lucha contra su enfermedad mental. La innovación de la novela es la corriente de consciencia: Woolf sigue el pensamiento de cada personaje, siendo excelente a la hora de narrar emociones, asociaciones y sentimientos.

rosettaedu.com